Sektenverdacht oder
die verlorene Schwester

Sonderauflage für pebb GmbH

Martina Krohn

Sektenverdacht oder
die verlorene Schwester

© Leinpfad Verlag
Mai 2006

Alle Rechte, auch diejenigen der Übersetzung, vorbehalten.
Kein Teil dieses Buches darf in irgendeiner Form (Druck, Fotokopie,
Mikrofilm oder ein anderes Verfahren) ohne die schriftliche Genehmigung des Leinpfad Verlages reproduziert oder unter Verwendung
elektronischer Systeme verarbeitet, vervielfältigt oder verbreitet werden.

Umschlag: kosa-design, Ingelheim,
unter Verwendung eines Fotos von Bernd Weisbrod, Ingelheim
Layout: Leinpfad Verlag, Ingelheim
Druck: Druckerei Wolf, Ingelheim

Leinpfad Verlag, Leinpfad 2, 55218 Ingelheim,
Tel. 06132/8369, Fax: 896951
E-Mail: info@leinpfadverlag.de
www.leinpfad-verlag.de

ISBN 3-937782-46-X

Inhaltsverzeichnis

Die verlorene Schwester	8
Ein Mann mit Ambitionen	15
Alle wollen Ivie	23
Tisch sechs	28
Gute Geister	33
In-Sekten	39
Observation Schiller	47
MiHa Su, die Agentin	53
Feindbewegungen	58
In Aktion – Aufzeichnungen einer Agentin	62
Off to see the Wizard	70
Gute Seiten, schlechte Seiten	79
Der Große Humbug	85
Psychologische Betrachtungen	91
Ein Freund, ein guter Freund	99
Das Spiel der Könige	107
Circulus vitiosus	117
Die Kameliendame	123
Tabledance	129
Kämpfen bis Paris	137
Auf der Zielgeraden	143
Gipfeltreffen	148
Eine Stadt teilt aus	163
Tiefebene	168
Wenn der Vater	178
Der letzte König	185
Kündigung	197
Eine Frage der Organisation	204
Expertinnen unter sich	216
J. Halmsum und I. Deisler	223
Ivie is Back	236
Nachwort	246

Personenverzeichnis:

Jasmin »Mina« Halmsum
Fredi Halmsums Tochter und Ivie Deislers Halbschwester; glaubt mit Anfang 30 noch an eine Karriere als Schauspielerin. So eine Frau fällt auf alles rein, insbesondere wenn sie ihre Halbschwester retten und die fiesen Machenschaften der pebb gmbh enttarnen kann.

Ivonne »Ivie« Deisler
Minas Halbschwester, Halmsums Stieftochter, erfolgsverwöhnt und Everybody's Darling. Was sie anfängt, wird zu Gold; sie kann nichts falsch machen. Aber jetzt ist sie verschwunden: ausgestiegen, untergetaucht oder Opfer eines Verbrechens?

Fredi Halmsum
ist in seinem Leben mit vielem gescheitert: als Ehemann, als Vater und als Gründer der Halmsum Akademie für Geschäftsleitung und Verkaufspraxis. Aber jetzt wird alles anders: Fredi Halmsum wird ein neues Kapitel aufschlagen, das da heißt Erfolg. Und er wird genau dort anfangen, wo es damals aufgehört hat: bei seinen Töchtern.

Nükhet
ein wandelndes Klischee: effektive Kellnerin mit Herz aus Gold; Tochter einer intakten türkischen Großfamilie und loyale Freundin Minas.

Jasper T. Schacht
ein Psychologe wie aus Hollywood, maßgeschneidert von den Schuhen bis zur Mainzer Villa mit Rheinblick. Er sieht seine Aufgabe darin, andere auf ihre Schwächen hinzuweisen; er ist Ivies große Liebe und Minas Lieblingsverdächtige (»Jas-pah«) in Sachen »Halbschwester verzweifelt gesucht«. Jasper selbst hat glücklicherweise keine Probleme und wenn, dann weiß er schnell, an wem es liegt.

Die Schillers
Bergstedts Antwort auf die Bundys; neun Köpfe, eine Mission: Bergstedt, den Ort an dem Ivonne und Jasmin aufwachsen, zu tyrannisieren. Statt Zeitungen auszutragen, liegt Gerhard Schiller, der Vater, auf dem Küchensofa, wenn er nicht mit leeren Bierflaschen nach seinen Gören wirft. Die Mutter Annemarie Schiller ist nicht gewissenhafter, aber effektiver: Sie muss keine Zeitungen verteilen, um (ihre) Ansichten unters Volk zu bringen. Die Interessen ihrer Blagen variieren altersgemäß zwischen Pimmel zeigen und Kinder mit dem Mofa umfahren, aber schreien, hauen und schubsen können sie alle. Und sie lassen sich von Ivonne »Zuckerschnauze« und Jasmin »Karpfenfresse« bestimmt nicht sagen, dass die Zeitungen pünktlich in den Briefkästen zu landen haben.

Susanne Hoffmann
die ideale pebb-Mitarbeiterin: unbefangen, aufgeschlossen, dynamisch und zupackend. Auf den ersten Blick. Denn warum will Susanne unbedingt Clownin werden, wenn pebb so toll ist? Ist das nicht eher der verzweifelte Griff nach dem letzten Strohhalm, um den Klauen der Sekte zu entkommen?

U.T.E.
die gute Seele von Ober-Hilbersheim. Eine pebb-Mitarbeiterin, wie sie sich keine Sekte passender wünschen könnte. Unermüdlich treibt sie dem Guru weitere Esel zu und steckt voll von **U**eberzeugend **T**atenfrohem **E**nthusiasmus – diese Frau ist unbezahlbar!

Georg van Krüchten
der Dicke, ein Mann mit Facetten, der es genießt, wenn sich die Geister an ihm scheiden. Doch was steckt hinter der unerschütterlichen langhaarigen Fassade? Ein erfolgreicher, charismatischer Unternehmer in unkonventioneller Garderobe oder ein diabolisch durchtriebener Sektenguru?

DIE VERLORENE SCHWESTER

Das Klappern aus dem Hausflur riss Mina Halmsum aus ihrer Betrachtung des Wohnzimmers. Um elf Uhr morgens konnte das nur die Briefträgerin sein. Mina blieb auf der Kommode stehen und wartete auf das Zuschlagen der Haustür. Weshalb sollte sie wegen eines eventuellen Werbeprospekts in Aktionismus verfallen? Sie konnte die ungewohnte Perspektive seelenruhig weiter genießen; von hier oben wirkte das Zimmer größer, und es wäre eine gute Gelegenheit, die Spinnenweben von der Decke zu wischen. Aber das einfallende Sonnenlicht ließ sie so schön schimmern. Da, die schwere Detonation, die die Weben schwingen ließ, war die Haustür. Der Blick hinunter über die Weiten ihres Wohnraumes hatte den Reiz verloren. Mina stand nur noch rum und konnte ebenso gut runterklettern. Eine fast Mittdreißigerin sollte nicht mehr auf Möbeln rumturnen.

Kam nichts bei raus.

»Ah, guten Morgen Fräulein Halmsum.«

Sie hätte es sich denken müssen. Der alte Faschinger von gegenüber hatte auch nichts Besseres zu tun, als morgens auf die Post zu lauern. Mit dem Unterschied, dass er gelegentlich Briefe vom Amt erhielt oder Postkarten seiner Skatkollegen. Sie wusste das, weil Faschinger wollte, dass sie es wusste. Er hielt nichts davon, eine Hausgemeinschaft durch unnötige Überbetonung des Privatlebens zu verkomplizieren. Er hatte keine Geheimnisse. Und den Bogen raus, genau dann im Flur zu erscheinen, wenn Mina aus ihrer Wohnung schlich. Verpasste er seinen Auftritt, schien etwas zu fehlen. In solch raren Momenten hatte Mina sich schon bei dem Gedanken ertappt, an seine Tür zu klopfen. Manfred

Faschinger war schließlich nicht mehr der Jüngste. Aber seinen dunkelblau-rot-gestreiften Frottee-Bademantel trug er mit der Nonchalance eines englischen Lords, und wenn er das Haus verließ, konnte er sich sehen lassen. Die Haare zurückbrillantiert, der schmack sitzende Polyesteranzug abgebürstet, umgeben vom Flair eines schlecht gelüfteten Tanzlokals. Er konnte nicht verstehen, warum Mina sich nicht ein bisschen mehr zurechtmache, wenn sie ausging. Das mochte zu Hause angehen, aber auf der Straße? Sie wusste das, weil er wollte, dass sie es wusste. Außerdem hatte er sich Ivie anvertraut.

»Morgen«, erwiderte Mina seinen Gruß. Wenigstens lief sie nicht mehr im Morgenmantel rum. Sie besaß nicht mal einen.

Faschinger lehnte locker mit der Frotteeschulter an der Wand neben den Briefkästen und tippte mit seinem Schlüssel auf den verbeulten Kasten von Lotta Karlsen, auf die er ein Auge geworfen hatte. Jetzt, wo *seine* Ivie weg war. Mit spitzen Fingern zog er einen darin liegenden Brief an einer Ecke hoch. Was scherte ihn das Briefgeheimnis?

»Ist bestimmt vom Amt. Was meinen Sie?«

»Hm.«

»Doch, doch. Dieser umweltgraue Umschlag. Ich sag Ihnen, der ist vom Amt. Ich kenn die.« Er ließ den Brief zurück fallen. »Hoffentlich ist die Scheidung endlich durch. Die arme Frau zahlt schon ihr Lebtag für diesen Säufer. Macht nichts als Schulden.«

Mina nickte, die Geschichte kannte sie. Lotta Karlsen passte ausgezeichnet in Faschingers Vision einer intakten Hausgemeinschaft. Sie stand mit Vorliebe neben ihren vollen Einkaufstüten im Hausflur und stellte Vormittags-Talk-Shows nach. Darüber waren sie und Herr Faschinger sich schnell näher gekommen und die restlichen Bewohner, also Mina und der junge Kleinkriminelle mit Schnauzer, Klappmesser und unstetem Blick, huschten seither nur noch zwischen Haus- und Wohnungstür hin und her.

Faschinger machte keine Anstalten, seinen Briefkasten aufzuschließen; diesen Spannungshöhepunkt des Tages sparte er sich auf, um erst an ihrem Postleben teilzunehmen.

»Vielleicht hat Ihre Schwester geschrieben.« Faschingers rotgeäderte Nase bebte; Ivie war sein großer Favorit und es hatte ihn schwer getroffen, dass sie ausgezogen war und nicht Mina. »Lebt sie noch in Mainz?«

»Hm.«

»Grüßen Sie sie recht herzlich von mir. Sie soll uns bald mal wieder besuchen kommen.«

Mina schloss schnell ihren Briefkasten auf. Bloß nicht Faschingers rührselige Lobpreisungen auf Ivie anhören müssen. Die kannte sie auswendig.

Mina fiel der Hamburger Report, die kostenlose Stadtteilzeitung, entgegen. Wenigstens was, und sie musste ihren Rückzug nicht mit leeren Händen antreten.

»Schönen Tag noch, Herr Faschinger.«

»Vergessen Sie nicht ihre Schwester zu grüßen, Fräulein Halmsum. Hat sie nicht auch bald Geburtstag?«

»Ja.« Mina knallte die Wohnungstür zu.

Sie setzte sich mit dem Stadtteilmagazin auf den Küchentisch. Es hatte Ivie wahnsinnig gemacht, dass Mina nie auf Stühlen saß, sondern auf Schränken, Tischen oder Fensterbänken. »Gewöhn dir das ab, du bist keine Katze!«

Ivie hatte wirklich bald Geburtstag. Ihren Geburtstag hatte Manfred Faschinger nie vergessen. Jedes Jahr war er ihr im Hausflur mit der Kornflasche begegnet, um mit ihr anzustoßen. Ob Mina Geburtstag hatte, war ihm vollkommen gleichgültig. Natürlich war sie froh, seinen Kornattacken im Hausflur zu entgehen. Ivie machte das nichts aus; sie hatte unverdrossen Faschingers Lebensgeschichte mit dem brennenden Klaren geschluckt und ihm sogar ab und zu eine neue Buddel mitgebracht. Kein Wunder, dass er auf sie stand.

Was war eigentlich mit ihr los? Seit wann machte ihr das Gelaber von dem alten Saufheini was aus? Es war schon immer so gewesen: Alle flogen auf Ivie, während sie die unscheinbare kleine Schwester war. Auf Ivies Sorte Ruhm konnte sie auch gut verzichten. Genau wie auf Ivie selbst. Die brauchte sich nicht einzubilden, dass Mina ihr eine Geburtstagskarte schicken würde. Oder womöglich ein Päckchen. Bestimmt nicht. Wenn sich eine zu melden hatte, dann war das Ivie. Geburtstag hin, Geburtstag her.

Ein Packen Werbebroschüren rutschte aus der Mitte des Anzeigers und fiel auf den Boden. Mina fing an, die Zeitung von hinten zu durchblättern, Kleinanzeigenmarkt, Stellenangebote und Wohnungsannoncen. Nichts für sie dabei. Dann kam der Sportteil, sie könnte mal ins Fußballstadion gehen. In die neue AOL-Arena; selbst Nükhet war schon drin gewesen und die interessierte sich weniger für Fußball als Mina. Dafür interessierte sich Nükhet mehr für durchtrainierte Männer und ihr Traum war es, statt im Faro in einem von diesen Schickimicki-Lokalen zu kellnern, in denen die sogenannte Prominenz verkehrte. Davon abgesehen war sie die beste Kollegin, die Mina sich vorstellen konnte. Skateboarden um den Mystic Cup, das wäre bestimmt auch was für Nükhet. Auf dem Foto flog ein Jüngling waghalsig mitsamt seines Skateboardes durch die Luft. »Ar ‚the ball' Chillah bei seinem spektakulären BS 180« stand darunter. Was sollte das denn heißen? So ein schwachsinniger Untertitel.

»Ar ‚the ball' Chill-ah«, Mina las es laut und dechiffriert klang es plötzlich wie: R. ‚der Ball' Schiller! Ronnie Schiller? »Ich glaub es nicht. Ronnie Schiller bei den Skateboard Freestyle Meisterschaften!« Ronnie Schiller aus Bergstedt? Das konnte unmöglich sein. Mina las den Untertitel weitere dreimal in unterschiedlichen Lautstärken und starrte auf das grobkörnige Zeitungsbild, das keine Möglichkeit bot, das Gesicht des Springers zu identifizieren. Anhand der Abbildung würde das nicht mal seiner eigenen Mutter gelingen. Falls er es wirklich war. Seiner Mutter. Annemarie Schiller baute sich vor Minas Augen auf, wie sie in buntbedruckter Poly-irgendwas Kittelschürze, die wabbeligen Arme in die Hüften gestemmt, über den Schulhof schrie. Ronnie Schiller. Wahrscheinlich waren alle Schiller-Kinder erfolgreich, wie Ronnie. Maria war Professorin an der Sorbonne; Gerd Automobildesigner und Silke? Silke war vielleicht Pornostar. Alle hatten es zu was gebracht; selbst Fränki war bestimmt mindestens Filialleiter bei Lidl. Mina wollte nicht weiter darüber nachdenken, sonst sähe es noch aus, als sei sie, Jasmin Halmsum, die einzige, aus der nichts geworden war. Tochter des Gymnasiallehrers und späteren Unternehmers Fredi Halmsum; mit allen Chancen ins Leben gestartet. Im Gegensatz zu den Schillers, einer asozialen Zeitungsausträgerfamilie.

Immerhin hatte Ivie, Ivonne, ihre Halbschwester, es weiter gebracht. Die hatte immer Erfolg gehabt; erst während ihres Jurastudiums, dann als Immobilienmaklerin und jetzt war sie sogar Unternehmensberaterin. Miss Super-Sonnenschein höchstpersönlich. Dazu so gut wie verlobt mit einem Wiesbadener Erbsöhnchen und Superpsychologen, dem unfehlbaren, einmaligen Jasper T. Schacht. Kotzbrocken ohne Grenzen mit Praxis und Villa in Mainz. Wegen dem hatte Ivie Hamburg verlassen. Dabei hieß es immer, Ivie sei die Klüge-

re von ihnen. Die Vernünftige, Lebenstüchtige. Von wegen!
Minas Blick glitt am Küchenregal hoch. Zur Flasche weißen Portweins. Dann zur Uhr. Nach zwölf. Faschinger hatte bestimmt schon die halbe Buddel leer, da würde sie sich wohl einen winzigen Aperitif gönnen können. When in Rome, do as the romans do … Der Tag würde ihr keine Wundertaten mehr abverlangen; joggen konnte sie irgendwann mal. Mina legte die Zeitung zur Seite und rutschte vom Tisch. Sie sammelte die Werbeprospekte vom Boden auf und starrte auf einen weißen Umschlag. Ein Brief! Ein richtiger Brief. An Mina Halmsum adressiert. Mit einem Stempel als Absender. Mina bückte sich zu ihm runter und ihr Magen zog sich zusammen. Theaterschule Aachen für Schauspiel und Regie. Damit hatte sich jede Frage nach Port oder nicht Port geklärt. So oder so brauchte sie Beistand. Sie räumte den Tisch frei, dann holte sie die hässliche Bienenwachskerze mit den albernen, aufgesteckten Plastikbienen aus der obersten Kommodenschublade und spießte sie auf den Weihnachtskerzenständer. Wenn schon, denn schon. Dazu das letzte filigrane Sherryglas aus dem Erbservice vom Flohmarkt und die Stimmung war perfekt. Für eine angenehme Überraschung. Oder für einen Schicksalsschlag.

Der Geruch von Bienenwachs mischte sich mit dem beißenden Gestank von verkohltem Papier.
Mina wäre sowieso nicht nach Aachen gezogen. Dreiländereck, Käse. Wollte sie sich etwa ernsthaft den kleinkarierten Kriterien unterwerfen, die für die anerkannte Schauspielausbildung galten? Denen zufolge war sie zu alt. In erster Linie. Darüber hinaus wahrscheinlich zu unbeweglich, zu wenig stimmgewaltig und mit Sicherheit nicht blondgelockt genug. Sie entsprach nicht dem Bild einer jung-dynamischen,

sozial-verträglichen, fröhlich-formbaren, erfolgreich-vermarktungsfähigen Darstellerin, deren größtes Problem die Entscheidung zwischen einer Model- oder einer Sängerinnenkarriere war. Ihr Aussehen war durchschnittlich, trotz ihrer natürlich platinblonden Haare. Ihr Teint war okay, aber bleich. Nicht vornehm blass, sondern fahl. Gegen Figur und Größe konnte man nicht viel sagen und allein zu Hause war sie zu vielem fähig. Aber beim Vorsprechen, nachdem sie stundenlang in einem Zimmer mit talentierten Mittzwanzigern gesessen hatte, die selbst beim Kichern noch cool wirkten, zeichnete Mina Halmsum sich nur noch durch ihre Hölzrigkeit aus. Da war auch mit ihren blauen Halmsum-Augen nichts zu machen. Was sie auch nicht wollte. Sie würde sich an die Halmsum-Maxime ihres Vaters halten und den Mittelpunkt denen überlassen, von denen sie etwas wollte. Statt sich selbst reinzudrängen. So wie er es getan hatte. Mina korkte die Portflasche zu. Sie wischte die schwarzen Reste der verkohlten Aachener Absage vom Tisch. Allein die Vorstellung, mit einem Haufen alberner Hühner und Gockel jahrelang zusammengepfercht zu werden – sie konnte froh sein, dass die sie abgelehnt hatten. Wer weiß, ob sie die Willenskraft aufgebracht hätte, selbst abzusagen? Es war alles gut so. Ihr Platz war im Publikum.

Ein Mann mit Ambitionen

Fredi Halmsum war eine Säule der Gesellschaft. Gutaussehend und von durchsetzend-zupackendem Wesen, an dem sich die Geister schieden. Die meisten hielten ihn für einen Segen für die Gemeinde. Aber wie immer gab es auch in seinem Fall eine Minderheit, die – aus Missgunst oder Neid – Fehler an Fredi Halmsum fand.

Er war Lehrer mit Ambitionen, als Rosemarie Deisler ihn kurz nach Ivonnes Geburt näher kennen lernte. Genau der Richtige für sie, die der missbilligenden Blicke überdrüssig war und als unverheiratete junge Mutter konservative Neigungen an sich entdeckte. In Halmsum fand sie jemanden, der es verstand, sich im Schoße der Gesellschaft einzurichten. Er wusste, aus welchen Ingredienzien der Cocktail seines Erfolges bestand und wie er ihn zu mixen hatte.

Gäste, beispielsweise, bezeichnete er als genau das, was sie für ihn waren: Publikum. Seine Helfer hinter den Kulissen, Frau, Stieftochter und Tochter, wies er an, wie sie sich zu verhalten hatten: »Ihr benehmt euch heute Abend und zeigt, wie gut ihr es habt.« Von seiner Frau erwartete er ein instinktives Gefühl für die Dramaturgie des sozialen Miteinanders. Seine Töchter bestellte er an den Fuß der Treppe. Er führte aus – Ivonne und Jasmin nickten. Er würde brillieren. Er hatte Charme und er wusste, wie Menschen behandelt werden wollten. Seine Methode war modern: Er stellte sich nicht selbst ins Rampenlicht, sondern er zog sein Publikum hinein. Er hatte viele Freunde. Denn ihm war klar: »Viele Freunde sind gut fürs Geschäft. Beziehungen sind alles.« Fredi Halmsum hatte Pläne.

Am Tag danach rezelebrierte er seine Erfolge am Frühstückstisch. Wer ihn am Vorabend erlebt hatte, würde ihn nicht wiedererkennen. Das konnte nicht der Mann sein, der gestern geschmeidig um die Anwesenden gestrichen war. Was leicht und selbstverständlich aussah, war Arbeit. Harte Arbeit und die gehörte nicht an den Frühstückstisch. Arbeit war Arbeit und Schnaps war Schnaps. Für wen tat er das schließlich alles? Doch nicht für sich selbst. Er verlangte nicht viel. Von seiner Familie. Sie hatten es gut. Hatten einen tollen Mann und Vater! Andere Mädchen beneideten Ivonne und Jasmin, trotzdem hatten sie keine Freundinnen. Halmsum mochte keine Kinder im Haus. Es sei denn, sie kamen als Begleitung Erwachsener. Dann bekamen sie die halbe Show: Halmsums verständnisvollen Humor zwischen Mandelhörnchen und Butterkuchen, wobei er ihnen genau die richtige Dosis an Aufmerksamkeit zukommen ließ, die ihnen (und ihren Eltern) schmeichelte, ohne peinlich zu werden.

Ivonne und Jasmin lächelten viel, wenn auch recht blass. Stockig und hölzern wirkten sie, trotz aller Hingabe ihrer Eltern, schließlich taten Rosel und Fredi alles für sie. Fredi hatte Ivonne angenommen wie sein eigen Fleisch und Blut, aber war sie froh darüber? War sie wohl. Anders konnte es ja nicht sein, nur anmerken tat man es ihr nicht. Sicher, wirklich sagen konnte man gegen die Mädchen nichts. Sie wussten sich zu benehmen, dafür sorgte Fredi schon. Sie waren höflich, immer freundlich, zuvorkommend und nett. Aber irgendwas stimmte nicht. Das war gekünstelt.

Es gab in Bergstedt auch Kinder, die nicht auf Fredi Halmsum hereinfielen. Die wurden allerdings nicht eingeladen. Die Schillers, zum Beispiel. Sieben Geschwister aller Altersstufen, die morgens die Zeitung austrugen und durch ihre eigenen Eltern ziemlich desillusioniert waren. Zu tun haben wollten die mit Ivonne und Jasmin auch nichts. Für sie waren die beiden privilegierte Gänse, obwohl sie andere Worte dafür fanden. Schleimscheißer, sagten sie.

Ivonne und Jasmin gingen den Schillers aus dem Weg, wie alle anderen Kinder. Die sieben hielten zusammen. »Die rennen zusammen.« Sagte Halmsum. Abschätzig. »Das Pack Kröten.« Alle Schillers hatten dunkles Haar und waren leicht untersetzt. Dabei waren sie schnell, kompakt und angriffslustig. Wenn sie auf ihrem Hof spielten, glichen sie Fischottern. In ihren Spielen ging es nie ohne Prügel und Gerangel ab, sie waren wendig und bissig. Und laut. Sie sprachen nicht, sie brüllten. Und meistens brüllten sie Schimpfwörter.

Die Familie machte Jasmin Angst. Faszinierte sie. Dieser schreiende Haufen streitender und schlagender Monster. Die keinen Hehl daraus machten, was sie von der Welt hielten und die zusammenstanden wie eine Mauer. Die Schillers wussten, was Familienehre bedeutet. Sie kannten das Gesetz des Mitgefangen – Mitgehangen und umgekehrt. Sie begriffen sich als Ganzes, wer einem von ihnen etwas tat, tat allen etwas.

Für Halmsum war die Betrachtung der Familie Schiller ein kleiner Ausflug in die Natur des Menschen. Das passiert, wenn es dem Proletariat zu gut geht, befand er. Seine Töchter belehrte er über Moral und Benimm anhand ihres schlechten Beispiels. Er war längst kein Lehrer mehr, seine außerordentlichen Fähigkeiten, heute würde man sie als Social Skills bezeichnen, hatten ihm einen wesentlich lukrativeren Posten verschafft. Er war der Leiter der Vertriebsabteilung von WVV, einer Verlags- und Vertriebsgesellschaft in Hamburg, die mithilfe eines riesigen Stabes von Vertretern Werbeartikel wie Feuerzeuge, Haarbürsten, Notizblöcke, Brillenetuis, Regenschirme und Fußmatten mit Firmenaufdruck unter das Volk brachte. Lange vor der Zeit, wo jede Tankstelle und jede Bäckerei Kugelschreiber mit eigenem Logo verteilte; das Geschäft begann gerade erst. Halmsum schulte die Vertreter, das Konzept hatte er selbst zusammengeschustert. Angeblich nach amerikanischem Vorbild, das spielte in seinen Ausführungen zumindest eine große Rolle: Das amerikanische Vorbild. Hinzu kam der absolute Clou, seine Idee: Die Schuhsohle mit Ihrem Firmennamen! In Spiegelschrift, damit ist jeder Schritt Werbung für Ihr Unternehmen! W. V., wie er seinen Chef vertraulich nannte, wenn er vor seiner Familie über ihn sprach, war begeistert. Schon kratzte der Umsatz der WVV an den Wolken wie das Empire State Building, und Halmsum erhielt erste Anfragen von anderen Unternehmen: Könnte er seine Schulungen auch für ihre Außendienstmitarbeiter anbieten? Das kam überhaupt nicht in Frage! Wie er W. V., den er inzwischen tatsächlich duzte und gelegentlich bei sich zu Hause unterhielt, jovial beteuerte. Sollte er seine eigene Konkurrenz schulen?

Aber er phantasierte davon, sich selbstständig zu machen. Sein eigenes Institut zu gründen: Die Halmsum Akademie für Geschäftsleitung und Verkaufspraxis. Die pädagogische Befähigung hatte er, dazu seine Menschenkenntnis und sein Gespür für kommende Entwicklungen. Es gab nichts, was er nicht wusste, er hatte Erfolg mit allem, was er tat.

Und er hatte eine Familie. Die seine Leistungen nicht honorierte.

»Das kann nicht dein Ernst sein?« Halmsum ließ sein ledergebundenes Notizbuch auf den Küchentisch fallen. Rosemarie Halmsum spießte Weintrauben auf oder belegte Cracker, sie achtete nicht auf ihn. Sie hatte andere Sorgen, außerdem hatte sie nur erwähnt, dass sie ihre Kusine Ellie eingeladen hatte. Die er zwar nicht mochte, aber das beruhte auf Gegenseitigkeit und man konnte nicht jeden mögen. Gerade bei Ellie gab es genug, die sie mochten.

Halmsum gefiel die Reaktion seiner Frau auf seine Worte nicht. Er holte tief Luft und starrte eine Weile auf ihren Rücken, während sie weiter wirtschaftete und dabei über die Gäste, das Wetter und die neue Bowleschale plauderte. Jede Sekunde, die er wartete, machte es schlimmer. Er sammelte sich für die Attacke. Dann hatte er genug. Von dieser ungeheuerlichen Ignoranz. Er packte sein teures Notizbuch mit den revolutionären Ideen für die Halmsum-Akademie mit beiden Händen, hob es über seinen Kopf und knallte es mit Wucht auf die Tischplatte. Einmal. Zweimal. Ohne ein Wort sprechen zu müssen, gehörte ihm Rosels ungeteilte Aufmerksamkeit. Vergessen waren Gurkenhäppchen und Luftschlangen. Sie wollte nicht wissen, was er zu sagen hatte, natürlich hatte er Recht. Hinter ihr standen kalte Platten, Berge von Arbeit warteten noch. Alles würde perfekt sein, und sie würde das Lob des ganzen Ortes mit einem Lächeln und einer Handbewegung abschütteln. Wahrscheinlich würde sie die ganze Nacht auf sein. Er wusste das. Wusste, dass er sich in dieser Hinsicht auf seine Frau verlassen konnte. Egal, was er jetzt tat. Morgen würde alles klappen.

»Ich frage mich, was du dir denkst.«

»Aber es kommen so viele Leute. Und Ellie gehört zur Familie.«

Das grenzte an Rebellion.

»Was sollen die Leute denken, wenn wir alle Welt einladen, bloß meine Kusine nicht? Das macht auch keinen guten Eindruck.« Sie lächelte, das musste er einsehen.

Seine Stimme war gepresst: »Die meisten der Gäste wissen nicht, dass du eine Kusine hast. Und es interessiert sie nicht.

Morgen geht es um mögliche Auftraggeber für die Akademie, alles muss laufen wie am Schnürchen. Du lädst sie wieder aus.«

Er setzte sich an den Tisch. »Gib mir ein Bier.«

Er trank das Glas mit einem Zug aus. »Als wenn ich nicht genug Sorgen hätte. Um alles muss ich mich kümmern, um alles. Was ist mit den Jungen, die die Grills bedienen sollen? Hast du dich vergewissert, dass sie kommen? Pünktlich wohlgemerkt!«

Er sah sie an und fertigte im Geiste eine Liste der Dinge, die er abfragen konnte. Sie wusste, was kam. Machte sich nicht die Mühe, zu antworten. Oder ihn daran zu erinnern, dass er sich um die Jungen hatte kümmern wollen. Sie versuchte, unauffällig weiter zu arbeiten.

Sofort schnappte er zu: »Hast du die Stühle besorgt?«

Erleichtert nickte sie.

»Wissen die Mädchen, was sie anziehen sollen?«

Das war geklärt. Sie gewann Grund.

»Ja. Und bei den Jungs ruf ich gleich an.«

Er war noch nicht soweit. »Bisschen spät, was. Wenn ich nicht nachgefragt hätte, hätten wir morgen vor kalten Grills gestanden. Alles muss man selbst machen.«

Zum Beweis zeigte er auf sein Glas, von allein kam sie nicht darauf, nachzuschenken oder wenigstens zu fragen, ob er noch etwas wollte. Das musste morgen auch anders werden. »Ich habe wirklich viel Geduld. Ich lasse alles mit mir machen. Aber ein bisschen Unterstützung kann ich wohl erwarten. Da rede und predige ich dir immer wieder, was diese Anlässe für mich bedeuten und du hörst nicht zu.«

Das Glas war leer. Sie füllte es schnell. Aber alle Hoffnung war dahin, dass er sich rasch seinem Notizbuch zuwenden würde. »Dabei sollte man annehmen, dass du jetzt ein bisschen besser aufpasst. Wo dir der erste Mann schon durch die Lappen gegangen ist.« Das war dreizehn Jahre her, aber er ließ sie es nie vergessen. »Ich komm auch allein zurecht. Das glaub' mal. Wofür rackere ich mich eigentlich ab?«

Jetzt kamen die Mädchen ins Spiel.

»Dankbarkeit darf man nicht erwarten.«

Er wandte sich zur Treppe: »Was kriecht ihr da rum? Habt ihr nichts zu tun?«

Ivonne und Jasmin sollten die Kartoffeln für den Salat pellen. Es gab keinen freien Platz, überall standen silberne Platten mit belegten, gevierteilten Brotscheiben. Die Mädchen standen unschlüssig vor der Schüssel mit den Kartoffeln; er wurde ungeduldig. Ivonne hob die Schüssel vom Boden auf und trat an den Küchentisch. An dem er saß. Sie stellte die Kartoffelschüssel ab und schob sein Buch, das er mittig auf die Tischplatte geknallt hatte, ein Stück zur Seite.

»Bin ich dir im Weg?«

»Ich brauch nur ein bisschen Platz für die Schüssel. Es geht schon.«

Rosel Halmsum drehte sich zu ihren Platten um. Das hatte Ivonne sich selbst eingebrockt.

Halmsums Stimme bebte: »Na, das ist schön, dass es schon geht. Ich darf an meinem eigenen Tisch sitzen, hallelujah. Habe ich ein Glück, mit meiner Familie. Bin ich froh. Was bildet ihr euch eigentlich ein?«

Jasmin war mit ihrem Stuhl ein Stück zur Seite gerutscht.

Das machte ihn wütend. »Du brauchst nicht auf der Kante zu hocken. Zu tun als hättest du Angst.« Er beugte sich zu ihr: »Hast du Angst vor mir?«

Jasmin schüttelte den Kopf, sie guckte auf die Kartoffeln.

»Das wäre noch schöner. Ich tue alles für euch. Und du, steh da nicht rum.« Ivonne stand vor dem Tisch. »Das muss ich mir nicht sagen lassen, dass meine Familie Angst vor mir hat. Ein bisschen Respekt darf man wohl verlangen. Das hat niemandem geschadet. Ich erwarte nicht viel.«

Frau Halmsum drückte Ivonne eine neue Bierflasche in die Hand. Sie goss sein Glas voll. Es lief über. Ivonne sprang zurück, um ein Handtuch zu holen.

»Warte, ich wisch es gleich – «.

Sein Stuhl kippte nach hinten. Er schnappte sein Buch, fegte in der Bewegung mit dem Arm das Glas vom Tisch und schoss aus der Küche.

Rosemarie Halmsum sah erst Jasmin an, dann Ivonne.

»Nun wischt das schon auf. Könnt ihr nicht einmal aufpassen?«

Alle wollen Ivie

Mit zweiunddreißig gehörte man zum alten Eisen. Zumindest was den Beginn einer Schauspielkarriere anging. Andere Professionen konnte man sicher auch noch in diesem fortgeschrittenen Alter beginnen; Altenpflegerin zum Beispiel oder Friseurin. Ihr standen viele Möglichkeiten offen. Minas Gedanken wanderten weiter. Ihr Blick fiel auf den Wandkalender, der hinter dem Tresen hing. Da – am zwölften – hatte sie Geburtstag: IVIE. Noch eine Woche. Ivie hatte sich nicht gemeldet. Hatte ihre Schwester nicht eingeladen, dabei feierte Ivie immer. Sie hielt etwas auf ihren Ehrentag und fand nichts dabei, Menschen aus Hunderten von Kilometern Entfernung anreisen zu lassen, eigens damit sie, Ivonne Deisler, ins neue Lebensjahr gefeiert werden konnte. Diese Chuzpe.

Vielleicht nahm Ivie an, Mina würde auch ohne Einladung kommen. Bestimmt nicht. Nicht einfach so. Mina war sich nicht mal sicher, ob sie mit Einladung käme. Nach allem, was Miss Sonnenschein sich geleistet hatte. Da wäre eine Entschuldigung fällig. Es war mehr als ein Jahr her, seit sie sich zum letzten Mal gesehen hatten; an Ivies letztem Geburtstag hatten sie nur telefoniert.

»He, Mina. Tisch acht fragt, wo der Cabernet bleibt.« Nükhet zischte an ihr vorbei und verlangte von Ludwig in der Küche das Chicken Kiew, die Spezialität des Hauses.

»Schlaf nicht ein, Ludwig«, Nükhet kam wieder hinter den Tresen gefegt, »was ist heute mit euch los? Mit dem Gesicht kriegst du garantiert kein Trinkgeld.« Ohne Mina weiter zu beachten, stellte Nükhet behände ihre Getränkebestellung zusammen, nahm Mina die Rotweinflasche aus der Hand, goss die Karaffe voll und verschwand mit einem Kopfschütteln. Tisch vier wollte zahlen. Mina machte sich auf den Weg.

Bei denen war nichts schief gegangen. Sie hatten das bestellte Essen erhalten und Mina hatte keine Getränke vergessen. Die Wogen an Tisch sechs hatte Sermet rasch geglättet – manchmal half es nur, wenn der Chef persönlich kam – nachdem der verzogene Bengel Mina beim Austeilen der Getränke angestoßen hatte, und seine hysterische Mutter so tat, als hätte Mina ihn mit dem Alsterwasser ersäufen wollen. Das wäre keine schlechte Idee gewesen, aber nicht ihre Absicht. Überhaupt war die kleine Kröte selbst schuld. Konnte der nicht still auf seinem Stuhl sitzen? Wie alle anderen auch? Aber wer wurde noch bedauert? Und bekam zur Entschädigung eine überdimensionierte Eisportion rangekarrt? Bei denen konnte Nükhet kassieren. Mina würde keinen Fuß mehr vor deren Tisch setzten. Tisch sechs war für sie gestorben. Basta.

Nükhet goss die Reste der Milliarden Gläser, die darauf warteten gespült zu werden, ins Becken, während Mina die Getränkebestände auffüllte.

»Das war ein Scheißabend.« Nükhet wies anklagend auf das Trinkgeldglas.

»Tut mir Leid.«

»Ach was. Zieh morgen einen Rock an, dann wird es schon.« Nükhet glaubte fest daran, dass die Höhe des Trinkgeldes in direktem Verhälnis zur Kürze ihres Rockes stand. Bei ihr mochte das stimmen. Mina besaß dagegen nur den dunkelblauen Faltenrock, den sie zur Konfirmation getragen hatte, und sie bezweifelte, dass Nükhet so was im Sinn hatte.

»Fernet? Raki? Was willst du trinken?« Nükhet wischte ihre Hände am Geschirrtuch trocken und ging in die Hocke, um den Raki aus dem Eisfach zu ziehen. Nach Feierabend wurde Sermet etwas großzügiger. Außerdem war er in der Küche beschäftigt. Er ging mit Ludwig die Einkaufsliste durch und besprach das Menü für die geschlossene Gesellschaft am Freitag. Das konnte dauern.

»Bin gleich wieder da.« Nükhet wusste, wie sie sich den Chef noch länger vom Hals halten konnte. Sie nahm den Raki, zwei Gläser und verschwand in Richtung Küche. Mina mixte Gin Tonics.

»Cheers.« Nükhet nahm einen großen Schluck und fing an Gläser zu spülen, die Mina trocken polierte. »Hast du Sermet gesagt, dass du nächstes Wochenende weg bist?«

»Nö.«

»Mina! Das musst du aber. Ich kann doch nicht allein arbeiten. An einem Samstag. Spinnst du?«

»Ich wusste nicht, dass ich nicht komme.«

»Wieso? Fährst du nicht zu Ivies Geburtstag nach Mainz?« Nükhet starrte sie entgeistert an. Wusste Nükhet mehr als Mina? Hatte Ivie sie womöglich eingeladen, aber die eigene Schwester nicht? Na gut, Halbschwester, aber immerhin. Zuzutrauen war Ivie alles. Seitdem sie mit dem widerwärtigen Psycho-Pferdegebiss Jasper zusammen war, zählten Blutsbande nichts mehr und sie hatte sich ein Und-was-macht-das-mit-dir-Psychologen-Gelaber angewöhnt, dass einem das Grausen kam.

»Mina? Ich hab dich was gefragt?«

»Weiß noch nicht.« Sie ließ das Glas, das sie gerade wienerte, fallen. »Scheiße!« Was sollte sie sagen? Mina konnte unmöglich zugeben, dass Ivie sie nicht eingeladen hatte. Sollte sie frei nehmen und tun, als führe sie hin? Aber, was wenn Nükhet anrief, um Ivie zu gratulieren?

»Wieso überlegst du, ob du fährst? Du warst ewig nicht mehr in Mainz und Ivie war schon lange nicht mehr hier.« Nükhet guckte misstrauisch zu ihr runter, während Mina die Scherben auffegte.

»Sie hat eben viel zu tun bei ihrer Superfirma.«
Nükhet lachte: »Was du gegen pebb hast. Ist doch nur eine Arbeit.« Das dachte Nükhet vielleicht, aber Mina wusste es besser. Pebb – persönliche entwicklung, berufliche bildung. Wenn Mina nur daran dachte, wurde ihr schon anders. Da hatte Ivie sich eine schöne Fun Factory an Land gezogen; mit viel Arbeit und frohsinnigem Gemeinschaftszwang. Mina hatte es doch erlebt. Wenn sie ihre Schwester in Mainz besucht hatte, hatte die nie Zeit. Entweder kloppte sie Überstunden oder sie war bei Kollegen eingeladen oder man hatte ein Wochenendseminar, eine Unternehmensfeier oder oder oder. Mina konnte sich an kein Wochenende erinnern, an dem sie Ivie für sich gehabt hätte. Und dann war da natürlich noch Jasper. Nükhet hatte gut reden. »Ich gebe dir noch ein Geschenk für Ivie mit. Du siehst, Mina, du musst fahren! Sag ihr, dass sie bald mal wiederkommen soll.«

»Sag ihr, dass sie bald mal wiederkommen soll.« Auf dem Weg nach Hause hörte Mina den Satz immer wieder. Wobei sich Nükhets Stimme zu einem ganzen Chor ausweitete. Ivie, Ivie, Ivie. Alle wollten Ivie. Mina würde nicht hinfahren und angekrochen kommen, als hätte sie sich blöd benommen. Wenigstens eine Einladung könnte Ivie ihr schicken. Oder mailen.
In ihrer Wohnung blinkte der Anrufbeantworter. Sie wusste gar nicht, dass der noch funktionierte. War eben taiwanesische Produktion.
Eine verzerrte Stimme identifizierte sich als Helena: »Tut mir Leid, dass ich dich störe, aber ich versuche seit einer Ewigkeit, Ivie zu erreichen. Hat sie eine neue Nummer? Unter ihrer Arbeitsnummer meldet sie sich auch nicht, meine Mails beantwortet sie nicht. Ich mach mir schon Sorgen. Ruf mich

an. Meine Nummer ist 894711. Danke.« Hatte die sie noch alle? Helena Rückert hatte mit Ivie zusammen Jura studiert und war Anwältin in irgendeiner hippen Kanzlei. Meinte die, Mina hätte nichts Besseres zu tun, als hinter ihr herzutelefonieren? Ivie würde schon ihre Gründe haben, sich bei der nicht zu melden. Geschah der hochnäsigen Ziege ganz recht.

Tisch sechs

Nükhet war eine aufmerksame Kellnerin, sonst wäre die Kerze an Tisch sechs schon dreimal runtergebrannt gewesen. Wo blieb Ivie? Dass sie nicht sofort nach dem Vorstellungsgespräch in Ober-Irgendwas bei Mainz angerufen hatte, mochte noch angehen. Aus den Augen aus dem Sinn. Aber jetzt war sie wieder zurück in Hamburg und hatte die Uhrzeit des Treffens sogar telefonisch bestätigt. Mina hätte ebensogut arbeiten können und war kurz davor, zu gehen, als Ivie erschien. Ohne Hast, in ihre kleine rosa Welt versunken, stand sie vor Tisch sechs und grinste breit. Doch Ivies Aufmerksamkeit gehörte Mina nicht lange, dann drehte sie sich wieder halb um und starrte versunken auf einen riesigen schwarzen Koffer, der einige Tische weiter auf dem Boden lag.

»Hast du die schöne Deutsche Dogge gesehen?«

Es konnte auch ein Hund sein.

Als Ivie endlich saß, starrte sie weiter. Jetzt mit diesem besorgniserregenden Blick ins Nichts. »Vielleicht können Jasper und ich auch so einen Hund haben. Es wäre schön für die Kinder.«

»Wenn der Hund Jasper frisst, wäre es noch schöner!«, Mina machte eine Pause, Ivie reagierte nicht, »Besonders für die KINDER.«

Ivie strahlte sie selig an. »Ja, nicht wahr«, hauchte sie und Mina hätte ihr gern ihren Gin Tonic ins Gesicht gekippt. Seit sie sich in das widerliche Pferdegebiss Jahs-pah verknallt hatte, war mit Ivie nichts mehr anzufangen und nun wollte die dämliche Gans zu ihm nach Mainz ziehen und faselte von Kindern. Was dachte sich Ivie nur? Okay, sie dachte nicht und schien den Zustand zu genießen. Nach Mainz!

»Wie war dein Vorstellungsgespräch? Hat es geklappt?«

Mina beruhigte sich, wer sollte diese weggetretene Person für einen Arbeitsplatz in Erwägung ziehen? Mit anteilnehmendem Blick erwartete sie die Katastrophenmeldung. Und ohne Job würde Ivie nicht umziehen. Oder? Jasper würde ihre große Schwester kaum durchfüttern wollen, dazu war er nicht der Typ, wenn er es sich auch zweifellos leisten könnte. Der ließ sich lieber beide Seiten des Brotes buttern und sang das Hohelied des Teilens; solange ihm niemand nachweisen konnte, dass er etwas Teilbares besaß. Der war vom Stamme Nimm!

Davon wollte Ivie nichts hören. Die lächelte Sermet verträumt an, dem das sichtlich gut gefiel. Als gäbe sie ein gut gehütetes Geheimnis preis, säuselte Ivie: »Jasper liebt Hunde!«

Mina fröstelte. Wenn sie nicht aufpasste, würde sie nichts als Loblieder auf Jasper – oder Hunde – zu hören kriegen. Mina versetzte Ivie einen Tritt gegen das Schienbein. »Mit dir hier zu sitzen ist so unterhaltsam wie Kopfgrippe. Rede mit mir, sieh mich dabei an und mach dir dieses weichgezeichnete Grinsen aus dem Gesicht. Wie war das Vorstellungsgespräch?«

»Was?« Ivies bernstein-marmorierte Augen begannen zu wandern. »Ach so, daran hatte ich nicht mehr gedacht. Du, ganz gut. Nett.« Damit schien die Sache für sie erledigt.

»Details bitte! Komm, tu mal so, als seist du halbwegs zurechnungsfähig. Was war das für eine Firma? Als was hast du dich beworben? Werden sie dich einstellen?«

Ivie blinzelte ungläubig: »Interessiert dich das wirklich? Ich wollte dir gerade erzählen, was Jasper Samstagabend gemacht hat …«

Der Blick in Minas Gesicht belehrte sie eines Besseren, sie schluckte den Rest ihres Gesäusels herunter und schickte sich an, Minas Informationsbedürfnisse zu befriedigen. Und wie:

Sie setzte sich aufrecht hin und ihr professionelles Gesicht auf. Als begnadete Immobilienmaklerin konnte sie das. Es war verrückt. Dieser Miss Efficiency glaubte man aufs Wort: Wenn die auf die gepunktete Linie tippte, dann unterschrieb man. Sie verströmte Kompetenz in Schwingungen und Wellen, dass Mina mulmig wurde. Wenn Ivie so im Vorstellungsgespräch gesessen hatte, standen ihre Chancen gut. Mina kippte den Gin runter und tauschte ihr leeres Glas mit Ivies fast vollem. Die lächelte nachsichtig, blickte sich kurz um, hob den Arm und schon wuchs Sermet vor ihrem Tisch aus dem Boden. So war das. Zum Verzweifeln.

»Das Unternehmen nennt sich pebb gmbh. P – e – b – b geschrieben und das steht für ‚persönliche entwicklung – berufliche bildung'. Der Unternehmenshauptsitz befindet sich einige Kilometer außerhalb von Mainz in Ober-Hilbersheim und liegt idyllisch inmitten von Weinbergen.« Ivie beugte sich zutraulich vor: »Jasper hat mich hingefahren und auf der Rückfahrt haben wir bei so einer niedlichen kleinen Strauch- oder Straußwirtschaft angehalten. Da gibt es wundervollen Wein und Kleinigkeiten zum Essen und ...«

»Als was kannst du da anfangen?«

Das würde noch einige Drinks kosten.

»Als Outplacementberaterin.«

»Wo und wen sollst du beraten? Waren die Leute nett? IVIE, rede endlich.«

Minas Verzweiflung zeigte Wirkung. Reumütig tätschelte Ivie ihren Arm und nahm erneut Anlauf.

»Grundsätzlich geht es darum, deutsche Zivilbeschäftigte an unterschiedlichen Streitkräfte-Stützpunkten zu beraten und gegebenenfalls in neue Arbeitsplätze zu vermitteln. Dazu sitzen pebb-Beraterinnen oder Berater in verschiedenen Kasernen vor Ort und informieren die Interessierten oder in

Frage kommenden Beschäftigten über berufliche Alternativen. Das eigentliche Placement, also die Kontaktaufnahme mit potentiellen Arbeitgebern, wird von Ober-Hilbersheim aus zentral gehandhabt und dafür bin ich in der engeren Wahl. Hörte sich spannend an. Allerdings fiel es mir bei der Fülle von Informationen manchmal schwer, alles mitzukriegen.«

Mit den Gedanken bei Jasper! Zum ersten Mal konnte Mina dieser Vorstellung etwas abgewinnen.

»Aber das war das Geniale, die haben gar nicht erwartet, dass mir sofort alles klar war. Die Leute haben mir gut gefallen, total sympathisch. Und ungezwungen war es. Genau das ist das passende Wort.« Ivie nickte begeistert, »Es war überhaupt nicht steif oder formell und wir haben uns klasse unterhalten. Vier aus dem Team haben das Gespräch mit mir geführt, die waren alle etwa in meinem Alter.«

Ivie kam in Fahrt. »Es gibt bei pebb keine Kleiderordnung, gar nicht. Jeder trägt, was ihm gefällt und –«, sie kicherte, »der Geschäftsführer trägt angeblich nur Jogginghosen.«

Sehr witzig, Ivie hatte offenbar nicht gemerkt, dass sie verarscht worden war. Vielleicht war doch nicht alles verloren.

Ivie konnte unmöglich mit ihrem ersten Vorstellungsgespräch gleich einen Treffer landen. Sollte Jahs-pah am Ende Ivies Schicksal sein? Gut, früher oder später würde sie einen Job in Mainz finden, das war klar. Aber nicht so schnell.

»Zu wann suchen die denn jemanden?«Vielleicht plante pebb Neueinstellungen lange im Voraus; so Unternehmen gab es. Zum Herbst, bitte zum Herbst, betete Mina, mehr traute sie sich nicht zu verlangen, es war kaum April.

«Möglichst zum 15. diesen Monats.«

Immerhin besaß Ivie soviel Feingefühl, bei diesen Worten ihr leeres Glas umzustoßen.

Mit falscher Erleichterung lachte Mina auf: »Das kommt für dich ja nicht in Frage. So überstürzt kannst du hier nicht weg.«

Pünktlich am fünfzehnten trat Ivie in Ober-Hilbersheim an.

Am Wochenende darauf brachten sie Ivies letzte Sachen nach Mainz. Als Immobilienmaklerin hatte sie keine Probleme auf dem Wohnungsmarkt. Obwohl Mina es komisch fand, dass sie nicht zu ihm zog. Zu Jahs-pah. In dessen riesigen Kasten.

Darüber wollte Ivie nicht diskutieren.

GUTE GEISTER

Ellie besuchte ihre Kusine nur noch, wenn Halmsum nicht da war. Dann blieb Ellie gern über Nacht. Ivonne war klar, dass das nicht lange gut gehen konnte. Er würde es herausfinden. Jasmin schien das egal zu sein. Sie saß mit ihrer Mutter und Ellie zusammen auf dem Sofa. Die beiden Frauen tranken Likör und Sherry und Jasmin aß Pralinen. Gute Geister in Nuss, die brachte Ellie mit, weil Rosel die so gern aß. Halmsum befand so billiges Zeug unter der Würde seiner Frau und erlaubte es nicht im Haus.

Wenn Ellie zu Besuch kam, gab es kein Abendbrot, weil das die schöne Stimmung von dem Likör ruinierte, sagte Ellie und Rosel kicherte zustimmen. Die Mädchen konnten ja Kekse essen. Waren alt genug. Diese Form der Gleichgültigkeit war Ivonne nicht geheuer. Sonst stand das Essen auf die Minute pünktlich auf dem Tisch. Ob er da war oder nicht. Ebenso pünktlich war es wieder verschwunden und der geschulteste Detektiv hätte Schwierigkeiten gehabt, Spuren davon zu entdecken. Außer wenn Ellie da war. Dann ließ Rosel sich gehen und den Haushalt schleifen. Was anderswo vielleicht normal war: Eingedrückte Kissen und benutzte Tassen in der Spüle, Krümel auf dem Tisch, das grenzte bei Halmsums an Chaos. Anarchie. Vielleicht machte das Rosel auch Angst. Vielleicht gefiel es ihr. Am Tag darauf sprach sie jedenfalls kein Wort, bis alles wieder genauso war, wie es sein sollte. Oder wie sie es haben wollte.

Am Tag nach Ellies Besuch stand Ivonne mit ihrer Mutter in der Küche. Halmsums Schritte auf der Treppe waren laut. Kein gutes Zeichen. Ebenso wenig die Küchentür, die er so kräftig aufstieß, dass sie gegen die Wand knallte.

»Was ist das denn?« Er fuchtelte mit der Pralinenschachtel herum. Und bekam keine Antwort.

»Ich hab' euch was gefragt.« Er hielt seiner Frau die Schachtel dicht vor das Gesicht. »So ist das also. Während ich mich abrackere, stopft ihr euch mit Pralinen voll. Lasst es euch richtig gut gehen.« Angeekelt wollte er Rosel die Schachtel in die Hand drücken: »Billiger Dreck. Und du hattest Ellie hier hocken, was? So was hab ich mir gedacht. Wirst ihr immer ähnlicher.«

Rosel wehrte die Schachtel ab: »Die gehört mir nicht. Wo hast du die überhaupt gefunden?« Langsam drehte sie sich zu ihrer Tochter um: »Ivonne, du weißt, dass dein Vater das nicht erlaubt.«

Ivonne blieb stumm.

Halmsum riss die Schachtel wieder an sich. »Fräulein Deisler denkt, sie kann sich alles erlauben.« Er starrte Ivonne an. »Du glaubst, du brauchst nicht auf mich zu hören, weil ich nicht dein richtiger Vater bin. Soweit kommt das noch. Das ist mein Haus und hier bestimme ich.«

Mit einem Schritt war er neben ihr und haute ihr die Schachtel auf den Kopf. »Wenn ihr glaubt, ihr könnt mir auf der Nase herumtanzen, habt ihr euch geirrt.«

Die letzten Pralinen fielen aus der Schachtel, die auf dem Boden landete.

»Das hat noch ein Nachspiel.« Damit krachte die Küchentür hinter ihm zu. Als Ivonne sich bewegte, knirschte es unter ihrem Fuß.

»Pass doch auf!«, fuhr ihre Mutter sie an.

Mit seiner Akademie klappte es nicht so gut. Er hatte es sich einfacher vorgestellt. Die großen Aufträge blieben aus. Publikum konnten Halmsums sich seltener leisten, daher war ein kleines Essen mit potentiellen Auftraggebern, die nicht merken sollten, dass Halmsum andere Ziele als ihre Unterhaltung verfolgte, ein wichtiges Ereignis. Johann Ketel, der Verleger der Bergstedter Zeitung, klagte über seine Schwierigkeiten.

»Die Beschwerden häufen sich; jeden Tag klingelt das Telefon. Ich traue mich kaum mehr auf die Straße, jeder spricht mich an. So ist das in einer Kleinstadt. Ich weiß mir nicht zu helfen. Die Leute wollen ihre Zeitung morgens pünktlich lesen und nicht erst nachmittags.«

Das Thema beschäftigte den gesamten Ort. Die Schillers befanden sich in einer Art unorganisiertem Streik. Sagten die Erwachsenen. Das war eine unerhörte Frechheit. Denen ging es zu gut. Auch in der Schule kursierten Gerüchte: Einige der Schillerkinder trügen die Zeitungen in ihrem Bezirk erst im Laufe des Vormittags aus, andere warteten, bis sie die Zeitungen von mehreren Tagen zusammen abliefern konnten. Alles nur, um die rechtschaffenen Leute zu ärgern. So waren die Schillers! Warum Herr Ketel sie nicht rausschmiss und jemanden anderen einstellte, wussten Jasmin und Ivonne nicht. Aber richtig arbeiten wollte keiner mehr, sagte Halmsum.

Herr Ketel sah hilflos in die Runde. Vielleicht hoffte er, dass jemand riet, dann schmeiß sie endlich raus. Aber es herrschte Schweigen. Die Schillers trugen die Zeitung aus. Was anderes gab es nicht. Das war immer so gewesen. Als Fränki klein war, hatte Frau Schiller ihn im Kinderwagen mitgenommen. In Bergstedt druckten die Ketels die Zeitung und Schillers trugen sie aus. Ein bisschen bewunderte Ivonne den Mut der Schillers; schließlich lebten sie von dem Job. Obwohl Halmsum sagte, sie lebten von der Gemeinde, und die Gemeinde sei viel zu großzügig, stellte ihnen das schöne Haus hin. So einfach hätte er es auch gerne.

Wenn Gäste kamen, saßen Ivonne und Jasmin mit am Tisch. Sie antworteten, wenn sie etwas gefragt wurden und entschuldigten sich um Punkt einundzwanzig Uhr. Weiter war von ihnen nichts zu hören, daher wusste Jasmin im ersten Moment nicht, wer sprach: »Wäre das nicht eine Aufgabe für die Halmsum-Akademie?«, fragte Ivonne. Herausfordernd.

Halmsum lachte als Erster.

Rosel fiel schnell ein: »Kind, du denkst dir aber auch Sachen aus. Nun wird es Zeit, euch zu verabschieden.«

Sie stand auf. Zu langsam.

Herr Ketel war nachdenklich geworden. Er sah Halmsum an. »Nein, Fredi, hör mal. Das ist keine dumme Idee.« Er zwinkerte zu Ivonne rüber. »Ganz deine Tochter, die Kleine. Die hat Geschäftssinn!« Er prostete Halmsum zu, der sich nichts anmerken ließ. »Das ist ja dein Geschäft. Darauf bist du spezialisiert: Leute motivieren und geschäftstüchtig machen.«

Alle starrten Halmsum an, Ivonne rührte sich nicht.

»Das ist was ganz anderes, Johann. Meine Schulungen beschäftigen sich mit Verkaufsstrategien und Geschäftspraktiken. Mitarbeiterschulungen sind zwar ein wichtiges Teilgebiet, aber dabei handelt es sich dann um komplexere Arbeitszusammenhänge. Du wirst wohl nicht von mir erwarten, dass ich einem Schiller zeige, wie man eine Zeitung in einen Briefkasten steckt.«

Er grinste. Er sah Herrn Ketel bedauernd an. Er hätte ihm gern geholfen.

»Aber du kannst so was am besten, Fredi.«

Frau Ketel klimperte mit ihren falschen Wimpern.

»Du kannst so gut mit Menschen umgehen. Wenn das einer schafft, dann du. Was Johann?«

Auf einmal redeten alle auf ihn ein. Den Ausschlag gab der

alte Major Riemann, dem die Bergstedter Möbelwerke gehörten. Für ihn fand der Abend statt, Halmsum wollte in seinem aufstrebenden Betrieb Schulungen abhalten.

»Sind Sie sich dazu zu fein, Herr Halmsum? Für so einen kleinen Auftrag? Oder zweifeln Sie an ihrer eigenen Methode? Wenn mich nicht alles täuscht, werben Sie damit, dass Mitarbeiter, die durch die Halmsum-Akademie geschult wurden, effektiver und reibungsloser funktionieren als vorher.«

Der Handschuh lag auf dem Tisch.

Herr Ketel hob sein Glas: »Auf Fredi Halmsum, den Retter der Bergstedter Zeitungsleser!«

Halmsum machte gute Miene.

»Also, Ivonne. Du meinst die Schillers sind ein Fall für die Halmsum-Akademie?« Die Mädchen standen in seinem Arbeitszimmer. »Offenbar weißt du über die Akademie und meine Arbeit gut Bescheid. Nicht, dass ihr das nicht könntet, ich versuche seit Jahren, euch die Grundbegriffe erfolgreicher mitmenschlicher Beziehungen beizubringen. Nützen tut das bloß nichts.«

Er machte eine kurze Pause.

»Nicht mal Freunde habt ihr.«

Jasmin und Ivonne sahen zu Boden. Sie waren Versager, waren nicht einmal miteinander befreundet.

»Ich habe natürlich keine Zeit, mich mit so einer albernen Kleinigkeit aufzuhalten und da das eure Idee war, könnt ihr die Sache in Ordnung bringen.«

Er schlug mehrere Male hintereinander mit seiner flachen Linken auf die Schreibtischplatte: »Ihr werdet dafür sorgen, dass die Zeitungen pünktlich kommen. Und wenn ihr sie selbst austragt. Das ist mir ganz egal.«

Dafür zu sorgen, dass die Zeitungen pünktlich in den Briefkästen waren, war kein Problem. Zeitungen austragen war kein Problem. Für den Rest ihres Lebens um drei Uhr früh aufzustehen, war kein Problem. Das war nicht schlimm. Die Schiller-Kinder fingen bereits im Alter von vier oder fünf Jahren an, Zeitungen auszutragen. Blieben nur die praktischen Fragen zu klären.

Dafür war Ivonne zuständig: »Sollen wir morgen zum Verlag gehen und die Zeitungen abholen? Und sie dann an die angegebenen Adressen verteilen?«

Er streifte Ivonne mit einem Blick, der Wunden riss. Seine Stimme bebte gefährlich. »Seid ihr so dämlich? Ihr tut nur so. Anders kann ich es mir nicht erklären.«

Er guckte nur Ivonne an. Die starrte durch ihn durch, sah aus dem Fenster, obwohl er ihre Sicht blockierte.

»Was sollen wir machen?«

Als Lehrer hatte er einiges erlebt. Und wusste, dass es in jeder Klasse ein paar Kinder gab, die derart renitent oder schwer von Begriff waren, dass alle Liebesmüh vergebens war. Man konnte nur versuchen, selbst die Ruhe zu bewahren. Er sprach langsam.

»Ihr werdet dafür sorgen, dass die Zeitungen pünktlich in den Briefkästen sind. Natürlich werdet ihr sie nicht selbst austragen. Glaubt ihr im Ernst, ich lasse es zu, dass meine Kinder Zeitungen verteilen wie das Schiller-Pack? Ihr müsst nur zusehen, dass Schillers die Zeitungen pünktlich bringen. Das ist alles. Weiter nichts. Ihr müsst euch nicht einmal selbst die Hände schmutzig machen. Obwohl euch das nicht schaden würde.«

An der Tür lehnte Rosel den Staubsauger an die Wand und steckte den Stecker in die Steckdose.

»Da habt ihr wieder Glück gehabt«, sagte sie. »Nun macht mal Platz hier.«

IN-SEKTEN

»Nükhet, ich bin krank.«

Nach der langen Nacht, die sie damit zugebracht hatte, wieder mit dem Rauchen anzufangen und nostalgische Momente aus gemeinsamen Schwesterntagen heraufzubeschwören, klang Minas Stimme heiser und sie hatte wirklich Halsschmerzen.

»Dann reiß dich zusammen. Meinst du, ich will allein arbeiten? Schluck Aspirin.«

»Ich habe Fieber. Und Flecken im Gesicht.«

»Das geht bestimmt weg bis heute Abend.« Nükhet kannte kein Pardon. »Mina, hör mit dem Scheiß auf. Ich weiß, dass du nicht krank bist.«

»Aber du könntest Sermet sagen, dass ich es bin. Bitte, Nükhet. Ich, ich …« Ihr fiel nichts ein, womit sie Nükhet bestechen könnte. Nükhet brauchte nie Hilfe, kam immer klar und wenn nicht, dann wusste garantiert ein Mitglied ihrer tausendfach wimmelnden Großfamilie Rat. Im Zweifelsfall Mama. Von der hatte Nükhet auch ihren Hang zur Melodramatik. Gerade war sie Maria aus der West Side Story: »Mina, warum tust du mir das an?«

»Es ist ganz wichtig. Glaub mir Nükhet. Ich muss für ein oder zwei Tage wegfahren, aber am Freitag bin ich wieder da. Garantiert. Mittwoch und Donnerstag sind doch ruhige Tage. Das schaffst du schon und Sermet ist auch noch da. Bitte.«

»Du fährst also nicht zu Ivies Geburtstag am Samstag?«

»Nein, ich bin am Samstag da. Bestimmt.« Sie würde nicht bis Samstag warten, um ihrer Schwester auf deren rauschender Ballnacht gegenüberzutreten. Als uneingeladene Stiefschwester, armes Aschenputtel ohne Freunde, ohne Arbeit, ohne liebende Familie. Bestimmt nicht. Aber sie wollte Ivie endlich wiedersehen und –. Und was eigentlich? Mit der Flasche Wodka intus und Tolstoi'schen Erkenntnissen über Familien und deren Glück war ihr gestern bzw. heute früh alles ganz selbstverständlich erschienen.

»Hat Ivie ihre Geburtstagsfeier verschoben? Na gut. Aber nur, wenn du Sonntag zum Geburtstag von meiner Mama kommst. Versprochen?«

Mina war einige Male bei Nükhet gewesen und hatte sich von dem Überschwang, der sich dort zu generieren schien, sobald jemand den Raum betrat, existentiell bedroht gefühlt. Wenn das im kleinen Familienkreis schon so war, wie würde es erst am Geburtstag von Mama zugehen? »Versprochen. Du bist ein Juwel, Nükhet. Doch, doch. Ein ganz funkelndes. Danke.«

Verhältnismäßig wenige Stunden später traf sie in Mainz ein. Ivie war bestimmt noch nicht zu Hause; sie arbeitete ja bei pebb. Da gab es keinen Feierabend vor Einbruch der Nacht. Es sei denn, man ging gemeinsam feiern, das war zu jeder Tages- und Nachtzeit erlaubt. Mina brauchte sich nicht zu beeilen, sondern konnte sich zum einhundertsechsundfünfzigsten Mal in aller Ruhe fragen, ob es wirklich eine gute Idee gewesen war, so überstürzt loszureisen. Was Ivie wohl sagen würde? Aber was sollte Mina anderes machen, wenn Ivie auf ihre Mails nicht antwortete und offenbar nicht mal ihre Mailbox abhörte? Mina war sogar soweit gegangen, Ivies pebb-Nummer anzuwählen, nur um dort von einer Frau außer Atem gesagt zu bekommen, dass Frau Deisler unter der Nummer nicht mehr erreichbar sei und bevor Mina weitere Nachfragen stellen konnte, hatte sie sich mit einem Gespräch auf der anderen Leitung entschuldigt und aufgelegt.

Vom Bahnhof war es nicht weit zu Ivie, wie in Mainz alles nicht weit war. Die Sonne schien und Mina schlenderte los. An jeder zweiten Ecke standen Obststände, die regionale Produkte feilboten und dem Städtchen zu dem Charme eines dörflichen Marktfleckens verhalfen. Mainz wirkte gemütlich, ganz anders als Mina es von ihren schrecklichen Besuchen in Erinnerung hatte. Es dauerte nicht lang, da stand sie vor dem gepflegten weißen Haus in der Kaiserstraße – Ivie hatte sich mit ihrem Wegzug aus Hamburg verbessert. Hier glänzten sogar die Fensterrahmen und der Bürgersteig sah aus wie geleckt. Die Haustür lag angelehnt im Schloss, daher trat Mina in den dunklen Hausflur. Ivies Wohnung lag im ersten Stock, nach hinten raus mit einem großen Südwestbalkon. Mina drückte, ohne die Erwartung eingelassen zu werden, auf den Klingelknopf und fuhr zusammen, als in der Wohnung Babygeschrei ertönte. Sie zählte die Monate seit ihrem letzten Treffen – sicher Besuch. Die Tür öffnete sich und eine junge Frau mit wirren Haaren und geröteten Augen blickte ihr entgegen. Sie lehnte am Türrahmen, als könne sie sich ohne Hilfe nicht auf den Beinen halten. Auf dem Arm hielt sie das schreiende Kind. Keine von ihnen sagte einen Ton.

»Hallo. Ich möchte zu Ivie«, begann Mina und wollte einen Schritt in die Wohnung tun.

Die junge Frau hob abwehrend die freie Hand.

»Doch ganz bestimmt. Ich bin ihre Schwester!« Das wurde ja richtig bunt. Was bildete die sich ein? Die junge Frau schüttelte müde den Kopf und versuchte endlich das Brüllen zu übertönen: »Die wohnt nicht mehr hier. Ist jetzt unsere Wohnung.«

Es klang wenig überzeugend; die Frau selbst schien es nicht zu glauben.

»Und wo ist meine Schwester?«

Die andere zuckte die Schultern. War ihr doch egal. Sie guckte noch einmal lustlos auf Mina und schloss die Tür.

Schlagartig nahm die kühle Ruhe wieder Besitz vom Hausflur, eine angenehme Dämmrigkeit umfing Mina. Sie ließ sich neben der Wohnungstür auf den kalten Steinboden gleiten.

Ivie war umgezogen; dabei hatte ihr die Wohnung so gut gefallen. Wahrscheinlich lebte sie bei Jasper. Der hatte ein riesiges Haus gekauft in bester Mainzer Hanglage oder wo auch immer die hiesige Finanzcrème-de-la-Crème sich ansiedelte. Mit einem Park von Garten, den dazugehörigen Handlangern und Platz genug für Wohnen und Arbeiten unter einem Dach. Außerdem zog die Wohngegend die richtigen Klienten für Jasper an; warum sollte er sich mit den desolaten Produkten sozialer Brennpunkte, gewalttätiger Eltern und mangelnder Bildung befassen? Probleme gab es auch anderswo. Nur lagen sie dort nicht auf der Straße. Sondern verborgen hinter automatischen Schiebetoren und langen Auffahrten. Deshalb waren sie nicht weniger bedrückend.

Im Café trank Mina einen doppelten Wodka. Für diese Entwicklung hatte sie keinen Plan und ihr fiel der Anruf von Helena ein, die Ivie nicht hatte erreichen können. Sie war eine tumbe Nuss; spätestens zu diesem Zeitpunkt hätte sie sich denken müssen, dass Ivie nur umgezogen sein konnte. Das lief in den meisten Beziehungen so. Nach einer gewissen Zeit brachen irgendwelche Urinstinkte aus und verdrängten alle Vernunft. Egal wie glücklich man bislang gelebt hatte, plötzlich schien die Beziehung ohne drastisch verengten Lebensraum gescheitert. Ihr fehlte die letzte Probe, das letzte Gefecht um die Verteilung des gemeinsamen Terrains. Das Abstecken des Bodens ging selten ohne Hauen und Stechen vonstatten, aber wie hieß es so treffend: Es waren schon schlimmere Dinge als Machtkämpfe mit Liebe verwechselt worden.

Mina ließ sich Telefon und Telefonbuch bringen.

»Nein, Mina. Wir haben uns getrennt. Ich habe keinen Kontakt mehr zu Ivie. Auf Wiederhören.«

Aalglatt wie immer und erst nachdem er aufgelegt hatte, wurde sie ungläubig. Das konnte er ihr nicht erzählen. Vielleicht hatte Ivie ihm verboten, Mina ihre neue Anschrift zu nennen. Vielleicht saß sie neben ihm und sie lachten über Mina. Nein, das würde Ivie nie tun. Wahrscheinlicher war, dass Jasper aus eigenem Antrieb log. Mina bestellte noch einen Wodka und wusste, Ivie mochte vielleicht aus eigenem Antrieb keinen Kontakt zu ihrer Schwester suchen, aber sie würde sich niemals verleugnen lassen. Nie. Jahs-pah! Der hatte ihr von Anfang an nichts vormachen können. Sie wollte ihm in die Augen sehen, wenn er ihr sagte, dass er nicht wusste, wo Ivie war.

»Ich habe leider nicht viel Zeit.«

Damit sie den unausgesprochenen Zusatz »für dich!« begriff, räkelte er sich bei dieser Begrüßung in seinem Ledersessel, als existiere die Hektik des modernen Lebens für ihn nicht.

Keine Sorge, Dr. Überbiss, dachte Mina.

»Du suchst also Ivie und glaubst, ich wüsste, wo sie ist.«

Gott, wie ein Mann einen einfachen Sachverhalt so sagen konnte, dass es klang, als sei sie völlig verblödet. Natürlich glaubte sie das. Warum sonst war sie wohl hier? Minas Nicken ließ er schweigend im Raum hängen. Wieso sollte er nicht wissen, wo Ivie war? Er sagte keinen Ton. Okay, Mina kam sich auch lächerlich vor.

Er besah seine manikürten Hände, als suche er Dreckspuren unter den Fingernägeln, er hatte sein Ziel erreicht. Dann machte er eine Bewegung, als scharre er mit den Pfoten: »Ich könnte sie im Garten vergraben haben.« Genau! Platz genug war da ja.

Unter seinem Blick schüttelte Mina brav den Kopf; dass sie mit Nicken nicht weit kam, hatte sie gesehen. »Das vielleicht nicht, aber es könnte doch sein, dass sie irgendwas zu dir gesagt hat. Wohin sie wollte, zum Beispiel.« Das klang vernünftig. So musste man mit Psychologen sprechen. Nie sagen, was man dachte, im Zweifelsfall das Gegenteil. Dann würden sie wunderbar klarkommen. Wie hatte Ivie das ausgehalten?

»Leider hat sie gar nichts gesagt. Ich wusste nicht mal, dass sie umgezogen ist, bis du nach ihr fragtest.« Pferdegebiss schüttelte bedauernd den Kopf und sah auf seine Uhr. Für ihn war die Sache erledigt.

»Wieso habt ihr euch eigentlich getrennt?«

Er sah sie an. Er sagte nichts. Schon wieder. Der reizte den alten Psychologentrick wirklich aus. Gott, war der Kerl widerwärtig. Er würde ihr sowieso nichts sagen. Nie. Generös ließ er sich dazu herab, das Wort an sie zu richten: »Warum ich mich –.« Er unterbrach sich, ließ eine Pause verstreichen, in der seine Worte einsickern konnten.

Nachdem klar war, wer hier wen verlassen hatte, tat er, als besäße er genügend Taktgefühl, um die Illusion einer einvernehmlichen Trennung aufrechtzuhalten. »Warum wir uns getrennt haben, ist vollkommen irrelevant und hat bestimmt nichts mit Ivies Umzug zu tun.«

Umzug nicht *Verschwinden*! Siehst du, Mina!

»Zumindest nicht in der Form, die du vermutest.«

Womit er sagen wollte, dass er sich sehr gut vorstellen konnte, dass Ivie sich mit gebrochenem Herzen irgendwo fernab jeder Zivilisation die Augen nach ihm ausheulte. Immerhin war sie seinetwegen nach Mainz gezogen, so einer Frau musste man alles zutrauen.

»Sag mal, Mina, wundert es dich wirklich, dass Ivie sich nicht bei dir gemeldet hat? Nach euren Auseinandersetzungen! Ich will dich ja nicht entmutigen ...«

Er brach ab. Sein Schweigen war beredt.

»Wie komme ich nach Ober-Hilbersheim? Ich werde mal zu pebb fahren. Vielleicht wissen die was.«

Warum sagte sie ihm das? Himmel, warum las sie ihm nicht gleich aus ihrem Tagebuch vor?

Er sah nachdenklich aus. »Zu pebb.«

Wenn er wieder mit dem Schweigen anfing, würde sie gehen. Sie würde sowieso gleich gehen.

»Daran habe ich auch schon gedacht.«

»Wie, du hast daran gedacht?«

Er wieherte auf. »Wenn du eine finstere Macht brauchst, die für Ivies angebliches Verschwinden verantwortlich ist, würde ich mich an deiner Stelle auf pebb konzentrieren.«

Mina guckte ihn genauso an, wie sie sich fühlte. Und das sah wenig vorteilhaft für sie aus.

»Ich soll mich auf pebb konzentrieren?«

»Ja. Ist dir das nicht komisch vorgekommen, wie Ivie da aufgesogen wurde?«

Er kam richtig aus sich raus. Das war interessant.

»Sie war dauernd auf Teamtreffen oder Workshops, sogar an den Wochenenden. Und es wurde immer schlimmer.«

Oha, ob da der Grundstein ihrer Trennung lag?

»Ich arbeite auch gern, aber das war nicht normal.«

Er musste es ja wissen.

»Sie hat sich auch verändert, weißt du.«

»Was willst du damit sagen?«

Sein Interesse an dieser Unterhaltung sank, nachdem er seinen Beitrag losgeworden war, wieder merklich. Er lehnte sich zurück, hob abwehrend die Hände: »Keine Anschuldigungen oder Verdächtigungen. Versteh mich nicht falsch. Das ist wohl eher dein Metier. Das ist mir nur aufgefallen.«

Er legte eine Kunstpause ein. Mina zappelte an seinem Haken.

Endlich ließ er sich herab: »Es gibt Gerüchte über pebb.« Wieder dieses Zögern. Würde sie sofort das Firmengelände stürmen und anfangen, nach dem Leichnam ihrer Schwester zu buddeln?

Ganz Mata Hari lächelte Mina kühl ins Nichts und stand auf. »So?«

Innerlich verkrallte sie sich in seinen Hosenbeinen und wimmerte: Was denn? Was für Gerüchte? Bitte, bitte, sag es mir.

Er stand ebenfalls auf, um sie zur Tür zu bringen. Dann, als sei ihm der Gedanke gerade erst gekommen: »Es gibt Gerede, pebb sei eine Sekte. Und Ivies Verhalten würde dazu passen.« Er schien noch etwas sagen zu wollen, besann sich aber eines Besseren. »Na ja, sie wird schon wieder auftauchen.« Wie meinte er das? Wusste er mehr?

Eine Sekte?

OBSERVATION SCHILLER

Der Älteste der Schillers, Gerd, war »nicht ganz richtig«. Jedenfalls sagten die Erwachsenen das. Nachdem er seinen besten Freund, Ernie Schildknecht, vom Heuboden geschubst hatte. Wenn eine derartige Lappalie ein Indiz für »nicht ganz richtig« war, war von den Schillers keiner »ganz richtig«. Danach war Gerd eine Zeitlang weg gewesen. Nach der Sache mit Ernie Schildknecht. Und so richtig hat es mit ihrer Freundschaft danach auch nicht mehr geklappt. »Zur Kur«, hatte Tante Rüttger gesagt und sich mit dem Finger an die Stirn getippt. Jetzt war Gerd wieder da. Er hatte ein Mofa und fuhr gern Kinder um. Richtig übel nahm ihm das keiner. Wenn es weiter nichts war. Was konnte dabei schon groß passieren? Sagte Halmsum. Waren ja nur Kinder, die sollten sich nicht so anstellen.

Jens, Silke, Thomas und Ronnie Schiller gingen zur Hauptschule, was Popularität und Schülerzahlen des Gymnasiums immens steigerte. Bloß nicht auf die Theodor-Storm, hieß es. Die beherbergte die Real- und die Hauptschule Bergstedts. Mit einem gemeinsamen Schulhof. Das Gymnasium war vor einigen Jahren in ein neues Gebäude kilometerweit entfernt gezogen. Silke trug Lippenstift und eine Dauerwelle und sie hatte immer ganz enge Jeans an. Die kriegte sie nur zu, wenn sie sich platt auf den Boden legte. Ihr Lieblingswort war ‚ätzend'. Der Schlimmste war Fränki. Er ging noch auf die Grundschule, aber er hatte vor niemandem Angst. Kunststück, schließlich gehörten alle, die es eventuell mit ihm aufnehmen könnten, zu seiner Familie. Fränki lauerte hinter dem Bushäuschen und stürzte sich mit Gebrüll auf vorbeigehende Kinder, um sie in die große Pfütze in der Busspur zu stoßen. Er hatte immer was zum Werfen in der Tasche: gammeliges Obst, alte Pausenbrote, Regenwürmer, Steine. Er hörte gern Mädchen kreischen, aber wirklich wählerisch war er nicht. Besonders großzügig war er mit dem Angebot, seinen Pimmel zu zeigen. Daneben wirkte Maria, die älteste Tochter und Gymnasiastin, verständnisvoll und vornehm.

Frau Schiller trug bunt schimmernde Kittelschürzen. Im Sommer wabbelten ihre dicken, nackten, weißen Oberarme daraus hervor. Sie schrie Kinder an. Sie konnte nicht anders und bei ihren eigenen war das gut zu verstehen. Es war ihr zur Gewohnheit geworden, sie fackelte nicht lange.

Ivonne und Jasmin sagten zu allen Erwachsenen »Guten Tag«. Das gehörte sich so. Eigentlich »Guten Tag, Herr oder Frau Sowieso«.

»Freundlichkeit zahlt sich aus«, sagte Halmsum. »Wie man in den Wald ruft«, sagte er.

Artig grüßte Ivonne: »Guten Tag, Frau Schiller!«

»Guuten Taag, Frau Schilläär!«, ahmte Frau Schiller die verzogene Halmsum-Göre nach. »Wieder ganz vornehm, wa. Große Dame. Spiel mit die anderen Kinder un' kriech nich immer umme Erwachsenen rum. Is doch nich normal, so'n Getue. Bild' dich bloß nichts ein!«

Alles an ihr wogte und was Ivonne erst für Anfallshusten hielt, war ihr herzhaftes Lachen.

»Einen guten Tach hab ich auch so.«

Das sah man.

Herr Schiller war kein Trost. Er zeigte sich selten draußen, aber bei schönem Wetter stand die Haustür offen. Dann lag er auf einem Sofa in der Küche, im weißen Unterhemd. Wenn die Kinder zu viel Lärm machten, warf er mit leeren Bierflaschen nach ihnen.

Das Haus, das die Gemeinde Schillers zur Verfügung stellte, grenzte an die Grundschule. Auf dem Schulspielplatz blieben Jasmin und Ivonne ungestört. Kinder, die bei Verstand waren, spielten woanders. Schillers Haustür war zu und es war ruhig. Auffallend ruhig. Richtig still.

Die Mädchen schaukelten nebeneinander.

»Wir finden raus, warum Schillers nicht mehr ordentlich austragen. Das sagen wir Papa.« Jasmin legte sich in die Ketten und schaukelte hoch hinaus. Nach stundenlangem Schaukeln war ihnen nichts Besseres eingefallen, als die Beobachtung fortzusetzen und Schillers bei der Arbeit zu beschatten, wie Jasmin wichtigtuerisch sagte.

Zu Hause stellte Ivonne ihren Wecker auf drei Uhr morgens. Es war stockfinster. Die Straßen waren vollkommen verlassen. Bergstedt wirkte wie eine Kulisse. Ivonne war mit ihrer Klasse im vergangenen Jahr bei den Karl-May-Festspielen in Bad Segeberg gewesen. Als sie vor Aufführungsbeginn das Freilichtrund mit den Holzhäuserfronten und Pappfelsen besichtigten, hatte Ivonne nicht geglaubt, dass »Der Ölprinz« sie überzeugen könnte. Doch sobald Menschen auf der Bühne erschienen, waren die Fassaden vergessen und Ivonne folgte der Handlung, als hätte sie die wackeligen Aufbauten nie gesehen.

Im Haus der Schillers war alles dunkel. Sie konnten noch nicht weg sein, oder? Jasmin und Ivonne bezogen Posten unter der großen Kastanie auf dem Spielplatz. Die Kastanie tropfte, weiter passierte nichts. Viel später, keine von ihnen konnte die Uhrzeit erkennen, hielt ein Auto vor dem Haus. Ein Mann wuchtete mehrere Packen aus seinem Kofferraum. Ivonne nahm ihre Brille ab und polierte sie mit ihrem Pullover. Der Mann schleppte die Packen zur Tür, drückte auf den Klingelknopf und ging wieder. Im Haus rührte sich nichts. Ivonne setzte ihre Brille wieder auf. Sie war bereit: »Jetzt geht es los.«

Das war nichts. Vielleicht hatten Schillers das Klingeln nicht gehört, spekulierte Jasmin. Sollte eine von ihnen noch mal klingeln?

»Da. Licht!« Ivonne stützte sich auf Jasmins Schulter und hopste auf und ab. Hinter einem der Fenster glühte der Vorhang orange. Kurze Zeit später eroberte das Licht das ganze Haus; erst oben und dann unten. Wenn sie durchs Wohnzimmer gingen, konnte man sie durch das große Fenster sehen. Erst Frau Schiller im Bademantel, die sich zielstrebig in Richtung Küche pflügte, danach Maria. Als Nächster kam Fränki. Obwohl sie keinen Ton hörten, wussten Ivonne und Jasmin, dass er rumschrie.

Nach einiger Zeit schob sich Frau Schiller wieder durch das Bild, vermutlich, um den Rest der Bagage aus den Betten zu scheuchen. Bald erschien Silke, die selbst auf die Entfernung mürrisch aussah, und es bestimmt *ätzend* fand, so früh aufzustehen. Ronnie und Thomas folgten, von denen einer mit irgendwas auf Fränki einschlug, und schließlich kam Gerd, bereits in Lederjacke.

»Wie machen wir es jetzt? Wer geht hinter wem her?« Jasmin konnte nicht stillstehen. Sie trippelte auf der Stelle wie ein Kranich mit Tanzhemmung. Die ganze Zeit hatten sie rumgestanden und sich keine Gedanken gemacht. Keinen Plan. Ivonnes Beine waren eiskalt. Sie war nicht glücklich mit der Vorstellung, hinter einem Schiller herzuschleichen. Allein.

Jasmin blieb sachlich: »Gerd fällt weg. Der fährt mit dem Mofa.«

»Genau – sie kommen! Leise.«

Angeführt von Frau Schiller, verließen sie das Haus und machten sich über die Zeitungsblöcke her.

»Mach mal Platz!«

»Eh, du Knalltüte, hast du sie noch alle? Fränki hat schon wieder auf die Zeitungen gepisst.«

Frau Schiller holte aus, ohne ihr Sortieren zu unterbrechen, und haute Fränki auf den Kopf. Der lachte. Die anderen lachten auch. Ivonne musste auch mal. Schillers stopften die Zeitungen in große rötliche Umhängetaschen, dann stieg Gerd auf seine Mofa. Er umrundete seine Geschwister in engen, röhrenden Zirkeln, bis er einmal laut Gas gab und verschwand. Maria schleuderte ihre Tasche am Riemen hinter ihm her, weil er ihr fast über die Füße gefahren wäre. Bis auf Fränki und Frau Schiller nahmen alle Fahrräder. Natürlich. Daran hatten die Schwestern nicht gedacht, dabei hatten sie die Schillerkinder oft mit den Rädern gesehen.

Ivonne und Jasmin blieb nichts anderes übrig, als gemeinsam Frau Schiller und Fränki zu folgen, die die Schulstraße runter gingen auf die Siedlung zu. Die Siedlung aus Neu- und Rohbauten mit ihren kahlen Gärten ohne Grün und Bäume bot wenig Deckung. Dafür konnten sie weit gucken. Frau Schiller nahm sich die eine, Fränki die andere Straßenseite vor. Auf Fränkis Seite klapperten die Briefkästen lauter und es schien eine deutlich überproportionale Hundemehrheit auf rechts zu geben. Sie gaben einander mit ihrem Gebell die Klinke in die Hand. Dazu schrie Fränki seinen Lieblingssong: »Mam-mam-mam-mam-ma, me-ein Schi Roler. Mein Schi Roler. Düsch, düsch-düsch, düsch-düsch, düsch. Mein Schi Roler.« Das klang im Radio anders, wenn The Knack My Sharona sangen. In die Siedlung kam Leben. Sicherlich mussten die Ersten sowieso bald aufstehen. Um fünf Uhr dreißig gingen die Straßenlaternen wieder an und es begann zu dämmern, doch Jasmin und Ivonne konnten nichts Verdächtiges feststellen. Einmal trat Fränki mit Schmackes gegen einen Blecheimer, der ihm im Weg stand.

Oder in Reichweite. Der Eimer flog in einem klappernden Bogen auf die Straße, wo er zweimal aufsetzte und scheppernd zum Halten kam.

»Fränki! Hör mit dem Scheiß auf! Los, bring den Eimer zurück«, bölkte Frau Schiller im Weitergehen. War ihr doch egal. Fränki trat wieder gegen den Eimer, so dass er bei den Nachbarn seiner Besitzer im Garten landete. Ob Frau Schiller und Fränki bei allen Abonnenten Zeitungen einwarfen? Beide ließen gelegentlich ein Haus aus, aber nach welchem System dies geschah, konnten sich die Halbschwestern nicht erklären. Waren Schillers spät dran? Ivonne kam es spät vor. Sie hatte gedacht, sie wären zurück, bevor ihre Eltern wach würden, so dass sie ohne Erklärung zum Frühstück erscheinen könnten.

»Wo wart ihr?« Rosel stand in der Küche. Die Schulbrote lagen fertig auf ihren Plätzen, offenbar hatte sie sich keine Sorgen gemacht. Halmsum sah von seiner Zeitung auf. Wer die wohl gebracht hatte?

»Wie wäre es mit einer Erklärung, die Damen?«

Er faltete das Blatt zusammen und stützte sich auf den Tisch. Sein Blick glitt an Jasmin vorbei und blieb bei Ivonne hängen. Jasmin war fein raus.

»Wir haben...«, begann Ivonne.

Ihre Halbschwester unterbrach sie: »Was glaubst du, was wir gemacht haben? Wir kümmern uns um Schillers, wie du gesagt hast.« Dabei stopfte sie die Brotdose in ihren Ranzen. »Los komm, Ivonne. Wir müssen uns beeilen.«

MiHa Su, die Agentin

Mina verließ Jaspers Anwesen mit keinem angenehmeren Gefühl als sie gekommen war. Ein Wort knallte durch ihren Kopf wie ein Korken: Sekte. Wieso Sekte, das ist doch eine Firma! Über Sekten hatte sie sich nie Gedanken gemacht und von Jahs-pah hatte sie nicht den Eindruck, als mache er sich Gedanken über irgendwas. Daher ging Mina erst einmal in eine Buchhandlung und suchte sich Hilfe, wo sie in Regalen steht. Entweder war sie im Mainzer KaDeWe für Lesbares gelandet oder die gemeine Mainzerin ließ sich nur mit attraktiven Zusatzangeboten von den idyllischen Straßen locken. In der heimeligen Leseecke samt Kaffeemaschine fiel die Entscheidung schwer. Sekten hatten ihren eigenen Abschnitt und die Bände trugen aufregende Titel wie: »Sekten auf Seelenfang« oder »Destruktive Kulte unterwegs«.

An der Kasse konnte Mina nicht stillstehen und der Verkaufsbursche, der eher nach Eisenhauertraining und Schauspielschule aussah als nach Buchladen, guckte mehrmals besorgt auf den Schnickschnackstand neben der Theke. Dabei war Mina nur einmal ganz leicht daran gestupst und es war nicht ihre Schuld, dass dabei eine hässliche, porzellanene Replik des Mainzer Doms zu Boden ging. Die blieb fast heil und auf das kleine Krümelchen, das abgebröckelt war, stellte sie schnell ihren Fuß. Das konnte er nicht gesehen haben. Mit solchen Trivialitäten konnte Mina sich nicht aufhalten. Ihr Instinkt ging mit ihr durch und katapultierte sie in einen John-Grisham-Plot, von dem John Grisham nur träumen konnte. Sie, Mina »MiHa Su« Halmsum würde die Psycho-pebbs enttarnen, ihre Machenschaften aufdecken, ihre Schwester finden.

MiHa Sus Stunde war gekommen.

Die Lektüre war erschütternd. Und lehrreich. Naiv wie sie war, hatte sie sich unter Sekte eine religiös motivierte Gruppierung vorgestellt, wenn auch mit vereinnahmender Tendenz. Weit gefehlt, der Begriff umfasste ein viel weiteres Spektrum, unter anderem »sektenähnliche Wirtschaftsunternehmen und Bildungsinstitute«. Aha! Die Personalmotivationsmaßnahmen einiger Wirtschaftsunternehmen unterscheiden sich kaum von den manipulierenden Methoden der Psycho-Sekten, las sie. Sie dienen dazu, die »Mitglieder«, hier »Angestellte« genannt, zu vermehrter Leistung anzustacheln und sie auf das Unternehmen und ihre Arbeit einzuschwören. »Ist dir das nicht komisch vorgekommen, wie Ivie da aufgesogen wurde?« Jaspers Frage gab dem Ganzen eine unheilvolle Note. Natürlich war ihr das komisch vorgekommen! »Sie war dauernd auf Teamtreffen oder Workshops, sogar an den Wochenenden. Und es wurde immer schlimmer.« Trotzdem hatte Ivie pebb in den höchsten Tönen gelobt. Von Anfang an. Verblendet. Es sei zwar ihre Arbeit, aber hauptsächlich mache es Spaß, sagte sie. Das waren typische Symptome! So gehen Sekten vor: Sie arbeiten mit Sog statt mit Druck. Sie lassen ihren Opfern Zeit. Raffiniert. Ihre Köder heißen: Herzlichkeit. Freundlichkeit. Aufmerksamkeit. Wer sucht das nicht in diesen kalten Zeiten? Dazu die abgeschiedene Ruhe eines Ortes wie Ober-Hilbersheim.

Informationen sind das A und O, die Basis, jeder Ermittlungstätigkeit. Mina brauchte Informationen über pebb. Verlässliche Informationen und nicht den Kehrsatz aus Jaspers Gerüchteküche. Obwohl sie seit fast vierundzwanzig Stunden kein Auge zugemacht hatte, setzte Mina sich gleich nach ihrer Rückkehr an ihren PC. Sie würde herausfinden, was für eine Organisation pebb war; vermutlich gab es bereits Initiativen und Selbsthilfegruppen von ehemaligen pebb-Opfern.

Falls es die gab, waren sie nicht einfach aufzuspüren. Abgesehen von einigen Zeitungsberichten über pebb-Aktivitäten im Mainzer Raum war im Internet nur die pebb-Homepage zu finden und die musste M. H. natürlich mit Vorsicht genießen. Trotz des frühen Morgens – sie war mit dem Nachtzug gekommen – genehmigte Mina sich einen fast alkoholfreien Martini. Obwohl sie den Gedanken noch nicht hätte aussprechen können, hatte sich in ihrem Kopf bereits eine Idee festgesetzt. Eine brillante Idee einer Mata Hari würdig, mit der sie offenbar mehr als nur die Initialen teilte.

Doch erst die Arbeit: Auf der Internetseite des Unternehmens erfuhr Mina mehr, als sie wissen wollte. pebb arbeitete in den Bereichen Unternehmensberatung, Organisationsentwicklung, arbeitsmarktpolitische Konzepte und Personalentwicklung. Effizient und erreichbar bieten sie maßgeschneiderte Lösungen sowie Moderation in Pattsituationen an sowie erfahrene Praktiker, die gerne für Fragen des Qualitätsmanagements zur Verfügung stehen. Waren das nicht genau Ivies Worte? Vielleicht mussten Neue bei pebb als erstes die Internetseite auswendig lernen.

Unter »Organisationsentwicklung« war zu lesen: »pebb arbeitet prozesshaft, d.h. ohne zuvor festgelegtes Programm.« In Wirklichkeit bedeutete das natürlich nur, dass sie letzlich machten, was sie wollten, ohne dass ihnen jemand das nachweisen konnte. Es klang schön und darauf kommt es in einer Selbstdarstellung an. Da wird allerhand angeboten und angepriesen. Und dass bei Sekten alles schön durchstrukturiert ist, wusste doch jede und jeder. Mina sah Jaspers Verdacht in jedem Absatz bestätigt.

Trotz ihrer Vorbehalte fühlte Mina sich von dem Schwerpunktbereich »Arbeitsmarktpolitische Konzepte« angesprochen. Danach war aber Schluss! Hier tauchten »kleine Teams von motivierten SpezialistInnen« auf und gegen ihren Willen dachte sie an Charlies Engel. Dann folgte die Offenbarung: »außerhalb behördlicher Strukturen«. Das war es! Der erste Hinweis auf pebbs illegale Machenschaften! Mina befand sich auf ihrer Spur!

Mit der Personalentwicklung hatte Mina auch prompt keine Probleme. Da war pebb das sprühende Vabanquespiel in der Darstellung nicht gelungen. Stattdessen bemühten sie langjährige Erfahrung und »strategische Personalentwicklungsmaßnahmen, inkl. Arbeitszeit- und Anreizmodellen.« Das erinnerte an einen Abrichtplatz, »brav, Bello, brav«. So ging es zu bei Sekten: gehorchen über alles.

Bei der pebb gmbh handelte es sich um ein dezentralisiertes Unternehmen mit Hauptsitz in Ober-Hilbersheim und weiteren Standorten in der gesamten Bundesrepublik. Der Name sollte keine schmissige Assoziation sein zu »Pep [amerik.] der; [s]: (ugs.) Elan, Schwung, Temperament (als Wirkung von etwas)«, wie es der Duden beschrieb, sondern das Konzentrat der Formel: »persönliche entwicklung – berufliche bildung«. Der Name wie das Programm basierten auf der Annahme, dass beides zusammengehört. »Berufliche Veränderung fordert auch persönliche Veränderungen, Persönlichkeitsmerkmale und Eigenschaften werden ebenfalls berührt.« Mina ertappte sich in Wackelkopfdackelmanier vor dem Bildschirm. Es wurde ihr alles zuviel. Das lernte man doch schon im Kindesalter, dass man mit niemandem mitgehen soll. Auch nicht im Geiste. Also: Rücken gerade und mitgedacht.

Die MitarbeiterInnen – Überraschung! – waren bei pebb die tragenden Kräfte. Die Säulen, mit denen sie das Unternehmen hochhielten, hießen Eigeninitiative und selbstbestimmtes Handeln. Weiter ging es mit dem Umgang, »auf der Grundlage von Offenheit, Ehrlichkeit und Professionalität«.

Nach einem Exkurs in flachen Hierarchien, Selbstbestimmung und unternehmerischer Beteiligung kam der Satz: »Individualität, informellem Austausch und Spaß an der Arbeit wird bewusst ein wichtiger Platz in der Unternehmenskultur eingeräumt.« Mina hatte sich lange genug zu Misstrauen gezwungen; jetzt stellte es sich von allein ein. Dies war genau die Sorte Satz, die sie hin- und herwarf. Ein Konglomerat aus Gut und Böse, Zuckerbrot und Peitsche; Ermunterung des armen kleinen Maikäfers angesichts der verheerenden Situation in Pommerland und schließlich seine gnädige Erlösung.

Dann war er wieder da, der Star des Tages: der »Spaß an der Arbeit«. Der gute alte Spaß mit dem hohen Stellenwert. Das hatte Ivie schnell begriffen. Die hat ihren Spaß runtergebetet wie ein Mantra: Meine Arbeit macht mir Spaß. Darum macht es mir auch nichts aus, soviel zu arbeiten. Das konnte Mina sich vorstellen, dass der Spaß für das Unternehmen wichtig war. Damit die MitarbeiterInnen vor lauter Spaß nicht merken, was mit ihnen passierte. Arme Ivie. Kein Wunder, dass sie auf Minas kritische Nachfragen nach pebb empfindlich reagierte, sich laufend bestätigen musste, dass ihre Arbeit Spaß machte.

War pebb raffinierter, als sie dachte?

Feindbewegungen

In den nächsten Tagen behielten Ivonne und Jasmin ihre Observation bei. Sie standen unter der Kastanie, wenn bei Schillers die Lichter angingen. Mit ihren Rädern. Gerd raste als Erster los, wahrscheinlich um die verstreut und außerhalb wohnenden Zeitungsleser zu versorgen. Unter dem frühmorgendlichen Geschrei ging die Zeitungsaustragerei überraschend gut organisiert vonstatten. Hinter dem Gedrängel verbarg sich ein System. Jedes Familienmitglied hatte feste Routen, die es ablief oder abfuhr. Silke und Jens fuhren ins Kirchdorf. Das Gebiet zwischen Sportplatz und Feuerlöschteich, die Westerhöh, gehörte Thomas und Ronnie. Fränki und Frau Schiller übernahmen die Siedlung und Maria ging in »die Stadt«, Bergstedts Einkaufsbezirk und Fußgängerzone. Herrn Schiller sahen sie morgens nie.

Am Dienstag folgten die Schwestern Silke und Jens, die nebeneinander auf der Straße fuhren. An der Kirche hielten sie an. Silke holte eine Schachtel Zigaretten aus der Brusttasche ihrer Jeansjacke. Sie nahm eine und reagierte auf Jens' ausgestreckte Hand mit Kopfschütteln. Der riss ihr die Schachtel weg und Silke rannte ihm schreiend hinterher. Direkt vor dem Haus des Pastors kamen sie zum Halten und zündeten ihre Zigaretten an. Sie versuchten nicht, leise zu sein. Eher nebenbei begannen sie damit, Zeitungen zu verteilen. Die Straßen waren eng, die Häuser standen so dicht nebeneinander, dass es sich nicht lohnte, die Räder zu benutzen. Ivonne und Jasmin drängten sich hinter das Bushäuschen. Jedes Haus bekam eine Zeitung. Silke und Jens blieben gelegentlich stehen, um über irgendwas zu lachen oder zu kichern. Als ihre Runde sie zurück zu ihren Rädern brachte, zog Silke ihren großgezinkten Dauerwellenkamm aus der Gesäßtasche ihrer Jeans und fuhr damit ein paar Mal durch ihre Haare. Sie hängte ihrem Bruder ihre Tasche um und er fuhr allein davon. »Los. Fahr hinter ihm her.« Ivonne bedeutete ihrer Schwester, hinter der Kirche langzufahren, um wieder auf die Alte Hauptstraße zu stoßen. Jens legte ein zügiges Tempo vor. Er guckte nicht nach links oder rechts, sondern raste von Haus zu Haus. Manchmal stellte er sein Rad ab, um einige Briefkästen zu Fuß anzusteuern. Er sah mehrfach auf seine Armbanduhr. Kurz vor sieben, seine Tasche sah nicht leer aus, hielt er vor der Drosselgasse, die die Alte Hauptstraße mit dem Kirchstieg verband. Einen Moment schien er unschlüssig, dann schwang er sich auf sein Rad und raste nach Hause. Jasmin wusste, dass er pünktlich in der Schule sein wollte. So was sprach sich rum. Sein Lehrer drohte, ihn das Schuljahr zum zweiten Mal wiederholen zu lassen, wenn er weiterhin jeden Morgen zu spät käme.

Am Fahrradschuppen wartete Ivonne. Ungeduldig, sie hatte was zu erzählen.
»Sag schon, wir haben keine Zeit.«
»Sie hat einen Freund!«, kicherte Ivonne.
»Quatsch. Wen denn?« Die Neuigkeit war nicht überraschend. Erwachsene machten öfter Andeutungen über Silke und alle hatten gesehen, wie sie auf dem Jahrmarkt mit einem Typen vom Autoscooter geknutscht hatte. Trotzdem verhielt sich Ivonne, als habe sie ein Kaninchen im Zylinder.
»Wer ist es?«
»Das glaubst du nicht. Da kommst du nie drauf.«
Ivonne hätte das gern in die Länge gezogen, aber die Schule rief. »Lothar von Regern.«
»Nein!«
»Doch.« Sie nickte.

Herr von Regern war alles, was eine Silke Schiller nie sein würde: erfolgreich, vermögend, charmant, graumeliert. Er war der Anwalt von Bergstedt, ein Vereinskamerad von Halmsum und hatte eine Tochter, die in Jasmins Klasse ging. Er war die High Society des Ortes. Verheiratet war er außerdem.

»Nein, sag mal im Ernst.«

»Im Ernst: Lothar von Regern. Ich schwöre!« Ivonne hob ihre rechte Hand.

»Haben die sich –«, Jasmin kicherte, »du weißt schon – geküsst?« Gott, wie peinlich.

»Na ja.« Jetzt kicherte auch Ivonne und berichtete: Herr von Regern war auf dem Weg zu seiner Kanzlei gewesen. Die befand sich in einem der alten Häuser an der Kirche, das er gerade nach den neuesten Maßstäben des Denkmalschutzes hatte restaurieren und renovieren lassen. Silke hatte ihn am großen Tor zur Kirche angesprochen und ihn am Ärmel gepackt. Daraufhin hatte er sich gehetzt umgesehen und seinen Arm um Silke gelegt. Ivonne konnte nicht verstehen, was sie sagten. Er hatte sie in die Kirchenauffahrt gezogen. Sie waren eine ganze Zeitlang hinter der hohen Mauer verschwunden, bis Silke erschien und pfeifend zu ihrem Fahrrad schlenderte. Kurze Zeit später kam van Regern, drehte sich nach allen Seiten um und ging in Richtung seiner Kanzlei davon.

»Wow! Er wollte nicht mit Silke reden, oder?«

»Sah so aus.« Ivonne kicherte.

Jasmin kombinierte logisch: »Wieso geht er dann so früh zur Arbeit? Das war bestimmt nicht das erste Mal, dass er ihr morgens begegnet ist.«

Soweit konnte Ivonne noch nicht denken: »Lothar von Regern und Silke Schiller. Seine Frau ist viel hübscher als Silke.«

»Aber sie ist eine Zicke. Das sagt selbst Mama.«
»Silke auch. Vielleicht mag er Zicken.« Die Schwestern sahen sich an und lachten.
Am folgenden Morgen folgte Jasmin Ronnie und Thomas, während Ivonne sich um Silke kümmerte. Ronnie und Thomas fuhren schnell, redeten nicht viel und beeilten sich auf ihrer Runde. Mit Thomas war Jasmin auf der Grundschule in eine Klasse gegangen. Da hatte er auch nicht viel gesagt, dafür konnte er am weitesten spucken. Zu ihrem Gebiet gehörte Westerhöh, das »alte« Neubaugebiet. Die Straßen waren frisch und glatt asphaltiert und es ging steil bergab. Das war die Gegend zum Rollschuhlaufen. Erst als Ronnie oben auf der Westerhöh sein Rad abstellte, bemerkte Jasmin, dass er eine zweite Tasche dabei hatte. Eine große Sporttasche, aus der er ein Brett zerrte. Ein sperriges Holzbrett. Er legte es auf den Boden. Auf die Entfernung konnte sie nicht erkennen, was er machte, aber er schien sich auf das Brett zu stellen. Dabei ruderte er mit den Armen. Plötzlich kam er in Bewegung! Ohne die Auf- und Ab-Bewegung, die er beim Laufen gemacht hätte, glitt er, nein, raste er den Berg runter. Aus Jasmins Sichtfeld. In einem Wahnsinnstempo! Jasmin schrie auf, so was hatte sie noch nie gesehen. Thomas guckte seinem Bruder nach, dann begann er abwärts zu gehen, wobei er Zeitungen verteilte. Nach einer Weile erschien Ronnie wieder. Er trug das Brett unterm Arm. Oben angekommen stellte er sich wieder darauf. Er war noch schneller verschwunden als beim ersten Mal. Jasmin schob ihr Rad ein paar Schritte vor, damit sie bis nach unten sehen konnte. Thomas rannte hinter Ronnie her, »Heh, ich bin dran. Halt an!« Ronnie konnte natürlich nicht anhalten, er hatte eine irre Fahrt drauf. Leicht vorgebeugt, in den Knien federnd, hielt er sich locker auf den Beinen und, Jasmin hätte es schwören können, wich dabei noch Unebenheiten und Steinen aus.

In Aktion – Aufzeichnungen einer Agentin

Mein Name ist Mina Halmsum, 32, Agentin: Codename MiHa Su. Ich werde Undercover bei der pebb gmbh beginnen und herausfinden, was sie mit meiner Schwester gemacht haben. Bei pebb ahnt niemand, dass Ivie Deisler meine Schwester ist. Ich führe ein Doppelleben. Tags gebe ich die harmlose Angestellte – Fräulein Halmsum, zum Diktat, bitte! - und nachts werde ich zu MiHa Su, der Meisterin des leeren Lächelns. Ich arbeite verdeckt und begebe mich direkt in das pulsierende Herz der Gefahr. Ich integriere mich unauffällig, als sei alles, was sich dort abspielt, ganz normal. Das ist nicht nur Taktik, sondern auch Methode. Schließlich ist das Leben innerhalb einer Organisation – sei es eine Sekte, eine Anstalt oder ein Unternehmen – nur zu begreifen, wenn man sich hundertprozentig darauf einlässt. Nur gegen etwas, das man begreift, kann man vorgehen.

Mina wusste, wovon sie sprach; ihr Einsatz diente Ivies Wiederfindung. Alles, was sie über pebb wusste, bestätigte ihren Verdacht und es schien erwiesen, dass Ivies Spuren dort im Sande verliefen. Wäre Mina nicht instinktiv gegen pebb gewesen, dann hätte sie sich während ihrer Besuche in Mainz wunderbar mit Ivies ausuferndem Kollegium anfreunden und diese Quellen nun anzapfen können. Sie hatte noch einmal versucht, ihre Schwester über pebb anzurufen und war in der Zentrale auf eine wenig kooperative, gut geschulte Dame getroffen, die Professionalität und Offenheit in einen neuen Zusammenhang brachte: Professionellerweise wollte sie wissen, worum es ging, bevor sie weitere Auskünfte in aller Offenheit verweigerte. Mina hatte ihr im Kombinationswesen wenig nachgestanden, allerdings nicht mit gleichem Erfolg. Ihre Strategie war zu defensiv; so klappte es also nicht. Mina

hatte nämlich beim Vortrag ihres Namens und Anliegens sowohl Offenheit vermieden als auch Professionalität vermissen lassen und war an der Ober-Hilbersheimer Wachsphinx, einer gewissen Anne Hanschke, kläglich gescheitert.
»Worum geht es denn?«
»Ich möchte Frau Deisler sprechen.«
»Die ist nicht im Haus. Wenn Sie mir sagen könnten, in welcher Angelegenheit Sie Frau Deisler sprechen möchten, kann ich Sie an jemanden anders verweisen, der oder die Ihnen weiterhelfen kann.«
»Wann kann ich Frau Deisler wieder erreichen?
»Das kann ich Ihnen leider nicht sagen. Wenn Sie mir Ihren Namen und Ihr Anliegen nennen, leite ich Ihre Nachricht weiter und Frau Deisler oder eine Kollegin ruft Sie zurück.«
Da war nichts zu machen gewesen, zumindest nicht ohne Identität und die hatte sie nicht. Ihr fiel nichts Gescheites ein; nicht einmal die Bemerkung, dass es privat sei.

Ihr Entschluss war gefasst, und sie hatte zwei Bewerbungen an pebb geschrieben. Eine an die Zentrale in Ober-Hilbersheim und eine an die Hamburger Dependance, dem so genannten Aktionsbüro für Arbeit (Afa) in Hamburg. Dank der Informationen der Homepage und ihren Erinnerungen an Ivies glühende Lobpreisungen war es ihr offenbar gelungen, genau den richtigen Ton zu treffen; jedenfalls wurde sie zu einem Vorstellungsgespräch eingeladen.
Mittwochnachmittag um fünfzehn Uhr dreißig erwartete Frau Hoffmann sie in einem imposanten Firmengebäude, das, wie sich rasch herausstellte, gar nicht pebb gehörte, sondern einer Berufsgenossenschaft. Pebb hatte darin nur Zimmer gemietet. Nicht mal viele. Mina musste einige Minuten

in einem kleinen Warteraum Platz nehmen, bis eine junge Frau mit Pferdeschwanz sie abholte. »Hallo, ich bin Susanne Hoffmann. Sie müssen Mina Halmsum sein?«

Genauso hatte Mina sich die ideale pebb-Mitarbeiterin vorgestellt: unbefangen, aufgeschlossen, dynamisch und zupackend. Den Typ hatte sie schon im Studium am liebsten gemieden. Diese engagierten Dinger, die am Anfang des Semesters bereits wussten, welche Scheine sie machen und zu welchen Themen sie referieren würden. Neben so einer fühlte sich jede halbwegs normale Langzeitstudentin wie eine zurückgebliebene Grundschülerin neben der Schulsprecherin.

Beim Betreten des Hoffmannschen Büros stand ihr ein weiterer Schock bevor. Der zweite im Bunde stand Frau Hoffmann nicht nach. Mina zuckte richtig zusammen, als eine männliche Version des unbedarften Optimisten auf sie zugeschossen kam. Er saß im Rollstuhl, aber das ließ ihn nicht weniger bedrohlich wirken. Das war eine ganz heitere Firma und Mina konnte die lachende Dritte werden. Also biss sie die Zähne zusammen, riss die Mundwinkel auseinander und passte sich in das fröhliche Firmenbild ein. Der Typ hieß Jan Carstensen.

Nach einigen fragenden Blicken und »Soll ich anfangen oder willst du?«, legte Frau Hoffmann los. »Am besten erzählen wir erst mal ein bisschen über uns und pebb. Und warum wir jemanden suchen. Also, ich werde meine Stundenzahl auf zwanzig reduzieren. Das war schon länger geplant, aber wir dachten, wir kämen auch mit 1,5 Stellen hier im Büro klar. Aber ....«

Einen Zusammenbruch simulierend, unterbrach Carstensen: »Wir haben für zwei volle Stellen fast zu viel zu tun, wir brauchen unbedingt jemanden. Susanne wird nämlich Clownin«, setzte er vielsagend hinzu.

Obwohl Mina lieber was über das Unternehmen erfahren hätte, und für Clowns, gleich welchen Geschlechts, nicht viel über hatte, mimte sie Interesse. Aber mehr als »Das klingt ja spannend«, brachte sie nicht heraus. Clownin! Der Hoffmann war offenbar jeder Strohhalm Recht, um aus diesem Unternehmen rauszukommen. Sie blieb aber bei der Sache, was Mina ihr hoch anrechnete.

»Wir arbeiten mit verschiedenen gesetzlichen Unfallversicherern, z.B. Berufsgenossenschaften, zusammen. Deren Aufgabe ist die medizinische, berufliche und soziale Rehabilitation ihrer Versicherten, nachdem diese entweder einen Arbeitsunfall erlitten haben oder an einer Berufskrankheit leiden. Insbesondere die berufliche Rehabilitation ist häufig sehr zeit- und kostenintensiv und von der Berufshilfe – das ist die Instanz der Berufsgenossenschaften, die mit den Versicherten direkt zu tun haben – nicht umfassend zu leisten. Aus diesem Grund gibt es pebb. Zu uns werden Versicherte, die aufgrund eines Arbeitsunfalls oder einer Berufskrankheit ihren ursprünglichen Beruf nicht mehr ausüben können, geschickt.«

Erwartungsvolle Blicke ruhten auf Mina. Ob sie das verstanden hatte? Jetzt als Beweis eine gute Frage! Gute Fragen waren wichtig, Fragen, die nicht jeder Bewerber stellte, die von rascher Auffassungsgabe und intuitiven Erfassen der Situation zeugten – Fragen, die ihr nicht einfielen. Irgendwie klang das eher nach Sozialarbeit, einem umfassenden Betreuungsprojekt. Einen Moment lang sah Mina sich Manfred Faschinger in seinem Bademantel gegenüber. Der behauptete von sich auch, er sei auf der Suche nach Arbeit. Aber seit die Russenmafia St. Pauli fest im Griff habe, sei für ihn da nichts mehr zu machen. Das konnte ja heiter werden. Aber gut, dann würde sie eben ein paar vom Dach gefallenen

Zimmerleuten gut zureden. Ganz in Gedanken rutschte Mina die Frage: »Haben Sie auch manchmal Erfolg?« raus. Das war keine von den guten Fragen. Pass doch auf, Mina! Sonst merken die gleich, dass du dem Ideal der pebb-Mitarbeiterin nicht entsprichst. Schnell fügte sie hinzu: »Ich stelle es mir schwierig vor, Stellen zu finden. Insbesondere wenn jemand nach langjähriger Tätigkeit etwas Neues beginnen muss, was ihn vielleicht nicht besonders interessiert.« Carstensen lachte und auch Hoffmann sah amüsiert aus. Schön, dass die beiden ihren Humor behielten.

»Ja, wir haben Erfolg. Unsere Vermittlungsquote liegt bei über fünfzig Prozent, was angesichts der Arbeitsmarktlage nicht schlecht ist. Ein Hauptbestandteil unserer Arbeit sind die Gespräche mit den Versicherten. Wir nehmen uns viel Zeit um herauszufinden, was er oder sie gern machen möchte. Manchmal ist das schwierig, weil dem alten Beruf nachgetrauert wird, aber manchmal finden wir schnell ein brachliegendes Interesse, so dass wir zumindest eine grobe Orientierung haben. Es ist wichtig, Kontakt zu dem Versicherten – ich sage jetzt der Versicherte, weil bei uns über siebzig Prozent männlich sind – zu bekommen und ihn zu motivieren. Wir arbeiten mit Sog statt mit Druck, und Menschen, die etwas wollen, haben die besten Aussichten – auch auf dem Arbeitsmarkt.«

Mina pustete in ihre Kaffeetasse. Da war offenbar was dran. Immerhin saß sie jetzt hier. War Erfolg so einfach?

Zum Glück redeten beide gern und einfach weiter, denn Minas Gedanken begannen abzuschweifen. Bis alle Blicke auf ihr ruhten und sie keine Ahnung hatte, was gerade dran war. Das war schlimmer als Vorsprechen. »Ist für die Arbeit eine sozialpädagogische Ausbildung nicht sinnvoll?«

Super, Mina! Zähle noch mehr Qualifikationen auf, die

für die Arbeit gebraucht werden und die du NICHT hast! Vergiss nicht, warum du hier bist! Verzweifelt suchte sie nach einer Bemerkung. Die ihre Worte abschwächen könnte. Da meldete sich Hoffmann wieder zu Wort: »Nicht unbedingt, obwohl viele bei pebb eine haben. Aber wir decken auch sonst ein breites Spektrum ab und können von der Amerikanistin bis zur Volkskundlerin fast alles bieten.«

»Genau«, fiel Carstensen ein, »wichtig ist das Interesse an den Menschen. Bei uns liegen die Arbeitsschwerpunkte auf der Beratung und der Stellenakquise, wobei es entscheidend sein kann, in Gesprächen mit potentiellen Arbeitgebern den richtigen Ton zu finden. Wir telefonieren viel. Vernetzung und Kontaktpflege sind entscheidende Faktoren im Job.«

Wie auf Stichwort klingelten in dem Moment fast gleichzeitig das Festnetztelefon und ein Handy. Das wirkte ein bisschen übertrieben und Mina hatte die beiden Spaßvögel fast im Verdacht, diesen Supereffekt inszeniert zu haben. Mit bestätigendem Grinsen hielten sie sich ihre Apparate an die Ohren, Hoffmann am Schreibtisch sitzend, Carstensen mit seinem Rollstuhl vor dem Fenster stehend. Weder ihr noch ihm schien es etwas auszumachen, dass eine Fremde im Raum war. Sie bewegten sich natürlich und plauderten ungezwungen, in völliger Übereinstimmung mit sich und ihrem Auftrag. Das hatte eine Leichtigkeit und – keine Ahnung, wie das passierte – Mina fand es angenehm, dabeizusitzen. Sie fühlte sich angesteckt von dem Engagement, rutschte auf die Stuhlkante und fieberte mit, ohne zu wissen, worum es in den Gesprächen konkret ging. Bis ihr Stuhl ins Kippeln geriet und sie wieder zu den ernsten Fakten ihres Hierseins zurückrief. War sie so eine labile Lusche? Wenn sie sich nicht selbst im Wege stünde, könnte sie das pebb-Geheimnis am zweiten Arbeitstag ergründet haben; Hoffmann und Carstensen schienen sich nicht verstellen zu können. Carstensen warf ihr einen Blick zu, dann entschuldigte er sich bei seinem Gesprächspartner und rollte Richtung Tür. »Datenschutz!« grinste er und Mina fühlte sich durchschaut.

Hoffmann erzählte mehr über das Unternehmen. »Es gibt mittlerweile zwölf dieser pebb-Büros in ganz Deutschland. Aktionsbüros für Arbeit, kurz Afas, heißen sie. Jedes Afa arbeitet selbstständig und ist auch finanziell unabhängig, d.h. wenn wir viel arbeiten und viele Versicherte betreuen, verdienen wir entsprechend viel Geld. Zumindest ist das der Grundgedanke und in den letzten Jahren hat es größtenteils funktioniert. Natürlich kann es immer passieren, dass die Berufsgenossenschaften weniger Versicherte schicken. Dann müssen wir akquirieren oder Kosten senken.«

Inzwischen war Carstensen wieder ins Büro gerollt und hatte einen imaginären Sektkorken knallen lassen, weil er einen Versicherten in Arbeit vermittelt hatte. Seine Begeisterung war ansteckend. Entweder war das was Besonderes, dass er jemanden loswurde oder er hing wirklich an »seinen« Leuten. Der Versicherte, ein ehemaliger Gebäudereiniger mit einer rekordverdächtig langen Liste mit Absagen, hatte gegen alle Hoffnung und trotz zahlreicher Mitbewerber eine Stelle als Lagerhelfer, Hausmeister, Botenfahrer und Platzwart, kurz als »Mann für alle Fälle«, bei einer Großhandelsgesellschaft erhalten. »Das war genau, was er sich gewünscht hat!« Carstensen wurde nicht müde, mit strahlenden Augen von seiner erfolgreichen Vermittlung zu schwärmen: Sein Gespräch mit dem Arbeitgeber, wie er den überzeugt hatte und und und. Na, und die Freude des Versicherten. Und dessen Frau. Die hatte sich persönlich bei Carstensen bedankt und ihm einen Apfelkuchen versprochen. Carstensen war für die Nachwelt verloren. Es gab keine anderen Themen mehr.

Das war ein faszinierendes Schauspiel, was der Mann bot. Als sei Erfolg in der Arbeit eine Glücksdroge. Ein Aufputschmittel. Erschreckend. Offenbar wurde bei pebb mit meisterlicher Indoktrination gearbeitet. Wie sonst kriegten sie das hin, die Angestellten dermaßen in das klebrige Netz der Arbeit zu verstricken?

Das hätte schwächere Gemüter als Mina bange gemacht.

Arbeitssekte.

Ameisenstaat.

OFF TO SEE THE WIZARD

Mit dem ICE nach Frankfurt Flughafen, umsteigen in Richtung Mainz und von dort nach Gau-Algesheim. Von Gau-Algesheim nach Ober-Hilbersheim mit dem Funktaxi, Telefonnummer stand vor dem Bahnhof auf einem Schild.

Mina hatte den Reiseplan genau im Kopf. Der Zug war mit Verspätung abgefahren und es war fraglich, ob sie alle Anschlusszüge erreichen würde. Die Fahrgäste, die ab Frankfurt einen Flug gebucht hatten, waren bereits gebeten worden, sich beim Zugbegleitpersonal zu melden. Die Klimaanlage regulierte sich eigenmächtig; zumindest behauptete der Zugbegleiter, dass er an dem feucht-heißen Tropenklima nichts ändern könne. Dazu sei der Zug außergewöhnlich gut besucht. Mit der Werbung fürs Bahnfahren hatte das nichts zu tun. Susanne Hoffmann hatte die Fahrt für Mina organisiert, somit konnte sie, statt auf ihrem Koffer im Gang, auf einem reservierten Fenstersitz Platz nehmen. Sie war erst seit fünf Tagen im Afa beschäftigt und bereits zu den Einarbeitungstagen eingeladen. Die fanden möglichst kurz nach Neueinstellungen statt und beinhalteten die Reise in das Zentrum des Unternehmens pebb nach Ober-Hilbersheim.

Besser hätte es für Mina nicht laufen können, denn die eigentlichen Machenschaften mussten in Ohihei stattfinden. Immerhin war Ivie auch von dort verschwunden. Die Afas waren vielleicht so etwas wie die unverfänglichen Vorposten der Sektenaktivitäten und die Einarbeitungstage wahrscheinlich der erste ernsthafte Rekrutierungsversuch. Bislang war Mina nichts Verdächtiges untergekommen. Das einzige, was sie mit Bestimmtheit behaupten konnte, war, dass ein Doppelleben plus Nebenbeschäftigung als Kellnerin müde machte.

Nach einer unterhaltsamen Fahrt im Funktaxi, »Sprendlinger Straße oder Wassergasse?«, konnte sie endlich auf den pebb-Klingelknopf drücken. Anke, die kaufmännische Leiterin, die Mina vom Telefon kannte, hatte auf sie gewartet.

»Es tut mir Leid, dass ich so spät komme, der Zug hatte Verspätung und das Taxi ließ auch ganz schön auf sich warten.«

Anke winkte ab: »Das ist kein Problem, so konnte ich wenigstens in Ruhe arbeiten.«

Anke vermittelte nicht auf Anhieb den Eindruck einer Frau, die ausschließlich in ihrer Arbeit aufging, aber da konnte man sich täuschen, und wenn eine in einer Sekte erst mal richtig Fuß gefasst hatte, war unermüdlicher Einsatz Pflicht.

»Außerdem hab' ich es nicht weit nach Hause.«

Mit diesen Worten zeigte sie auf das Firmengebäude in ihrem Rücken und erklärte, dass ihre Wohnung sich im Erdgeschoss befände und darüber zwei pebb-Etagen lägen. Das war sehr interessant, dass Anke mit ihrer ausgesprochenen Anbindung an das Unternehmen so offen umging. Da hatte selbst Ivie nicht mithalten können. Mina versuchte Fassung zu bewahren. Um das Maß voll zu machen, und mit einem vielsagenden Grinsen, zeigte Anke auf das Doppelhaus gegenüber und erklärte, dass dort Georg, der Geschäftsführer, mit seiner Familie sowie ein weiterer Kollege, Martin, ebenfalls mit Familie, wohnten. Und im Ort verstreut natürlich noch jede Menge andere pebbls. Simone beispielsweise, sei gerade erst aus Hannover zugezogen.

»Die Einarbeitungstage gibt es in dieser Form seit zwei Jahren. Vorher haben wir neuen Kolleginnen und Kollegen zwar auch angeboten, ein paar Tage nach Ober-Hilbersheim zu kommen, aber das wurde wenig genutzt.« Ute Schwarz, die die Leitung der Einarbeitungstage übernommen hatte, blickte in die kleine Runde der neuen Kollegen. Sie gehörte in das Team proko, Projektkoordination, oder, wie sie es vollmundig nannte, die »Dienstleistungsoase bei pebb«. Ihr Team machte alles für Geld: von Gesprächsmoderationen über Berichtschreiben, Bewerbungsverfahren bis Büroaufräumen. Für alles, was pebb-Teams nicht selbst leisten konnten oder wollten, konnten sie sich von proko ein Angebot einholen.

»Neben der Einarbeitung vor Ort in euren jeweiligen Kompetenzzentren habt ihr hier die Gelegenheit, pebb über euren Arbeitsbereich hinaus kennen zu lernen. Und damit alle diese Chance haben, haben wir beschlossen, die Einarbeitung für alle verbindlich und einheitlich hier vor Ort zu organisieren.«

Zusammen mit Mina nahmen Volker und Sophie an den Einarbeitungstagen teil. Volker war im Projekt IBM beschäftigt und Sophie in der Standortberatung. Beide waren häufig in Ober-Hilbersheim und kannten die hier ansässigen Kolleginnen und Kollegen bereits.

»Also, wie gesagt, das hier ist eine Pflichtveranstaltung. Es geht hauptsächlich darum, dass ihr pebb kennen lernt. Sowohl die Personen in Ober-Hilbersheim, mit denen ihr alle mehr oder weniger viel zu tun habt, als auch das Unternehmen mit seiner Struktur und Philosophie. Ihr sollt sehen, dass pebb mehr ist, als euer derzeitiges Team und euer Arbeitsplatz, und ihr sollt wissen, worauf ihr euch eingelassen habt.«

»Ojeojeojeoje!« Besorgtes Kopfschütteln von Sophie.

Volker grinste: »Meinst du, wir wollen das so genau wissen?«

Mina fand das nicht witzig. Die beiden hatten ja keine Ahnung.

Ute antwortete Volker: »Für dich wäre es bestimmt interessant, da dein Team nur noch einen begrenzten Zeitraum besteht.«

Sie erklärte Mina, dass das Outplacement Projekt bei IBM nur bis zum Jahresende laufen würde, danach mussten die fünf Kolleginnen und Kollegen, die dort arbeiteten, woanders im Unternehmen unterkommen. Außer Volker waren alle anderen IBM'lerinnen und IBM'ler schon lange bei pebb und kannten das. Daher herrsche keine Panik, sondern alle seien zuversichtlich, einen anderen Platz zu finden.

Diese Zuversicht schien sich nicht hundertprozentig auf Volker übertragen zu haben, aber er war zu kurz dabei, um sich bereits ernsthafte Sorgen um das Ende zu machen. Andererseits war er lange genug dabei, um einige der pebb-Mythen aufgeschnappt zu haben: »Bisher hieß es immer, dass pebb noch niemanden entlassen hat, der nicht gehen wollte.« Volker sah Ute an. »Oder stimmt das nicht?«

»Ganz so stimmt das nicht«, korrigierte Ute. »Ich erinnere mich mindestens an einen Fall, in dem einem Kollegen gekündigt wurde. Er wollte gern bei pebb bleiben, hat aber auch außerhalb seines Teams keine Stelle gefunden, obwohl gerade Personal gesucht wurde. Das war eine persönliche Sache. Die meisten kannten den Betreffenden und entschieden sich dagegen, ihn bei der Personalauswahl zu berücksichtigen. Das kann es auch geben, obwohl es wirklich DIE Ausnahme ist.«

Und wo war der jetzt? Mina traute sich nicht zu fragen und von den anderen beiden Tumbnüssen interessierte das natürlich keinen. Die waren nur mit ihrer eigenen Arbeitsplatzsicherung beschäftigt. Besonders Volker: »Wie meinst du das? Es gab freie Stellen und trotzdem wurde jemand Fremdes eingestellt und ein Kollege entlassen? Das ist doch paradox!«

Er sah sich zu Sophie und Mina um. Vielleicht war der Kollege misstrauisch geworden oder hatte zu viel rausgefunden. Ute sprach auffällig geschlechterspezifisch korrekt; wenn die also von einem Kollegen redete, dann konnte es sich nicht um Ivie handeln.

Ute stellte richtig: »Es ist bei pebb so, dass die Teams die Personalhoheit haben. Das bedeutet, das Team sucht sich die Kolleginnen und Kollegen aus, die eingestellt werden. Jede und jeder hat zwar die Möglichkeit, sich intern auf freie Stellen zu bewerben, aber es steht dem Team frei, die Bewerbung zu berücksichtigen oder nicht.«

Ute war überrascht über die geschockten Gesichter. Sophie klimperte mit ihren Armreifen: »Aber es heißt doch immer, bei pebb verstehen sich alle so gut und so. Da kann man doch nicht einfach jemanden entlassen, gerade wenn innerhalb des Unternehmens Personalbedarf besteht.«

Gott, war die naiv.

Mina konnte es kaum fassen, wie konnte man so ein Püppchen einstellen? Jung, naiv, leichtgläubig, formbar – genau das richtige Futter für die Sektenkanone. Jetzt verstand sie auch, wie Ivie ihrerseits bei pebb gelandet war. Klar, in ihrem Liebeswahn hatte sie wie leichte Beute gewirkt. Und als der Zauber mit Jasper vorbei war und Ivie wieder normal wurde, hatte sie Verdacht geschöpft und war den pebbels lästig geworden.

»Genau, das verstehe ich auch nicht.« Volker pflichtete Sophie bei. Mina sagte nichts.

»Das ist vielleicht einer der Gründe, warum sich alle gut verstehen«, Ute lächelte, »weil sich die Kolleginnen und Kollegen aussuchen können, mit wem sie zusammenarbeiten möchten.«

Das klang zweifellos gut und vernünftig, wenn es auch in

Wahrheit vermutlich dazu diente, lästige Angestellte intern möglichst unauffällig zu verschieben.

»Du bist das erste Mal hier und du hast hier übernachtet?« Beim zweiten Teil der Frage nickte Ute in Richtung der beiden Schlafräume, die an den Besprechungsraum angrenzten. Das war ein besonderer Service bei pebb: Übernachtungsmöglichkeit im Firmengebäude! Sonst wäre es kaum zumutbar, Leute aus allen Bundesländern hierher zu beordern. Oder sollten sie Kilometer entfernt in Mainz oder Bingen oder wie die umliegenden Ortschaften hießen, übernachten und morgens mit dem teuren und unzuverlässigen Funk-Taxi angereist kommen? Ihr selbstgefälliges Lächeln konnte Ute sich sparen. Trotzdem blieb Mina freundlich und sagte, dass sie gut geschlafen habe. Was nicht stimmte, weil bei der Totenstille, die in Ober-Hilbersheim herrschte, kein Mensch schlafen konnte. Nach zwanzig Uhr war nichts mehr zu hören gewesen: kein Auto, kein Martinshorn, keine herumstreifenden Jugendbanden oder besoffenen Spätheimkehrer – einfach nichts. Nicht einmal Hundegebell und das hätte man wenigstens erwarten können, fand Mina. Es war derart still, dass sie lange Zeit nicht bemerkte, dass sie noch wach war. Nur um dann, vor dem ersten Hahnenschrei, plötzlich aus dem ebenfalls unbemerkten Schlaf aufzuschrecken, als der örtliche Bäckergeselle zur Arbeit röhrte. Danach war ihre Nacht um gewesen.

»Das ist echt eine gute Idee, hier im Haus Übernachtungsmöglichkeiten zu schaffen«, mischte sich Volker in das Gespräch. Klar, er kam aus Mainz und nahm diesen Service nicht in Anspruch. Sektentheoretisch konnte Mina die Vorzüge dieser Einrichtung erkennen; so hatte man die Auswärtigen immer schön unter Kontrolle. Und musste sich keine Sorgen machen, dass die schnell und unbemerkt wieder abreisten. Ober-Hilbersheim ließ einen eben nicht so schnell wieder los. Wie Prag. »Dieses Mütterchen hat Krallen«, hatte schon Kafka festgestellt. Bei dem Gedanken wurde Mina mulmig.

Die U.T.E. wirkte resolut und kompetent. So kompetent, dass ihr dreibuchstabiger Name für Mina längst zu einem Akronym geworden war. Vielleicht zu dem Kürzel für Unerhört Tüchtige Erfolgskraft. Aber sie wirkte nicht wirklich bedrohlich. Auch nicht wie eine Sektenpredigerin, eine Unablässig Trichternde Einflüsterin, obwohl sie ihre Begeisterung für pebb vehement vortrug. Natürlich durfte man den Neuen, »Frischlingen«, wie die U.T.E. sagte, auch nicht gleich mit dem Gebetbuch – oder was bei pebb als Insignum der Macht galt – auf den Kopf schlagen. Erst kam das Einlullen.

Ute erklärte, wie es sich mit den beiden Schlafräumen verhielt, die zur »bezahlten« Verfügung standen. Ja, die kosteten, umsonst war nichts bei pebb, das hatte Mina schon mitbekommen; von irgendetwas musste sich der große Guru seinen Lebensstil finanzieren. Im Jargon hieß das »intern verrechnet«. Mina konnte sich schon vorstellen, wie das lief. Die Zimmer unterstanden dem Team suv, Service und Verwaltung, wohinter sich eine illustre Mischung aus Sekretariat, den Verwaltungskolleginnen, der kaufmännischen Leiterin, Vertrieb, Putzfrau und Geschäftsführer (Überraschung) verbarg. Die anderen hatten die Arbeit und er den Ertrag. Um die Zimmer kümmerte sich Katrin, eine der Verwaltungsdamen. Sie legte Betthupferl und Handtücher aus, bezog die Decken und sorgte dafür, dass die Übernachtungsgäste am Morgen Toast mit Marmelade essen konnten. Der erwirtschaftete Erlös dieses florierenden Bed-and-Breakfast-Services floss in die Kasse des Teams, zumindest laut den Ausführungen der Umtriebig Transportierenden Enthüllerin.

Außerhalb des Mainzer Großraums war pebb vornehmlich durch Afas, die Aktionsbüros für Arbeit, vertreten, den Berufsgenossenschafts-Büros, wie das ihre in Hamburg, und durch die Büros der Tochterfirma, der pebb II, die in ähnlicher Weise mit den Landesversicherungsanstalten zusammenarbeitete und für die berufliche Rehabilitation von deren Versicherten zuständig war. Utes Aussage, dass die Einarbeitung nicht nur netter zweitägiger Zeitvertreib mit Abendprogramm war, bestätigte sich schnell: Anke stellte ihre pebb-Welt der Zahlen vor, wobei es um die Kosten-Erlös-Planung der einzelnen Teams ging, die alle eigenständig wirtschafteten. Die Neuen wurden in die Mysterien des DB 3, was unter Umständen am Jahresende angeblich der »Gewinn« der einzelnen Mitarbeiter sein konnte, eingeführt. Was mit dem Gewinn geschehen sollte, entschied das jeweilige Team: »Weihnachtsgeld«, Neuanschaffungen, Fortbildungen, eine Rücklage für schlechte Zeiten – oder ein neuer Hermelinpelz für den Geschäftsführer, ergänzte Mina im Geiste. Alles sei möglich und musste nur innerhalb des Teams abgestimmt werden. Aha! Na, wenn alle dafür waren, die überschüssigen Euros in die Taschen des Gurumantels sickern zu lassen, gab es keine Probleme.

Bea stellte ihren Arbeitsbereich der Personalangelegenheiten vor und Bianca erklärte Sinn, Zweck und Handhabung von Kostenabrechnungen. Es ging in rasantem Tempo vorwärts und soweit Mina das beurteilen konnte, klangen Organisation und Aufbau plausibel, so als könne auf diesem Grund tatsächlich ein echtes Unternehmen bestehen. Die hatten sich ganz schöne Mühe gegeben, aber wahrscheinlich musste man das heutzutage auch, sonst saß einem gleich die Steuerbehörde oder der Verfassungsschutz im Nacken.

Im Informationsreigen wurde die Neugierde auf den »Dicken« gekonnt geschürt. Volker und Sophie kannten ihn bereits und nickten wissend, wenn die Rede auf Georg van Krüchten kam. Den zahlreichen Andeutungen zufolge war er optisch eine Mischung aus langhaarigem Versager und gleichgültigem Gärtner. Kontrastierend zu seinem Erscheinungsbild bestach er durch gewaltigen Wortwitz, Formeleins-verdächtige Schlagfertigkeit, unheimliche Menschenkenntnis und prophetischen Geschäftssinn. Offenbar eine Silvesterrakete von Kerl!

»So wie Georg aussieht, kann er nur gewinnen«, lakonisierte Martin, der ihnen »sein« Kompetenzzentrum suv vorstellte. »Sein Anblick drückt alle Erwartungen in den Keller, und wenn er den Mund aufmacht und es kommt was Vernünftiges dabei raus, hat das eine überraschend-überzeugende Wirkung. Der umgekehrte Effekt ist viel üblicher.« Alle lachten. »Wenn Georg im schicken Anzug käme, wäre ein Teil des Effekts verpufft.«

Sophie fragte: »Dann ist das reine Strategie von ihm? Eine Selbstvermarktungsmasche, bei der er, im Gegensatz zur gängigen Praxis, beruflich zur verschlissenen Trainingshose greift und sich privat in den dreiteiligen Armani wirft?«

»Ich würde vermuten, dass es dir anhand seiner Kleidung nicht möglich wäre festzustellen, ob Georg auf dem Weg zu einem Geschäftstermin ist oder ob er seine Schweine füttern geht«, rundete Martin den Exkurs in den Kleiderschrank des Chefs ab.

GUTE SEITEN, SCHLECHTE SEITEN

Ihnen blieb nur Erpressung. Der Ton machte die Musik und sie mussten einfach nur den richtigen Ton treffen. Jasmin war von ihrer Theorie überzeugt und schlug vor, sie an Silke auszuprobieren. Immerhin wussten sie etwas über Silke, von dem Silke nicht wusste, dass sie es wussten.

Ivonne rollte die Augen. Jasmin war in den vergangen Tagen wie ausgewechselt. Sie hatte richtig Farbe in die blassen Wangen bekommen, als habe man sie mit Rotbäckchen-Saft gepäppelt. Wenn sie es nur richtig anstellten, könnten sie Silke garantiert dazu bringen, mit ihnen zu kooperieren. Ivonne war klar, dass Silke ihnen nicht einmal zuhören, geschweige denn sich von ihnen erpressen lassen würde. Denn auf nichts anderes lief es hinaus. Da konnte Jasmin ihren falbenfarbenen Schopf schütteln so viel sie wollte. Auf dem Weg zur Schule wogen Ivonne und Jasmin das Für und Wider dieses Plans ab und kamen zu keinem Entschluss. Wie sich herausstellte, machte das nichts.

Ann-Kathrin von Regern hatte alles: Sie war die Jubiläumsbarbie ihrer Mutter, ging zum Ballet und zum Klavierunterricht. Sie besaß ein eigenes Pony, und nicht irgendeinen Shetlandzottel, Islandtölter oder sonst einen obskuren Inselhufer, sondern ein Deutsches Reitpony. Wie Frau von Regern betonte: mit Papieren. Mit dem startete Ann-Kathrin auf Turnieren. Auch weil sie in ihrem mittelblauen Reitrock so entzückend aussah. Mittelblau war eine vornehme Farbe. Was machte es schon, dass die Jacketts extra angefertigt werden mussten? Die Preisrichter bewerteten den Gesamteindruck und anständige, gut ausgesuchte Kleidung gehörte dazu. Schwarz war nun wirklich keine Farbe, schon gar nicht für Kinder. Ein so reizendes Mädchen wie Ann-Kathrin und dann in Schwarz, ich bitte Sie, entsetzte sich Frau von Regern. Ann-Kathrin war ganz der Meinung ihrer Mutter. Sie fand sich hinreißend und sie liebte es, auf Turnieren Schleifen und Preise entgegenzunehmen. Ansonsten waren ihr die meisten Dinge, die mit ihrem Deutschen Reitpony zu tun hatten, lästig. Das wussten alle, weil Ann-Kathrin sich gern darüber erging, wie viel Arbeit so ein Reitpony mit Stammbaum machte. Nicht, dass sie sich selbst darum kümmerte, das taten die Besitzer des Reitstalls bzw. die Mädchen, die die Besitzer des Reitstalls dazu bewegen konnten, dies unentgeltlich zu tun. Zu diesen Mädchen hätte Jasmin gern gehört, aber das kam nicht in Frage. Wenn man kein eigenes Pferd hatte, brauchte man nicht in den Reitstall zu gehen, fand ihr Vater. Es reichte, dass er seinen teuren Beitrag für den Verein zahlen musste.

In der Pause stöhnte Ann-Kathrin über ihre Verpflichtungen und sie tat Jasmin Leid. Wegen ihrem Vater. Ann-Kathrins schweres, gepflegtes Haar fiel in einem Pferdeschwanz über ihren cremefarbenen Rollkragenpullover.

»Herr Schramm, mein neuer Reittrainer, kennt Hans-Günther Winkler persönlich. Und reiten kann der! Aber er lässt mich mindestens dreimal die Woche trainieren. Und dann soll ich Shandur noch selbst putzen!«

Ihre Freundinnen schüttelten angewidert die Köpfe.

»Das gehört dazu, sagt er.« Empörend.

Jasmin stand an die Schulmauer gelehnt, gut sichtbar, aber keiner Beachtung wert. Shandur, was für ein aufgeblasener Name, aber zu einer Ann-Kathrin von Regern passte das gut.

Die grinste dümmlich und verschlagen in die Runde ihrer Anhängerinnen. »Aber ich denke gar nicht daran.«

Erleichtertes Auflachen: »Warum solltest du auch? Da laufen doch genug Mädchen rum, die sich einen Arm dafür ausreißen würden, Shandur zu putzen.«

»Eben!« Ann-Kathrin triumphierte feixend, dann verdunkelte sich ihre Miene. »Aber was die sich einbilden! Das glaubt ihr nicht.« Sie sah sich um und winkte ihre Verschworenen heran. Wahrscheinlich dachte sie, sie würde flüstern, als sie in unverminderter Lautstärke fortfuhr: »Wisst ihr, was Silke Schiller, diese Assi-Tussi, zu mir gesagt hat? Dabei habe ich sie sogar einmal Shandur trocken führen lassen.« Soviel Undankbarkeit. »Ich sei eine Tierquälerin. Wenn sie noch einmal sieht, dass Shandur blutige Stellen von meinen Sporen hat oder ich ihn nass in den Stall stelle und ihm nicht die Hufe auskratze, dann sagt sie es meinem Vater.«

»Die spinnt wohl!«

»Die hat doch keine Ahnung!«

»Wie redet die mit dir, Ann-Kathrin!«

»Stellt euch vor, sie hat es ihm echt erzählt. Hat ihm morgens aufgelauert und ihm eine rührselige Tiergeschichte aufgetischt. Ich würde Shandur vernachlässigen.«

Ann-Kathrins Stimme war leiser geworden: »Zum Tierschutzverein wollte sie gehen.«

Ein bisschen von ihrer rechtschaffenen Empörung schien sie verlassen zu haben. »Mein Vater hat sie natürlich ausgelacht und gesagt, sie soll sich um ihren eigenen Mist kümmern. Sonst sorgt er dafür, dass sie nicht mehr in den Reitstall kommen darf.«

»Ich wusste gar nicht, dass Silke Pferde mag«, sagte Ivonne nachdenklich. Damit fiel der Plan mit der Erpressung flach. »Eigentlich ist das doch gemein«, sagte sie.

»Ja«, stimmte Jasmin zu. »Da hat man schon mal einen Plan und dann ist's wieder Essig. Was machen wir jetzt? Ivie.«

Jasmin hatte angefangen, ihre Schwester Ivie zu nennen.

Ivonne saß an ihrem Schreibtisch und sortierte einen Packen Blätter, den sie aus ihrer Schultasche gezogen hatte. Während ihre kleine Schwester sich auf dem blanken Asphalt der Westerhöh vergnügt hatte – »wegen der Sache, Ivie. Nur wegen der Sache!« – hatte sie sinnvolle Informationen gesammelt. Ihre Zöpfe lagen auf dem leeren Blatt ihres Schreibblockes.

»Was hast du da? Was willst du denn machen«, Jasmin trat neugierig heran. Sie löste ihre Gedanken nur schwer vom Skateboardfahren. Ronnie Schiller war kurz davor gewesen, sie zu fragen, ob sie es probieren wollte. Das wusste sie genau. Wenn die bescheuerte Sabine Hertzig nicht gekommen wäre. Danach konnte Ronnie Jasmin natürlich nicht mehr beachten.

»Sei mal ruhig.« Ivonne biss nachdenklich auf ihrem Stift herum, blätterte in ihren Notizen und guckte ins Leere.

»Soll ich deine Brille holen?«, erbot Jasmin sich.

»Sei doch mal still. Ich muss nachdenken.« Ivonne sah sie nicht mal an.

Alles musste Ivonne machen und Jasmin vergnügte sich. Kein Wunder, dass Ivie unwirsch wurde. »Soll ich Mama nach Schokolade fragen?« Sie wollte helfen. »Willst du was trinken?«

Ivonne drehte sich langsam auf ihrem runden roten Schreibtischstuhl zu ihrer Schwester um: »Halt's Maul, Karpfenfresse!«

Erleichtert atmete Jasmin auf: »Sag doch, was du vorhast. Du hast eine Idee, das sieht man.«

Ivonne nickte und begann zu schreiben.

Es gibt Dinge, auf die man sich verlassen kann. Dinge, die sich nie ändern. Die haben Tradition. Ringreiten, Maibaum und das Ostereiersuchen an der Grundschule gehören in Bergstedt dazu. Die Freiwillige Feuerwehr hat Tradition und mittlerweile gehört auch der jährliche Ferienaustausch mit Sideby, unserer dänischen Partnerstadt, zu den Traditionen. Seit ich denken kann, werden die Bergstedter Nachrichten von der Familie Ketel gedruckt und herausgegeben, und von der Familie Schiller ausgetragen. Diese Dinge sind so selbstverständlich wie Sommerferien und Regen am Sportfest.

Ivonne kaute auf dem Bleistift. Jasmin war zu hibbelig, um neben ihr sitzen zu bleiben. »Das ist klasse. Mach weiter!« Sie hatte keine Ahnung, worauf Ivonne hinauswollte.

Ihre Schwester streckte ihr die Zunge raus. »Das ist Müll. Und blöd. Außerdem können wir bestimmt nicht einfach irgendwas schreiben. Wir müssten Schillers erst um Erlaubnis fragen – sie interviewen oder so.«

Was wusste sie vom Journalismus?

»Meinst du?« Wollte Ivonne einen Artikel für die Zeitung schreiben? Genialer Gedanke! Aber was sollte darin stehen? »Papa sagt doch immer, was die sich wieder aus den Fingern saugen, wenn er Zeitung liest. Schreib und dann sehen wir weiter.«

»Na gut, diktier mal.« Ivonne verzog ihr Gesicht in eine grinsende Fratze und wühlte wieder in ihren Blättern rum. Jasmin drängte ihren Kopf über die Schreibtischplatte: »Was ist das?«

»Notizen.« Ivonne hatte in der Bibliothek recherchiert und herausgefunden, seit wann es die Bergstedter Nachrichten gab und wer sie gegründet hatte. Für einen Schulaufsatz, hatte sie gesagt. Auch zu Herrn Jürgens vom Stadtarchiv, der ihr viel mehr erzählt hatte als sie wissen wollte.

»Ich habe so eine Idee. Wir müssten schreiben, wie Schillers wirklich sind. Verstehst du?«

Jasmin nickte, obwohl sie es nicht verstand. Jeder wusste, wie Schillers wirklich waren.

»Ihre guten Seiten zeigen.« Ivonne klopfte mit dem Bleistift auf ihre Blätter. »Dass Silke sich für den Tierschutz einsetzt, zum Beispiel.«

»Sie mag Pferde«, korrigierte Jasmin. »Vielleicht. Vielleicht will sie auch nur Ann-Kathrin eins auswischen.«

»Genau das meine ich.« Ivonne fuchtelte mit dem Stift und zeigte damit anklagend auf ihre Schwester. »Alle denken erst mal das schlechteste von Schillers. Woher wissen wir denn, dass das stimmt? Woher wissen wir überhaupt, was stimmt?«

Sie stützte ihren Kopf auf die Hände.

DER GROSSE HUMBUG

Den Abend des ersten Einarbeitungstages ließen sie auf Kosten des Teams suv beim Mexikaner in Ingelheim ausklingen. Neben Ute kamen Anke, Markus und Martin mit und was folgte, war eine Fortsetzung des Tagesprogramms. Mit dem Unterschied, dass der Schwerpunkt auf amüsanten Begebenheiten aus dem pebb-Alltag lag. Eine Geschichte bestimmte den Abend: Charleys Tante oder G. v. K.'s Cameo-Auftritte. In ungefähr zweiunddreißig Variationen, mit verschiedenen Protagonisten, war die Handlung immer die gleiche: Der Chef wurde zum Gärtner gemacht. Neuankömmlinge bei pebb verwechselten ihn mit dem Hausmeister, bei Geschäftsterminen wurde er für den Kofferträger, Wagenwäscher oder sonst einen Handlanger gehalten. Der Abend las sich wie ein Lehrbuch für kreatives Schreiben: Es gibt nur eine Geschichte in verschiedenen Ausschmückungen. Der Titel der pebb-Geschichte lautete: Der unterschätzte Chef.

Während Mina ihre erste Nacht in Ohihei relativ ruhig verbracht hatte, schwirrte ihr Kopf am zweiten Abend von Fabeln, Fakten und Hochprozentigem. Sie hatte angenommen, sie könne viel vertragen, aber was hier nach Feierabend noch verarbeitet wurde, war beachtlich. Nur eine, die hatte Wasser getrunken: Die U.T.E., die Unter-Trunkenheit-Eingreiferin, die sofort zur Stelle wäre, würde jemandem die Zunge zu locker werden. Minas Zunge hatte festgesessen, aber es wunderte sie nicht, dass ihre Gedanken mit ihr durchgingen und dass ihr der Große Humbug im Traum erschien. Um ihr seine Institution zu erklären.

»Das klingt so ähnlich wie Intuition und damit hat es auch viel zu tun, meine Liebe«, sagte er, während er sie vergnügt pfiffig, wie der junge Heinz Rühmann, anlächelte. Er hatte einen Körper, um den ihn jeder Fabrikant aus den fünfziger Jahren beneidet hätte, einen Körper, der stets ohne Rücksicht auf Kosten und Lebensmittelkarten versorgt worden war. Einen Erfolgskörper. Er trug keinen Kittel. Niemand auf dem Gelände trug einen Kittel. Weiß schien eine gemiedene Farbe zu sein. Tabu. Wen sie damit täuschen wollten, fragte sie sich. Nicht sie. Sie wusste Bescheid; sie wusste, warum sie hier war. Aber war sie freiwillig hier? Das wusste sie nicht. Er trug keinen Kittel, damit sie glaubte, er sei ein Arzt, der nicht zugeben wollte, ein Arzt zu sein. In Wahrheit war er natürlich kein Arzt, sondern der Große Humbug, ein Meister seines Fachs, Ahne und Nachfahre einer langen Reihe von reisenden Darstellern, Falschspielern und Wunderheilern. Seine war eine komplizierte Geschichte. Er trug einen schwarzen Anzug unter dem edel fließenden Umhang. Die Enden seines Schnurrbarts hatte er in kunstvolle Windungen gezwirbelt. Man sah gleich, dass er mit großer Fingerfertigkeit gesegnet war. Hinter den Rauchschwaden, die unablässig von seiner dunklen Zigarre aufstiegen, konnte sich seine Miene in Sekundenschnelle verändern. Und sowohl den Ausdruck großväterlicher Gutmütigkeit als auch den einer wahrlich diabolischen Durchtriebenheit annehmen. Er bot ein beeindruckendes Schauspiel, bereits bevor er sprach. Dazu verfügte er über die rare und kostbare Art von Stimme, bei der es egal ist, ob die Worte, die sie vorbringt, Sinn und Verstand, oder Hand und Fuß haben oder weder noch. Unabhängig davon schlug sie alle in ihren Bann. Es gab keinen Jahrmarkt, auf dem er nicht die Attraktion gewesen wäre und nun erst hier! In seiner eigenen Institution! Er hatte sie und andere Novizen eingeladen, um ihnen das bestgehütete Geheimnis seit der Erfindung des Ponyhofs zu verraten: das Rezept seines Erfolges.

Er verbeugte sich vor ihnen: »Meine Lieben, es ist ganz egal, welche Art von Unternehmung ihr plant, wenn ihr euch an meine Rezepturen haltet, werdet ihr des Erfolges sicher sein und bald nicht mehr wissen, wo ihr all die Lorbeerkränze, die man euch neben Tribut und reichem Lohn zollen wird, lagern sollt. Hier mein Rat: gebt sie weiter. Behaltet keinen einzigen. Blickt euch um und ihr werdet immer etwas finden, das eurer Anerkennung würdig ist. Damit seid ihr das wertlose Gestrüpp los, habt jemanden erfreut und eine euch wohlmeinende Seele gesammelt.« Mit diesen Worten drehte er sich, springend wie ein Flummi, einmal um die eigene Achse, dabei breitete er die Arme aus, so dass er wie eine gigantische Fledermaus vollständig von seinem Umhang verhüllt war. Als er wieder zum Vorschein kam, hingen über seinem rechten Arm drei Lorbeerkränze.

Er nahm den ersten und trat damit auf Sophie zu, die ebenso gebannt wie Mina selbst auf der roh gezimmerten Holzbank saß und auf die kleine Bühne starrte, von der sich der Große Humbug hinab begab. »Dir, liebe Sophie, gebührt dieser Kranz, weil du deine Fragen stellst und deiner Umwelt erlaubst nachzudenken. Das ist eine sehr wichtige Fähigkeit. Die richtige Frage zur richtigen Zeit hat schon manche Katastrophe verhindert.« Er presste Sophie, die in zeremonieller Würde aufgestanden war, den Kranz auf das Haupt. Dann trat der Große Humbug ein paar Schritte nach links und stand vor Volker, der sich ebenfalls erhob. Mina tat es ihm gleich. Aus den ersten fernen Tönen hatte sich mittlerweile eine feierliche Hymne entwickelt, die von einem unsichtbaren Orchester gespielt wurde. Sie war ergriffen von der elementaren Bedeutung dieses Augenblicks. Mit diesem Moment würde sich ihr Leben verändern. Doch erst war Volker an der Reihe. »Dir, lieber Volker, gebührt dieser Kranz, weil du keine Fragen stellst. Du erduldest fragwürdige Situationen, um dein Gegenüber und dich selbst nicht aus der Bahn zu schleudern. Du weißt, dass eine Frage zum falschen Zeitpunkt schon manche Katastrophe ausgelöst hat.« Mit diesen Worten empfing Volker seinen Kranz. Nun war sie an der Reihe, ihre Brust war schwer geworden und mit jedem Atemzug strudelte ein eisig-frischer Luftstrom durch ihren Bauch. »Dir, liebe Mina, gebührt dieser Kranz, weil du –.«

Ein Wahnsinnsdröhnen unterbrach den Großen Humbug. Nein! Der Bäcker! Mina wollte nicht wach sein. Sie kniff die Augen zu und zwang den Großen Humbug zurückzukommen. »Weil ich? Weil ich ... WAS?« Sie schrie dem Humbug die Worte in sein ausdruckloses Gesicht, das kurz auftauchte und wieder hinter den Nebelschwaden seiner Zigarre verschwand. Dann war er weg, alles war weg und sie war hellwach. Ihr Kopf dröhnte, sie fühlte sich betrogen, leer und hoffnungslos. Es war 4:56 Uhr in Ober-Hilbersheim.

Am folgenden Morgen traf sich eine mitgenommene Truppe von Frischlingen, die einen wenig namensgerechten Eindruck machten. Sophie erinnerte sich entweder nicht mehr oder ging überraschend souverän mit der Tatsache um, dass ihr Verhalten peinlich gewesen sein könnte. Sie hatte zu fortgeschrittener Stunde vehement und mit Erfolg darauf bestanden, die Tische beim Mexikaner zusammenzuschieben, um Formationstanzschritte aus lang vergangenen Tanzschultagen mit einem unwilligen Kollegium einzustudieren. Zu dem Zeitpunkt hatte Mina genug intus gehabt und war einem Tänzchen nicht abhold. Martin hatte rechtzeitig den Absprung geschafft und Ute und Anke hatten sich prächtig amüsiert. Mit der Geschichte gingen sie schon den ganzen Morgen hausieren. Mina wünschte, sie könnte sich besser erinnern. Sie brauchte dringend frische Luft. Seit wann hatte sie eigentlich kein Tageslicht mehr gesehen? Wenn sie jetzt durchdrehte, fiel das unter Berufsunfähigkeit? Und war das ein Berufsunfall, weil es ihr in gewisser Weise bei der Arbeit passiert war?

Dann kam er. Georg van Krüchten, Schorsch, der Dicke, der Chef, Don Giorgio, der Geschäftsführer, Unternehmer nicht Unterlasser, Bienenzüchter, Visionär und Kettenraucher. Ein Mann mit mehr Energie in seinen brüchigen Haarspitzen, als seine drei Zuhörerinnen zusammen mobilisieren konnten. Sein Eintritt brachte Bewegung in die abgestandenen Luftmassen. Er goss sich als erstes eine Tasse Kaffee ein: »So, dann woll'n wir mal.« Damit ließ er sich in einen Stuhl sinken und seinen Blick über die Gesichter der Neuen gleiten. Mina kannte ihn von den Fotos, die im Treppenhaus hingen und die eher nach dem Ehemaligen-Treffen einer Jugendfreizeit als nach Unternehmensausflug aussahen. Georg sah genauso aus, wie ihn alle beschrieben, trotzdem ganz anders, als Mina ihn sich vorgestellt hatte. Jünger, menschlicher. Normaler. Er trug eine schwarze Jogginghose, ein undefiniert farbiges T-Shirt, darüber eine alte Weste. Schweinefüttern oder Geschäftstermin, als was sah er diese Zusammenkunft wohl an? Das erfuhren sie nicht, dafür kriegten sie Antworten auf Fragen, die sie niemals gestellt hätten. Mit einem Konglomerat aus privaten Enthüllungen und geschäftlichen Ambitionen hielt er eine Märchenstunde ab, die ihresgleichen suchte. Georg redete wie gedruckt, nebenbei schüttete er Kaffee in sich rein, als unterstütze er irgendwo eine kleine Plantage, die um jede Bohne dankbar war, die in verflüssigter Form an/in den Mann kam. Diese Kaffeetrinkerei war ansteckend. Fast mechanisch zog Mina schon zum viertenmal die Kanne zu sich rüber. Wenn's für einen guten Zweck war. Vielleicht saß Ivie im mexikanischen Hochland und pflückte die Bohnen?

»Anfangs lief alles gut. Aber in der ersten kleinen Krise mussten wir Leute entlassen, weil wir keine Rücklagen hatten. Das war schlimm. Wer sollte gehen? Und warum? Nach langem Hin und Her haben wir uns auf einen Sozialplan geeinigt und drei Kolleginnen ohne Familie sind gegangen. Vorübergehend, heute sind sie alle wieder dabei.«

Zuvor hatten die im Unternehmen verbliebenen Kollegen und Kolleginnen allerdings einen Teil ihres Gehaltes als Solidarbeitrag an die nun Arbeitslosen abgegeben, damit sie wenigstens finanziell gleichgestellt blieben. Das sollte ein kapitalistisches Unternehmen sein? Da konnten sich sogar noch Mennoniten oder Mormonen eine Scheibe Gemeinschaftsgeist abschneiden. Irgendwas stimmte hier nicht.

»Wir gehen davon aus, dass grundsätzlich alles möglich ist. Ansonsten muss erklärt werden, warum nicht. Wir haben beispielsweise eine Kollegin, die ist zu mir gekommen und hat gesagt, Georg, ich wollte schon immer Schriftstellerin werden, lass mich ein Buch über pebb schreiben. Das tut sie nun.«

Hatte die ein Schwein! Mina war drauf und dran neidisch zu werden, dabei wusste sie genau, dass die Sache einen Haken hatte. Wahrscheinlich verfasste das arme Ding Tag und Nacht in einem abgeschiedenen Kämmerlein phantastische und fanatische Pamphlete, ganz den Weisungen des Gurus entsprechend. Trotzdem, nach Georgs gequirlter Ein-Mann-Show war Mina mehr als dankbar, dass sie abreisen durfte. Lange hätte sie nicht mehr standgehalten.

PSYCHOLOGISCHE BETRACHTUNGEN

Nachdem Ivie keinen Kontakt mehr zu Mina hatte, wurde nichts besser. Obwohl Jasper hätte zufrieden sein sollen, nachdem Mina aus ihrem gemeinsamen Leben verschwunden war. Weit gefehlt, Ivie hatte schließlich noch pebb. Kurz nach Minas letztem Besuch fanden die Planungstreffen statt. Jedes Team kam einmal im Jahr nach Ober-Hilbersheim, um mit Georg und Anke das kommende Jahr zu planen: Wie soll es laufen? Mit welchem Umsatz wird gerechnet, gibt es irgendwas Neues? Will jemand länger in Urlaub oder sind größere Anschaffungen geplant, neue Projekte oder Veränderungen.

Ivies Auto war in der Werkstatt, daher war sie morgens mit dem Zug nach Gau-Algesheim gekommen und von dort aus mit Anja weitergefahren. Zurück wollte sie auf dem gleichen Weg, bis sich herausstellte, dass es dafür zu spät wurde, denn ihre Kolleginnen würden zum Tagesabschluss gemeinsam essen gehen. Ivie hingegen wollte Jasper zu einem langweiligen, aber wichtigen Essen mit einem Psychologieprofessor aus Harvard begleiten. Jedenfalls ursprünglich. Bis sie entschied, dass es netter und teamtechnisch passender wäre, bei den pebbels zu bleiben. Sie hatte Glück und erreichte Jasper noch in der Praxis.

»Hallo, mein Firmamentenstern. Wir haben bis eben gearbeitet und mein Team geht noch essen. Ich komme darum später nach. Anja fährt mich nach Mainz. Dann könnt ihr euch schon mal ungestört auspsychologisieren.«

»Ivie –.« Eine kurze Pause, in der er sich um Geduld mit ihren Launen bemühte. »Ich hole dich ab, okay. Sag denen, dass du einen Termin hast. Niemand kann von dir verlangen, dass du deine Abende auch noch mit der Firma verbringst.« Davon war keine Rede, von verlangen. Die Planung war für den Tag abgeschlossen, es ging nur um die Abendgestaltung. Die Ivie mehr reizte als ein trockenes Psycho-Essen. Obwohl der Harvardprofessor recht nett war. Wenn man nichts anderes vorhatte. Allerdings war er schuld, dass Jasper angefangen hatte, sie Tweety zu nennen.

»Evie? Oh, Sie heißen Ivie? Genau wie Ivie Anderson?« Ivie hatte genickt und überlegt, ob sie ihm erklären sollte, dass es nur die Abkürzung ihres richtigen Namens sei, da fuhr er begeistert fort: »Ivie Anderson, Duke Ellington's Canaryvogel. Sie war immer meine Favoritin. Eine Stimme wie – wie sagt man? Wie Velvet.« Er hatte sein Glas gehoben und eine undefinierbare Melodie gesummt. Seitdem war Ivie seine Favoritin, wahrscheinlich nahm er an, dass sie aufgrund ihres Namens ein natürliches Interesse an seinem beruflichen Steckenpferd, der psychoanalytischen Interpretation von Black American Liedtexten des nordamerikanischen Südens in der Zeit zwischen den Weltkriegen hatte. Damit war er einer der interessanteren Gesprächspartner bei diesen Essen. Jasper gefiel es, dass Mr. Harvard ihr zu Füßen lag, denn dieser Kontakt war wichtig. Träumte er doch davon, nach Harvard eingeladen zu werden. Weil da einer von den James Brüdern, nicht verwandt mit Jesse, die Grundsteine der Psychologie gelehrt hatte, sei das eine besondere Ehre.

Ivie fand es süß, wenn Jasper voll jungenhaftem Überschwang über seine Kontakte und Aussichten sprach. Diese gebündelte Begeisterungsfähigkeit empfand sie bei Männern als liebenswert. Damals, als sie noch auf ihrem hohen Ross saß und sich insgeheim nachsichtig über die Devotion amüsierte, die die Herren der Schöpfung für relativ lebensferne und unwichtige Neigungen an den Tag legten.

»Und«, Anja schob die letzten Papiere in die Aktenmappe, »alles klar? Hast du es geschafft? Konntest du Jasper vertrösten?«

Ivie war froh, als sie den kurzen Weg zwischen Tür und Stuhl zurückgelegt hatte und den Blicken ihrer Kolleginnen nicht mehr so eindeutig ausgesetzt war. Sie wussten, dass Ivie lieber mit ihnen ginge. Das hatte Ivie ihnen – als sie noch dachte, sie entschiede selbst – zu verstehen gegeben.

Nie war ein »Nein« unangenehmer gewesen.

»Es tut mir wirklich Leid.« Das stimmte, obwohl Ivie sich bemühte, nicht so auszusehen. »Aber Jasper hat keine Ahnung, wie er den Abend ohne mich durchstehen soll.«

Das war vielleicht eine etwas großzügige Auslegung von: »Was denkst du dir eigentlich? Das ist ein Empfang, in Herrgotts Namen. Da überlegt man sich nicht fünf Minuten vorher, dass man eigentlich lieber das kleine Fernsehspiel sehen würde. Das ist nicht alles immer nur Ivie und wie sie die Welt sieht.«

Ivies Versuch: »Aber es ist doch DEIN Empfang, ich bin nicht so wichtig«, scheiterte kläglich.

Die einzig richtige Antwort auf diesen Einwand wäre ein seinerseitiges: »Für mich bist du total wichtig!« gewesen. Stattdessen lieferte er eine kostenlose kleine Knigge-Schulung: »Vielleicht könntest du einmal darüber hinwegsehen, dass du nicht im Mittelpunkt stehst. Es gibt gewisse Grundregeln des Zusammenlebens und dazu gehören Verbindlichkeit und Zuverlässigkeit. Ich habe mich auf dich verlassen.« Das sah sie irgendwie ein, trotzdem blieb Ivie unzufrieden.

Dabei hatte sie es gut, einen so ergebenen Mann zu haben, der schon nach acht gemeinsamen Monaten keinen Abend mehr ohne sie verbringen konnte. Andere gab es genug, die jede erdenkliche Gelegenheit nutzten, Termine ohne ihre

Partnerinnen wahrzunehmen. Wenn er es auch nicht mit Worten gesagt hatte, zeigte seine Reaktion, dass sie wichtig für ihn war. Zumindest hoffte Ivie, dass ihre Kolleginnen so dachten. Sie wollte um Gottes willen nicht den Eindruck erwecken, als müsse sie um des lieben Friedens willen Dinge tun, die sie nicht tun wollte.

»Wohin fahren wir denn nun? Hat das Pfarrhaus heute offen?« Die Restaurantdiskussion war eröffnet, Ivie konnte es plötzlich nicht schnell genug gehen bis Jasper kam. »Ich gehe schon mal runter und warte draußen auf Jasper.«

»Da kommst du um einen formellen Abend doch nicht herum, was?«

Georg war geräuschlos neben Ivie getreten und steckte sich eine Zigarette an. Wahrscheinlich eine für den Weg. »Kann ich gut verstehen, dass dein Süßer keine Lust hat, da allein hinzugehen.«

Exakt so sollte Georg sich den Sachverhalt vorstellen. Ivie lächelte unbestimmt zustimmend und versuchte, unauffällig aus seiner Rauchwolke herauszutreten. Jasper liebte Hunde und hatte eine ebenso empfindliche Nase. Ivies Qualmerei war ihm ein beständiger Dorn im Auge und sie rauchte selbst kaum noch. Natürlich hatte sie kein Verlangen danach, sich Jaspers schräge Blicke einzufangen ohne den dazugehörigen Genuss. Augenblicklich konnte sie auf beides verzichten, und während sie eben noch Jaspers rasche Ankunft herbeigesehnt hatte, hoffte sie nun, er käme erst, nachdem Georg in seinem Heim verschwunden war.

Prompt tauchte Jaspers nachtasphaltschwarzer Audi oberste Luxusklasse auf. Eigentlich fand Ivie den auch schick, bloß zwischen Ankes altem Golf und Georgs ramponiertem Opel sah der ziemlich nach Angeberkarre aus. Ihr Kollege Markus zischte mit einem ähnlich schnittigen Ding um die Weinberge und musste genügend Kommentare bezüglich seines Bobbycars über sich ergehen lassen. Der Motor brummte satt, als das Badmobil am Straßenrand zum Stehen kam und Ivie registrierte Jaspers entgeisterten Blick mit Unbehagen. Er kannte zwar ihre Beschreibungen von Georg, dachte aber offenbar trotzdem, er sehe nicht richtig. Er stellte den Motor ab und stieg aus. Er lächelte und ihr war plötzlich nach Hopsen zumute. Sie konnten sich den Abend trotzdem schön machen. Manchmal machte sie aus jedem Maulwurfshügel einen Misthaufen. Eines musste man Jasper lassen, lächeln konnte der. Wie kein Zweiter, das war wie Urlaub. Ivie hüpfte zwar nicht selbst, aber ihr Herz und ihr war plötzlich alles wurscht, und wenn sie nur noch auf feierliche Empfänge gingen. Mit diesem Mann ginge sie sogar durch die Everglades und zwar barfuß und scheißegal, was die Blutegel oder Alligatoren sagten. Oder wer auch immer dort das Sagen hatte. Jasper begrüßte Georg und der, das hatte Ivie sich gedacht, verkniff sich seine Bemerkung nicht, nur weil er sein Gegenüber nicht kannte. Warum auch? Bei Georg wusste man, woran man war. Das war das Schöne, nur heute waren Komplikationen das Letzte, wonach sie sich sehnte.

»Ich wusste gar nicht, dass diese Dinger außerhalb des Nürburg-Rings zugelassen sind. Ist das dein Firmenwagen?« Georg guckte belustigt auf den sauteuren Nachtasphaltschwarzen, der ihm bis ans Knie reichte.

»Sie müssen Herr van Krüchten sein«, Jasper hielt ihm die Hand entgegen. Sein Lächeln lag oben auf seinem Gesicht, wie ein Taschentuch. Ein Windhauch und weg war es. Ivies Herz war mit seinem letzten Hüpfer ziemlich tief gerutscht und nicht wieder hochgekommen. Natürlich ließ Jasper sich durch Georgs Distanzlosigkeit nicht aus der Bahn werfen.

Mit solchem Verhalten war er vertraut. Aus seiner Praxis. Da kamen schon Leute mit weitaus geringeren Problemen. Das zumindest sagte sein Blick. Georg fand die Situation offenbar richtig gemütlich, er zündete sich noch eine Kippe an und machte keine Anstalten zu gehen.

»Es tut mir sehr Leid, dass ich Ihnen Ivie jetzt schon entführen muss«, betonte Jasper und sah auf seine Uhr. »Aber bei aller Liebe zur Arbeit, ein bisschen Privatleben muss möglich sein. Dafür muss selbst ein Unternehmer Verständnis aufbringen.«

Georg grinste: »Ob du es glaubst oder nicht, die sind alle freiwillig hier.«

Jasper fixierte Ivie und sein, »So«, schien eine Frage zu sein. Sie lächelte und nickte. Konnten sie mal endlich fahren? Am liebsten würde sie kündigen. Jasper nickte Georg kurz zu. »Guten Abend, dann noch.« Er nahm ihren Arm: »Komm, Ivie. Wir müssen los.«

So patzig kannte sie Jasper nicht. Höfliche Umgangsformen waren ihm wichtig. Hatte er sich so über sie geärgert, dass er seine Missbilligung auf die ganze Firma, insbesondere Georg übertrug? Jasper fuhr schnell. Außerdem fuhr er jeden Gang bis ins Letzte hoch und riss dann ruckartig den nächsten herein. Er sagte nichts. Ivie wurde zappelig. Suchte nach einer Frage. Wie war dein Tag? Zu banal. Es musste etwas sein, das seiner Aufmerksamkeit trotz seines Ärgers wert war. Das war schwierig.

Warum hatte er versucht, Georg in eine Sklaventreiber-Position zu drängen? Hatte sie ihm einen so falschen Eindruck vermittelt? Glaubte er, sie könne sich bei pebb nicht abgrenzen? Ivie hatte bestimmt schon 34.000 Mal gesagt, dass die Treffen Spaß machten. Glaubte er ihr nicht? Oder war es was anderes? Bei ihr war gemeinsames Essen gehen mit Kolleginnen und Kollegen freiwillig und ein Vergnügen. Ha! Das war es. Vielleicht war er traurig, dass es bei ihm anders war. Sein Arbeitsessen war eine Pflicht. Sie sah die ganze Angelegenheit in einem anderen Licht und war bereit, ihm seine barsche Art nachzusehen. Das würde sich bestimmt gleich klären. Sie musste ihn nur ansprechen, bevor das Schweigen sie beide erstickte. Halb beruhigt, legte sie ihre Hand auf sein Bein: »Was hat dich denn gerade geritten?« Dazu lächelte sie, damit er sah, dass es kein Vorwurf war. »Du warst ja ziemlich pampig zu Georg – immerhin mein Chef!«

Dann – typisch Ivie – schoss sie übers Ziel hinaus: »Wollen mal hoffen, dass ich mich heute Abend besser benehme.«

Jasper stimmte nicht in ihr Lachen ein. »Ich muss mich wohl nicht von jedem hergelaufenen Kerl auf der Straße duzen lassen. Und mich auch noch darüber freuen.« Jasper sah Ivie an, als spiele sie verkehrte Welt mit ihm. »Wenn du –«, er legte eine kurze Pause ein, die sie spielend mit »ausgerechnet du« füllte, »meinst, über angemessenes Verhalten reden zu müssen, kannst du morgen deinem heißgeliebten Georg mal ein paar Tipps geben.« Er schnaufte fast. Natürlich nur fast, weil Jasper zu wohlerzogen war, um wirklich zu schnaufen. Im Gegensatz zu Ivie. Die schnappte nach Luft.

»Meine Kollegen hingegen wissen sehr wohl, was sich gehört. Oder«, er ließ seine hochgezogenen Brauen kurz zu ihr schweifen, »hat Professor Bergmann dich geduzt?« Hatte er natürlich nicht, war ja ein steifer Haufen. Die duzten sich nicht einmal untereinander, geschweige denn die anhängigen Ehefrauen und um Gottes willen keine möglicherweise nur vorübergehenden Partnerinnen. Jetzt wäre eine Frage wie »Was ist denn los?« oder »Was regt dich so auf?« angebracht, aber Ivie hing noch in den Griffen der Überraschung und –

sie wusste auch nicht wieso – fühlte sich schuldig. Weil ihr Chef sich nicht nach den Regeln der Kunst benahm? Weil sie Georg nicht besser verteidigte? Sie wusste es nicht. »Georg wollte dir bestimmt nicht zu nahe treten. Als mein Freund gehörst du für ihn auch irgendwie dazu. Zu pebb.«

War das nichts?

»Ich kenne den Mann gar nicht. Was hab' ich mit deiner Firma zu tun? Ich nenne das frech. Aber es ist typisch, dass du dich auf Georgs Seite stellst. Pebb ist ja so super.« Das letzte sagte er in einem keifenden Tonfall, vermutlich wollte er sie nachäffen. So kannte sie Jasper nicht. »Du gehst mir mit deiner bescheuerten Firma wirklich auf die Nerven.« Jasper fuhr gerade mit hundertsiebenundvierzig Stundenkilometern durch ein Kaff, dessen Straße unwesentlich breiter war als sein Wagen.

»Haben wir es wirklich so eilig?« Er drosselte das Tempo. Das schien ein Friedensangebot. »Rede ich soviel über pebb?«

»Nur!« Jasper wich einer Katze aus, mit quietschenden Reifen. Während Ivie mit aufgerissenem Mund und angehaltenem Atem im Sitz erstarrt war, die Hände vor den Augen, sagte er: »Entschuldigung.«

Später stellte sich heraus, dass er sich für sein abruptes Ausweichmanöver entschuldigt hatte und nur dafür und für nichts als das.

Ein Freund, ein guter Freund

Nach der sechsstündigen Rückfahrt von den Ober-Hilbersheimer Einarbeitungstagen setzte Mina gegen einundzwanzig Uhr wieder den Fuß auf heimatlich-hamburgischen Boden. Nur nach Hause und ins Bett; obwohl sie Nükhet versprochen hatte, im Faro vorbeizuschauen. »Seit du bei pebb arbeitest, hat man mit dir überhaupt keinen Spaß mehr. Immer gehst du direkt nach Hause und dauernd bist du müde.«

Nükhet hatte natürlich Recht. Aber wie hätte Mina ahnen sollen, dass ein Doppelleben so anstrengend war? »Du verfällst dem Laden genauso wie Ivie, pass nur auf!«, hatte Nükhet bereits nach Minas zweitem Arbeitstag mit ihrem verschlagenen Grinsen prophezeit. Wenn die wüsste! Mina würde im Faro anrufen. Mehr ging nicht. Immerhin musste sie am kommenden Morgen früh im Büro erscheinen und die frisch verpebbte Neurekrutin mimen. Mit begeisterten Schilderungen der Ober-Hilbersheimer Erlebniswelt. Minas Kopf brummte und zwar richtig: von all dem Alkohol, von den Kippen – Rauchen schien in Rheinhessen wesentlich populärer zu sein als in Hamburg – und hauptsächlich von den ganzen Andeutungen und Anspielungen, die sie sortieren und zuordnen musste. Aber Ärger mit Nükhet konnte sie sich nicht erlauben, die hielt ihr im Faro den Rücken frei, ließ Mina früher gehen und übernahm allabendlich das Gläserpolieren und Eindecken allein. Mina rappelte sich auf zum Telefon. Der Anrufbeantworter blinkte – was sollte das? Ivie? pebb?

Mina drückte auf den Knopf. »Hallo. Ich muss mit dir reden. Ruf mich sofort zurück. Ich bin bis achtzehn Uhr in der Praxis, danach zu Hause.« Das war alles. Im ersten Moment konnte sie mit den Worten nichts anfangen. Praxis? Zum Arzt? Um diese Zeit? Die Stimme klang blechern und dumpf, doch nach mehrmaligem Anhören gab es keinen Zweifel an der Person: Jahs-pah! Damit hatte sich die Frage der Praxis geklärt. Obwohl er in dem gleichen riesigen Kasten wohnte wie praktizierte, hatte er getrennte Rufnummern. Vermutlich schickte sich das für einen Psychologen nicht anders. Strikte Trennung von beruflichen und privaten Kontakten; sonst kam er noch durcheinander. Für welche Gespräche er abrechnen konnte und für welche nicht. Was mochte er wollen? Irgendwas – Instinkt oder Intuition – sagte ihr, dass es nichts Gutes sein würde. Ausgerechnet jetzt, wo sie nicht mal in der Lage war, Gutes von Schlechtem zu unterscheiden. Das war gemein. Und typisch Jasper, so eine Schwäche sofort auszunutzen. Wahrscheinlich würde es wunderbar reichen, wenn sie ihn morgen anriefe, aber das ließ ihre Neugier nicht zu. Es war eindeutig nach achtzehn Uhr, sie konnte also die Privatnummer von seiner Karte anwählen, die er ihr nach ihrem erniedrigenden Besuch in Mainz in die Hand gedrückt hatte.

Vielleicht hatte er was rausgefunden. Über pebb oder über Ivie. Mina rief vorher schnell Nükhet an, damit sie sich ganz auf das Gespräch mit Jasper konzentrieren konnte.

Es klingelte ewig, er würde doch nicht ausgegangen sein? Ins Bett? Schließlich klickte es in der Leitung und eine weibliche Stimme meldete sich: »Praxis für psychologische Beratung, Psychotherapie und Psychoanalyse Jasper T. Schacht. Schmidt mein Name, wie kann ich Ihnen helfen?«

»Arbeiten Sie um diese Zeit noch?« Das passte zu Jasper. Wahrscheinlich unterhielt er ein Verhältnis mit seiner Sprechstundenhilfe, einzig, damit sie rund um die Uhr schuftete. Ob Ivie mit der Sekte schlechter bedient war als mit ihm?

»In Ausnahmefällen behandelt Herr Schacht auch außerhalb der üblichen Zeiten.«

»Herr Schacht hat versucht, mich zu erreichen und um Rückruf gebeten. Mina Halmsum, hier.«

»Natürlich Frau Halmsum. Herr Schacht wird sich nach einer Beratung sofort bei Ihnen melden.«

Soviel Engagement hatte Mina ihm nicht zugetraut. Vielleicht gab es unter Psychologen ein rotierendes Einsatzsystem ähnlich dem Notdienst der Apotheken und dann war man eben dran, wenn man dran war. Sie jedenfalls war drauf und dran, sich das Fingernägelkauen anzugewöhnen und sonst ein paar nutzlose Eigenarten. Außer Schikane fiel Mina kein Grund ein, warum sich Jahs-pah so lange Zeit für seine Patienten nahm. Das neue Millennium war halb rum, als das Telefon klingelte.

»Hallo. Jasper!?« Keinen anderen würde sie in der Leitung dulden. Es würde auch kein anderer anrufen.

»Ich habe Ivie getroffen.«

»Was gibt's? Ist was passiert? Mit Ivie?« Mina hatte sich zur Nervenberuhigung einen winzigen Absacker eingegossen. Trotzdem waren ihre Finger klamm und ihr Magen zuckte. Sie war so aufgeregt und er legte seine bewährte Wortkargheit an den Tag.

»Sag mal, Mina, hörst du mir nicht zu?« Er lachte, ihm ging es offenbar glänzend. »Ich habe gerade gesagt, dass ich Ivie getroffen habe. Heute. In Mainz im Bahnhof.«

Minas Knie wurden weich. Vor Erleichterung; offenbar war alles in Ordnung. Ivie hatte nur vergessen, ihre neue Anschrift mitzuteilen. Alle Aufregung umsonst. Puh. Das sah gar nicht nach Ivie aus.

Mina brauchte mehr Informationen: »Was? Heute? Du hast Ivie gesehen?«

Sie musste jede Kleinigkeit wissen und Monsieur ließ sich bitten. »Was hatte sie an, wie sah sie aus, was hat sie gesagt?«

Es war ungerecht, dass er sie getroffen hatte. Er hatte sie gar nicht gesucht. Nur weil er in Mainz wohnte. Und Mina war so nah dran gewesen.

»Hast du mit ihr gesprochen? Nun sag doch was! Wie geht es ihr? Warum meldet sie sich nicht?« Bei ihren letzten Worten musste Mina schlucken. Das fehlte noch. Sie wollte Jahspah bestimmt nichts vorheulen, ausgerechnet, aber wieso rannte Ivie über irgendwelche Bahnhöfe, gesund und munter, und scherte sich einen Dreck um den Rest der Welt?

Jasper hatte ihren Kiekser mitgekriegt. Er sprach betont psychologisch: »Darum rufe ich an, Mina. Ich wollte dich sofort wissen lassen, dass Ivie lebt.« Ha. Ha. Als ob sie ihm die Wohltäternummer abkaufen würde. Dicke tun wollte er sich; als der große Aufspür-Houdini dastehen. Das war alles. Und ihr würde er am liebsten gleich eine Überweisung zu einem Hamburger Kollegen faxen. Aber darauf, dass sie sich so fühlte, wie er sie einschätzte, konnte er lange warten. »Was hat sie gesagt? Lass dich doch nicht so bitten!«

»Beruhige dich, Mina. Ich habe nur kurz mit Ivie gesprochen. Sie hat gesagt, dass es ihr gut geht.«

Na bitte, alles in Ordnung. Jasper wollte dramatisieren, das passte ihm offenbar nicht. Trotzdem blieb es merkwürdig, dass Ivie sich bei niemandem meldete und dass sie sogar pebb verlassen hatte. Dass sie Mina mied, mochte noch angehen, obwohl auch das mittlerweile übertrieben war. Eine neue Anschrift konnte man seiner Schwester selbst dann zukommen lassen, wenn man sie gerade nicht für das Familienmitglied des Monats hielt. Aber bitte. Mina hätte fast aufgelegt, als Jaspers Stimme sie aus ihren Gedanken holte. »Ich wollte dir ja erst nicht recht glauben, aber jetzt habe ich auch das Gefühl, da stimmt was nicht.«

Mina verstand null von seinem Gefasel. »Hä?«

»Ivie war so komisch. Sie hat mir nicht gesagt, wo sie lebt und auch nicht, ob sie noch bei pebb arbeitet. Sie sah sehr verändert aus. Und hatte es plötzlich furchtbar eilig. Musste ganz schnell weiter.«

»Wie, verändert?«

»Versteh' mich nicht falsch. Mir fällt kein besseres Wort ein, aber sie sah aufgedunsen aus. Und sie wirkte fahrig. Obwohl – das ist ja nicht wirklich neu.«

Aufgedunsen und fahrig und sagte, es ginge ihr gut. Hatte aber keine Zeit. »Irgendwas muss sie doch noch gesagt haben. Wo sie lebt oder was sie macht. Irgendwas.« Das konnte nicht alles gewesen sein. Da hätte Minas Radiowecker mehr Informationen aus Ivie rausgeholt. Aber so war Jasper. Hatte sicherlich gleichzeitig irgendwelchen unaufgedunsenen Frauen nachgestarrt und sich beglückwünscht, dass er diese fahrige Qualle los war.

»WAS?« Sie hatte sich wohl verhört.

Jasper hielt das für ein rein akustisches Problem: »Ivie hat auch früher viel getrunken. Es kann doch sein ...«

»So ein Quatsch. Ivie ist keine Trinkerin. Nur weil sie ein bisschen zugenommen hat? Das ist hirnverbrannt.« Mina hatte schon immer mehr getrunken als Ivie und hatte auch kein Problem mit Alkohol. Jasper war und blieb ein elender Wichtigtuer. Alkoholikerin. Ivie. Das war vollkommen unsinnig. Da konnte man mal sehen. Du stellst einen Psychologen vor eine knifflige Aufgabe und worauf kommt der als erstes? Aufs naheliegenste Klischee. Statt sich eigene Gedanken zu machen.

»Reagier nicht gleich so abwehrend, Mina. Ich stelle lediglich Hypothesen auf. Ihr habt beide immer viel getrunken.«

Hoho! Woher wollte er das wissen? Mina hatte in seiner Gegenwart bestimmt nicht mehr als ein oder zwei Gläser Wein getrunken. Aber das reichte Dr. Überbiss offenbar für seine Diagnose.

»Vielleicht stand sie auch unter Drogen.« Das meinte der ernst.

»Und vielleicht hast du vergessen, deinen Verstand wieder aus dem Bahnhofsschließfach abzuholen. Das ist total abwegig. Das müsste selbst dir klar sein.«

»Du hast Ivie nicht gesehen, Mina.«

Das war typisch, dass er ihr das immer wieder vorhielt. »Ich glaube ja, dass es dir schwer fällt, dir das vorzustellen – wie sie ausgesehen hat.«

Wahrscheinlich hatte er einen Fragebogen vor sich liegen, auf dem er jetzt unter der Rubrik begrenztes Vorstellungsvermögen einen Haken machte.

»Aber du hättest sie sehen sollen.« Hatten sie das nicht schon?

»Sie war so aufgedunsen und...«, da kam er nicht drüber, das war das Schlimmste für ihn. Nur auf Äußerlichkeiten bedacht, »... im Grunde nicht richtig ansprechbar. Ich denke die ganze Zeit darüber nach. Jetzt mache ich mir wirklich Sorgen, Mina. Wir müssen ihr helfen. Und erst mal müssen wir rausfinden, was da vor sich geht.«

»Du meinst bei pebb?«

»Natürlich meine ich bei pebb, Mina! Etwa bei der Deutschen Bahn? Vielleicht haben die bei pebb Ivie unter Drogen gesetzt oder sie ist auf der Flucht.«

Also, Mina wusste, dass ihre Phantasie manchmal mit ihr durchging. »Hältst du das nicht für ein bisschen weit hergeholt?«

»Ach«, er schnalzte mitleidig, »Mina, du hast keine Ahnung. Glaub mir, ich habe bestimmt mehr Erfahrung als du. Schließlich war es deine Idee, dass es sich bei pebb um eine

Sekte handeln könnte. Daraufhin habe ich mich ein bisschen informiert.«

Ihre Idee? *IHRE Idee?* »Moment mal. Jasper. Du hattest doch Gerüchte über pebb gehört. Erinnerst du dich nicht mehr?« Wer weiß, ob er Ivie wirklich gesehen hatte? Mit seinem Gedächtnis stand es offensichtlich nicht zum Besten.

»Ja, von dir. Du hast sofort behauptet, da stimme was nicht. Mittlerweile glaube ich, dass du ein gutes Gefühl hattest. Auf meine Frage nach pebb hat Ivie auch komisch reagiert. Sie konnte mir die ganze Zeit über nicht in die Augen schauen.«

»Jasper, bist du dir ganz sicher, dass das überhaupt Ivie war? Das hört sich alles ein wenig wirr an, was du sagst.«

»Genau.« Das erste Mal schien er vollkommen Minas Meinung zu sein. »Das sage ich dir doch. Es war fast so, als sei sie gar nicht Ivie. Unsere Ivie, meine ich.«

Mina drehte sich bei diesem gemeinsamen besitzanzeigenden Personalpronomen der Magen um. Nicht mal in ihren abseitigsten Verirrungen hatte sie sich jemals durch irgendein »unser« mit Jasper verbunden gesehen.

»Ich bin ihr nachgegangen.«

Der Mann machte vor nichts Halt. Stalking nannte man das.

»Sie hat gesagt, sie müsse zum Zug. Dann ist sie davongestürzt. Aber ...«, er holte tief Luft, »sie ist in ein Taxi gestiegen.«

»Nein!« Was für ein Schock!

»Doch. Ich habe es genau gesehen.« Er besaß eine beneidenswerte Unerschütterlichkeit.

»Dafür gibt es hundert mögliche Erklärungen. Warum sollte sie es nicht wirklich eilig gehabt haben?«

»Warum bestehst du auf einmal darauf, dass alles in Ordnung ist? Mina, ich verstehe dich nicht. Da sage ich dir, dass ich eine offensichtlich verstörte Ivie gesehen habe und du willst mit aller Gewalt eine harmlose Hektik daraus machen. Dabei hast du dir noch vor ein paar Tagen große Sorgen gemacht.«

Ja, das war komisch.

»Oder hast du in der Zwischenzeit was von Ivie gehört? Sag nicht, dass alles bestens ist und du lässt mich hier umsonst in Panik verfallen. Mina?«

Gute Frage. Hätte er eher drauf kommen können. Aber das gab es in seinem Kopf nicht, die Vorstellung, dass sie etwas wissen könnte, was er nicht wusste. Allein der Gedanke ging über seine Hutschnur.

War auch nicht so. »Nein.«

»Dann verstehe ich dich wirklich nicht.« Seine Stimme wurde professionell: »Das ist bestimmt schwer für dich zu akzeptieren. Erst nehme ich dir Ivie weg, und nun bin ich auch noch derjenige, der sie wiederfindet. Du fühlst dich ausgeschlossen. Das ist ganz normal. Aber wir müssen ihr trotzdem helfen.« Eindringlich: »Sie hat sich nicht aus böser Absicht von dir zurückgezogen, Mina. Sie braucht Hilfe.«

So ein Gelaber hatte sie noch nie vertragen können und sein aufgesetztes Verständnis konnte er sich sparen. Jasper hatte kein Verständnis. Selbst wenn er aus reinem Glück oder mühsam angelesener Kenntnis einen hintersten Winkel einer ihrer wunden Stellen getroffen hatte, musste sie ihm das noch lange nicht bestätigen und erlöst in seinen Armen schluchzen. Das tat Mina auch nicht. Sie schniefte nur ein bisschen ins Telefon. »Wein ruhig. Ich kann verstehen, wie du dich fühlst.« Er klang glücklich. »Das wird sich alles aufklären, wenn wir Ivie erst mal gefunden haben. Okay?«

Mina musste die Nase hochziehen und das interpretierte er als tapfere kleine Zustimmung ihrerseits.

Das Spiel der Könige

Ivie hielt es nicht im Bett. Die Sonne schien durch die Balkontür, ein ganzer Sonntag mit Jasper lag vor ihr. Und er neben ihr.

Sie setzte sich gemütlich zurecht und sah ihm beim Schlafen zu. Seit sie Jasper kannte, begann sie an die den potentiellen Wahrheitsgehalt von Fernsehwerbung zu glauben: Der Mann sah morgens genauso perfekt aus, wie die Zuschauer es von den Darstellern, die Stunden in der Maske zugebracht hatten, glauben sollten. Gewellte, weiche, braune Haare fielen ihm ins Gesicht und Ivie wusste genau, welches seine erste Bewegung nach dem Aufwachen sein würde: Er würde mit der rechten Hand die Haare aus der Stirn schieben. Erst danach würde er seine Augen – grün metallic – öffnen. Er war so süß! Was er natürlich nicht gern von sich hörte. Schließlich war er ein Mann und kein Marzipanschwein. Ivie hauchte ihm einen Kuss ins Haar und ging in die Küche, um die Kaffeemaschine anzuwerfen. Sie könnten auf dem Balkon frühstücken. Oder im Bett. Oder gar nicht, denn der Kühlschrank war leer. Wie sollte es auch anders sein. Sie war am Vorabend spät aus Spanien zurückgekommen. Und sie brannte darauf, Jasper von der pebb-Reise zu berichten. Gestern war kaum Zeit dafür gewesen, da Jasper selbst eben aus Bern angekommen war und voller Eindrücke steckte. Ivie überlegte, ob eine der Bäckereien in der Nähe sonntags geöffnet hatte. Selten plauderte es sich entspannter als bei einem ausgiebigen Frühstück. Einen ganzen Tag nichts tun! Keine Verpflichtung. Nur sie und Jasper – das Leben meinte es gut mit Ivie.

»Bin ich allein zu Haus?« Jaspers Ruf bestärkte Ivie in dem Gedanken.

Eine halbe Stunde später saß sie mit ihrer Kaffeetasse neben Jasper im Bett.

»Das hättest du dir eher überlegen sollen, dass du gern ein schönes Sonntagsfrühstück auf dem Balkon hättest. Es ist schon nach elf.«

Ivie riss mit gespieltem Schreck die Augen auf: »Um Himmels willen; wir haben die Frühstückszeit verpasst.« Sie lehnte sich nach links und biss in seine Schulter. »Dann muss ich mir was anderes zum Essen suchen.« Er zuckte zusammen. Bern war super gelaufen, warum war er so angespannt?

»Ich fürchte, vor lauter pebb-Reisen ist dir entfallen, dass wir bei meinem Vater zum Mittagessen eingeladen sind, Ivie.«
Das war es also.

»Stimmt!« Sie wünschte, sie wäre wieder am Strand von Los Canos de Mecca. Vielleicht konnte sie Jasper mitnehmen. Wenigstens bis sie aufstehen mussten. »So was habe ich noch nie erlebt. Eine Gruppe von vierundvierzig Menschen und alle sind nett! Kannst du dir das vorstellen?«

Das war ein Phänomen!

»Ist noch Kaffee da?«

»Glaub schon.« Sie stand auf, um nachzusehen. »Es war natürlich nicht so eine professionelle Herausforderung wie dein Besuch der Berner Fachtagung, aber ich habe viel Neues gelernt. Und dabei war es so entspannt. Phänomenal.«

Jasper hielt ihr seine Tasse entgegen. »Phänomenal! Meinst du nicht, du solltest mit Begriffen aus der Metaphysik etwas weniger verschwenderisch umgehen? Was ist denn so außergewöhnlich daran, dass sich vierzig Erwachsene auf mehrere Ferienhäuser verteilt halbwegs zivilisiert verhalten und – an einem Urlaubsort ohne anspruchsvolle Arbeit – gut miteinander auskommen?«

Sein Blick drückte aufrichtiges Unverständnis aus und eigentlich hatte er Recht. Wieso war ihr das so besonders vorgekommen?

»Das ist ganz einfach«, beruhigte Jasper sie. »Immerhin werdet ihr den ganzen Tag lang darauf eingeschworen, wie klasse pebb ist, wie toll ihr seid und wie famos ihr so eine harte Ausflugswoche meistert.« Er grinste und klopfte mit der Hand neben sich auf die Matratze: »Komm her.« Ivie hielt sich an ihrer Tasse fest. »Warum ist es für dich so wichtig, dass pebb besonders ist?« War es das denn? »Du solltest dir kein illusionäres Bild aufbauen, sonst wirst du bitter enttäuscht.«

Mit einer Bewegung ließ Ivie die leere Tasse fallen, griff nach dem Kissen und warf es Jasper ins Gesicht. »Nun werd' mal nicht melodramatisch.«

Er hielt das Kissen im Arm, seine metallic-grünen Augen voller Sorge: »Ich meine das ernst, Ivie. Wie du das Unternehmen und Georg van Krüchten verklärst, das grenzt an Verblendung.« Er lachte kurz auf: »Wenn eine Arbeitnehmerin so von ihrem Chef schwärmt, hat sie meist ein Verhältnis mit ihm.« Daher wehte der Wind. Ivie wackelte mit den Zehen und wollte zu beruhigenden Worten ansetzen, da sprach Jasper weiter: »Ich weiß natürlich, dass das nicht der Fall ist, obwohl ich manchmal denke, es wäre besser. Dann gäbe es eine Erklärung für deine blinde Begeisterung.«

Ivies Zehen krampften sich zu Krallen. »Versteh mich nicht falsch, Ivie, aber ich sehe doch, was da passiert. Du sprichst von Gleichberechtigung bei pebb, wenn alles darauf hindeutet, dass es sich um ein Patriarchat übelster Sorte handelt.« Per se seien Vaterfiguren keine schlechten Menschen, es habe auch freundliche Sklavenhalter gegeben, resümierte er voller Berner Erfolgsschwung, dem Ivie stumm gegenübersaß. Entscheidend sei das Machtgefälle, welches sowohl intern als auch extern herrsche. Eine Vaterfigur bliebe eine Vaterfigur, da könne sie sich auf den Kopf stellen.

»Deine Mutter hat schließlich aus deinem Vater ein nicht überprüfbares Konglomerat aus Halbwahrheiten, Erzählungen und traurigen Fakten geschaffen und du weißt gar nicht, was es heißt, einen Vater zu haben. Deinen Stiefvater hast du von Anfang an nicht akzeptiert. Daher ist es kein Wunder, dass dir die Stabilität und Struktur, ja der Schutz eines sicheren paternalistischen Unternehmens so zusagt, Ivie. Aber dir muss bewusst sein, was dahinter steckt. Nimm deine rosarote Brille ab!«

Benommen massierte Ivie ihre Füße: »Ich glaube nicht, dass du pebb und meine Familie in einen Sack stecken kannst.« Wirklich nicht? »Bei pebb mag die Struktur auf den ersten Blick aussehen, wie du sie beschrieben hast, aber die Prinzipien Chancengleichheit und Eigenverantwortung herrschen trotzdem vor.«

Jasper sah auf die Uhr. »Hörst du dich eigentlich selbst, Ivie? Hast du dich schon mal mit dem auseinandergesetzt, was du da sagst? Oder nachplapperst. Du schmeißt mit Schlagworten um dich und hast keine Ahnung, was sich dahinter verbirgt. Es gibt auch bei pebb exakt den Spielraum, den das System erlaubt und solange du dich innerhalb dieses Spielraumes bewegst, hast du keine Probleme. Die tauchen erst auf, wenn du rebellierst.«

»Genau Jasper«, trumpfte Ivie auf. »Das versuche ich dir die ganze Zeit zu erklären, es gibt keinen Grund zur Rebellion. Das ist doch das Gute.«

»Herrlich!« Jasper vibrierte vor Lachen. »Mädchen, Mädchen. Du schneidest dein eigenes Seil ab und merkst es nicht. Natürlich ist es bequemer, sich innerhalb der Grenzen einzurichten, aber ist das Freiheit, Gleichheit, Emanzipation?«

Die Männer- und Frauenbilder, die in der übrigen Gesellschaft herrschten, die herrschten auch bei pebb, dozierte Jasper. Das sei Fakt. Da ändere auch die Tatsache, dass die meisten Männer Familie hatten und versuchten, diese mit ihrer Arbeit unter einen Hut zu bringen, nichts dran. Immerhin sei es auch bei pebb so, dass die meisten der Väter Vollzeit arbeiteten. Wohingegen diejenigen der Frauen, die Kinder hatten, vermehrt in Teilzeit tätig waren. Von der Verteilung der internen Führungspositionen wolle er lieber nicht anfangen. Einzig Anke, die kaufmännische Leiterin, falle ihm da ein. Glücklicherweise ohne Kinder. Interessanterweise seien aber weit mehr als die Hälfte der Mitarbeiter weiblich! Waren es nicht 70 Prozent? Solche Zahlen konnte Jasper sich merken und er übertrieb gerade genug, dass die Zahl wesentlich dramatischer klang, es aber lächerlich wirkte, wenn Ivie ihn korrigierte. Dann waren es eben 64 Prozent, so genau musste er das nicht wissen. Ihr Abteilungskoordinator, oder wie sie das nannte, war ein Mann, ebenso der Vertriebsleiter und der Geschäftsführer der ersten Tochterfirma. Alle diese Männer hatten beides: eine Karriere (wenn man das Gewirtschafte bei pebb so nennen konnte) und eine Familie. So! Wie wollte sie ihm das erklären? Da könne er nichts Innovatives oder Umwälzendes feststellen.

»Das hat doch nichts mit Zahlen zu tun.« Sagte Ivie.

»Na ja, dann.« Sagte Jasper. Und räkelte sich mit der überlegenen Verspieltheit einer Großkatze.

Theodor T. Schacht, wie immer formell im weißen Hemd mit schwarzer Weste, mimte den Desinteressierten, als Jasper ihm mit immer nachdrücklicherer Begeisterung von seinem großartigen Bern-Kontakt erzählte, seinem zyklopischen Erfolg und der so-gut-wie-sicheren Einladung in die USA. Der

Alte räkelte sich nicht; seine Hand öffnete und schloss sich geschmeidig neben dem Teller. Er fragte Ivie nach pebb und Jasper antwortete: »Ivie glaubt, in einem Himmel von Gleichberechtigung und Toleranz gelandet zu sein.« Jasper rückte mit seinem Stuhl vom Tisch ab. Beugte sich beim Kaffee-Einschenken zu seinem Vater hinüber.

»Und Jasper kann nicht einmal die Möglichkeit in Betracht ziehen, dass es so sein könnte.« Ivie schob Herrn Schacht den Teller mit den Plätzchen zu. Der lehnte sich zurück, wie er es am liebsten tat. »Bei pebb gibt es keinen Gruppenzwang – es war in Ordnung, allein am Strand entlang zu spazieren, statt mit anderen. Ein Kollege ist anstelle des gemeinsamen Frühstücks morgens Laufen gegangen.« Es klang nicht spektakulär.

»Ivie wird ihr idealisiertes Bild nicht los. Manchmal frage ich mich, ob sie euch dort heimlich mit Glücksdrogen abfüllen.« Jasper amüsierte sich königlich. Mit einem Zwinkern zog er den Keksteller zu sich. Während er das Stück seiner Wahl zwischen seinen ebenen Schneidezähnen zerteilte, fütterte er die Anwesenden mit weiteren Einsichten zu pebb: »Diejenigen, die mit nach Spanien gefahren sind, haben sich doch bereits als ‚echte pebbles' geoutet. Haben sich zur Gruppe bekannt.« Jasper lächelte harmlos. »Da kann man euch beruhigt allein am Strand herumlaufen lassen, in der sicheren Gewissheit, dass ihr dazugehören wollt. Weitere Überwachung überflüssig!« Der Alte prostete Jasper mit seiner Kaffeetasse zu und genoss den Besuch sichtlich. Ivie kam das ganze mit einem Mal lächerlich vor; sie lieferten sich einen Showkampf, ein Duell. Vor dem Alten. Dem es nicht um den Inhalt ging. Der sie beobachtete und zweifelsohne die Saat ihrer Trennung keimen sah. Der aber ihren Rückzug nicht zuließ: »Ich war selber lange Arbeitgeber«, er schob Ivie den Keksteller hin, »aber ich glaube nicht, dass viele meiner Angestellten mit derartiger Begeisterung über mich bzw. die Kanzlei gesprochen haben. Obwohl wir auch sehr interessante Belegschaftsausflüge angeboten haben – und das in einer Zeit, als das wesentlich weniger modern war als heute. Ich erinnere mich gut, dass diese Anlässe keineswegs so unkompliziert waren, wie es sich in deinen Ausführungen ausnimmt.« Er nahm seinen Gehstock mit dem silbernen Windhundkopf und stand auf. Als sei die Audienz mit diesen Worten beendet. Allerdings erhob sich Jasper sogleich, woraus Ivie schloss, dass sie folgen möge. Vor dem Kamin setzte sich Herr Schacht in einen Sessel und manövrierte sein steifes rechtes Bein ungelenk auf einen Hocker.

»Ein Jahr waren wir in London zu einer Theaterpremiere. Ich erinnere mich nicht mehr an das Stück. Unterbringung in einem guten Hotel, drei Übernachtungen mit allem Drum und Dran. Das ist die Kanzlei teuer zu stehen gekommen und damit rede ich keineswegs ausschließlich vom Geld. Ich habe einige meiner Mitarbeiter von einer anderen Seite kennen gelernt. Im Nachhinein kann ich sagen, es war die Erfahrung wert, aber damals –.«

Er fuchtelte mit seinem Stock in Richtung des Servierwagens. »Sherry?« Die Frage galt Ivie; für ihn selbst und seinen Sohn gab es schottischen Hochlandwhisky. Jasper war bei den Gläsern, bevor der Alte den Stock richtig zu fassen hatte. Sie waren willkommen. Gewöhnlich hatte Schacht Senior nach dem Essen etwas zu erledigen. Jasper fragte manchmal »Was?«, wenn er in rebellischer Stimmung war. Neben dem Servierwagen stand das Schachspiel; ein edelhölzernes Quadrat am Stiel mit hammergroßen Figuren, elaboriert handgearbeitet. Zu einem Schachspiel lud der Alte Jasper nur noch ein, wenn Ivie nicht dabei war. Weil sie störte. Was Ivie wiederum nicht störte. Im Gegenteil. Schließlich atmete sie gern und genau so einen Tumult brauchten die Herren nicht, während sie gegenseitig ihre Holzmännchen abschlachteten. Beim ersten Mal hatte Ivie sich vor Überraschung entsprechend verhalten. Das Spiel hatte sieben Hundejahre oder neun Katzenleben gedauert und am darauffolgenden Sonntag hatte sie ihren Stuhl sofort an das Brett gerückt und sich bei willkürlich ausgewählten Zügen beider Spieler mühsam Seufzer verbissen oder vehement den Kopf geschüttelt. Jaspers mehrfaches »Ivie, was soll das?« hatte sie mit Augenzwinkern quittiert. Bis der Alte sie eisig ansah, aber höflich fragte, ob sie etwas sagen wollte. Woraufhin Ivie mit ihrem strahlendsten Lächeln »Deutsche Juniorenmeisterin 1984« geantwortet hatte. In der Hoffnung, dass es so einen Titel im Schach gab.

Als Ivie nicht mehr damit rechnete, nahm Jaspers Vater den Faden wieder auf. »Wir hatten einen heiklen Fall abgeschlossen und einen wichtigen Klienten gewonnen. Daher flogen wir mit dem Gefühl, uns gehöre die Welt, nach London. Ich will keine Details aufbereiten, aber es gab ein unschönes Erlebnis. Sehr unschön. Mein Partner, natürlich verheiratet, das gehörte sich damals noch so«, dabei stieß sein Stock wie zufällig gegen Jaspers Bein, »ließ sich mit einer jungen Angestellten ein. Ich mache es kurz, es war äußerst unangenehm. Es gab Szenen und schließlich war sie für uns nicht mehr tragbar. Die Trennung verlief dramatisch«, sein Stock hämmerte mehrmals gegen das Bein des kleinen Beistell-tischchens, »die junge Frau zeigte keinerlei Einsicht. Am Ende gelang es ihr, einen wichtigen Mandanten mitzunehmen.« Schacht senior starrte Ivie böse an, als sei sie diese niederträchtige Person. Dann wurde er praktisch und erklärte ihnen die Konsequenzen. »Daraus lernten wir, dass wir die

Disziplin des Arbeitsalltags aufrecht halten mussten. Ständig. Dank der gelockerten Stimmung war es zu weiteren unseligen Verbindungen gekommen und mit den resultierenden Spannungen hatten wir das ganze Jahr zu kämpfen. Aber wir wussten nun, was passiert, wenn Männer, Frauen und Alkohol zusammen kommen.«

Jaspers Eiswürfel klirrten zustimmend. »Das ist auf Konferenzen nicht anders. Manchmal habe ich den Verdacht, dass sie hauptsächlich aus diesem Anlass besucht werden.«

Das hatte Ivie seinen Schilderungen bislang anders entnommen; vielleicht wollte er nur seinem Vater beipflichten. Das hatte sie nicht nötig, außerdem sahen beide Schachts sie erwartungsvoll an. Ihr dämmerte, was sie dachten. Dass der Alte nicht zu reinen Unterhaltungszwecken in seinen Memoiren kramte. Wie sie sich pebb in Spanien vorstellten. Ivie schämte sich für Jasper. Er müsste es besser wissen. Oder rührte seine Ablehnung daher? Befürchtete er, sie amüsiere sich mit Kollegen? Stellte er sich unter dem Decknamen »pebb in Spanien« einen einwöchigen Sittenverfall vor, weil ihm alles andere noch fremder schien? Der Gedanke gab ihr Selbstvertrauen. Sie tappte in ihre Falle, plapperte drauf los, statt vielsagend zu nicken und das ansonsten an ihr gern gesehene Schweigen zu praktizieren.

»Das tut mir sehr Leid, aber ich muss euch enttäuschen. Bei pebb ist das anders. Komplett anders.« Sie dachte an Britta; dem Küken hatte man auf die Federn getippt. Nichts von wegen galantem Stillschweigen, weil alle über die Stränge schlugen. »Eine Kollegin, Britta, die erst kurze Zeit bei pebb ist, und gerade mal Anfang zwanzig, hat einiges zu hören gekriegt, weil sie sich die Nächte um die Ohren schlug. Damit fiel sie richtig auf. Die anderen haben zugesehen, eine ausgewogene Kombination von Erholung und Spaß hinzukriegen. Das war ja kein Kluburlaub; tagsüber wurde richtig gearbeitet.«

»Womit hat sich das junge Ding denn die Nächte vertrieben?« Jaspers Frage klang interessiert. »Ich dachte, in dem Kaff gäbe es keine Kneipen oder Discos.«

»Das stimmt, sie hat meistens jemanden aus dem pebb-Kreis gefunden.« Die Gläser wurden neu gefüllt. Alkohol bekam ihr mittags nicht.

»Ahaa.« Damit leerte der Alte sein Glas. Sieger! »Meist männliche Kollegen, nehme ich an.«

Ivie dachte kurz nach: »Tatsächlich. Ja, das stimmt.«

Warum log sie nicht? Warum hielt sie nicht den Mund? »Besonders einer. Max, und der bekam auch sein Fett weg. Zumal er morgens wesentlich mitgenommener aussah als Britta.«

Das löste anerkennendes Lachen aus. Toller Typ.

»Das war wahrscheinlich nur die auffälligste Affäre. Alles andere hast du nicht mitgekriegt, Ivie, du bist zu naiv.« Jasper unterhielt sich glänzend.

Selbst wenn, war das nicht egal? Ging es um Moral? Theodor T. Schacht ließ sich zum drittenmal sein Glas füllen: »Ich bin gespannt, ob die junge Kollegin noch lange im Unternehmen bleibt. So was geht meist nicht gut.«

Jasper unterbrach den Alten: »Bisschen anders ist das bei pebb schon. Die meisten arbeiten in unterschiedlichen Städten, da kann man sich leichter aus dem Weg gehen. Wahrscheinlich arbeiten diese zwei auch gar nicht zusammen, oder?«

Sie setzten Ivie matt. Sie konnte das Feld nicht überblicken und dann ging es weder vor noch zurück: Britta würde das Unternehmen verlassen. Zwar würde sie nur zur Tochterfirma wechseln, zur pebb II, aber matt war matt.

Circulus vitiosus

Mina hatte genug Material zum Nachdenken.

Warum wollte Jasper ihr einreden, dass Ivie Hilfe brauchte? Ivie wollte vielleicht einfach nur ihre Ruhe. Rein instinktiv wollte Mina nichts mit Jasper zu tun haben. Wenn der gegen pebb war, war sie dafür. Aber durfte sie es sich so einfach machen?

Während ihrer fünf Arbeitstage im Afa hatte nichts darauf hingewiesen, dass es hinter der Fassade etwas anderes gab. Vielleicht erwartete sie zu viel. Vielleicht war pebb zu vorsichtig und nahm sich richtig Zeit, die Neuen einzulullen. Wobei erschütternd war, wie schnell das ging. Kaum eine Arbeitswoche um und schon hatte der Trott eingesetzt. Doppelleben hin, Doppelleben her: Arbeitstag blieb Arbeitstag. Der dauerte von früh bis spät. Ehe man sich versah, setzte eine Identifikation mit dem Job ein, die nicht geplant war. Mina hatte sich bereits dabei ertappt, dass sie nach Feierabend über eine Bewerbungsstrategie für Herrn Meier nachdachte, statt an ihrer Sektenstrategie zu feilen.

Mina setzte sich mit einem Ruck im Bett auf, als habe in diesem Moment der Michel geschlagen. So ging das nicht. Was hatte sie tatsächlich gelernt? Abgesehen von Georgs Verkaufsstrategie: »Lieber fünf potentielle Kunden besoffen machen als hundert anschreiben!« Eine Strategie, die ihr zusagte. Der Mann, selbst trockener Alkoholiker, hatte Stil. Das konnte man nicht anders sagen.

Sie fiel ihnen anheim. Darüber grinste sie. Statt in Hab-Acht-Stellung zu gehen. Wer mit solchen Methoden erfolgreich war, behielt sich die nicht für den Kundenfang vor. Hatte sie sich nicht auch schon gefragt, wie die Mitarbeitermotivation funktionierte? Sie verblendete Nuss! Womit arbeitete pebb? Einem Zufriedenheitsserum? Einer Glücksdroge? Georg erwähnte in seiner Schilderung über die Feinheiten der Unternehmensführung, dass pebb sich vor Mitarbeitern nicht retten könne. Hmhm. Während andernorts die hohe Mitarbeiterfluktuation ein Problem darstelle, sei bei pebb die starke Mitarbeiterbindung problematisch. Wer einmal bei pebb sei, wolle nicht wieder fort. Aha. Sieh mal an. Die gute Frage: »Und wie erklärst du dir das?«, hatte sie zu stellen versäumt. Mina drückte sich an die Wand, knipste das Licht an und schnappte sich das Sektenbuch, das noch brav auf ihrem Nachttisch lag.

»Alles wird gut«, lautet das Firmenmotto. Fragt sich nur für wen. Zuerst sieht für die neuen Rekruten, die ‚Frischlinge', alles gut aus. Das muss so sein, sonst laufen sie gleich wieder weg. Sie werden tüchtig eingelullt, das hat Methode, ist eine Form der Verdummung durch Spaß, ähnlich wie ihr Pinocchio um ein Haar zum Opfer gefallen wäre. Der befand sich in einer ähnlich prekären Situation, warum war Mina nicht früher darauf gekommen? Vor lauter Arbeit natürlich; typische Gefahr für Spioninnen und nicht umsonst warnt eine russische Weisheit: Wer selber arbeitet, verliert den Überblick.

Doch zu Pinocchio: Freundliche Männer brachten ihn, nebst anderen Kindern, in eine Art Disney World XXL, wo es unerträglich laut und bunt zuging, dass es nur Kindern gefallen konnte. Dort durften sie den ganzen Tag tun, was Kinder gern tun: rumkreischen, schubsen, hauen, früh aufstehen oder gar nicht schlafen, Eis essen und Fensterscheiben einwerfen. Das ganze Leben war ein Amüsierbetrieb und Pinocchio konnte vor lauter Spaß kaum noch geradeaus gucken. Den Anderen ging es ähnlich und von Fluktuation konnte keine Rede sein. Nach einer Weile passierten seltsame Dinge, fast unmerklich wurde da ein Ohr länger, hier ein Fuß klumpig und auf der Haut wuchsen Haare. Ehe sie sich versahen, waren sie alle Esel. Dumme Esel, die sich vor jeden Karren spannen ließen. Benommen stand Mina auf. Schlaf war nicht das Wichtigste. Wie gut, dass sie das Rauchen wieder angefangen hatte. In der Küche öffnete sie das Fenster und setzte sich mit einem Schluck Wodka und den Zigaretten auf die Fensterbank und blätterte im Buch. Im spärlichen Licht der Lichterkette an der Wand – sie wollte weder Mücken noch Hausgenossen anziehen – konnte sie kleine Absätze mühsam entziffern. Überschriften lasen sich recht einfach und vor ihren Augen entstand das System der Sekte pebb.

Das Vorgehen von Sekten war immer gleich – dennoch gingen ihnen Scharen auf den Leim. Zuerst werden die ‚Frischlinge' umworben und mit der heilen Welt innerhalb des Systems vertraut gemacht. Dazu die integrative Wirkung all der ‚Alten Hasen', denen nichts Besseres passieren konnte als pebb. Sie nennen es Einführungstage. Wie passend. Mina musste es ihnen lassen; sie waren gut. Überzeugend; die Show perfekt inszeniert. Die Einarbeitungstage waren präzise durchstrukturiert; ein Programmpunkt jagte den nächsten und Luftschnappen war nicht darunter. Projekte, Menschen und Methoden wurden präsentiert, bis alles zu einem Brei verschmolz und die Einzelheiten ihre Bedeutung verloren. Das war richtiger Drill. Eine typische Masche; zugegebenermaßen sehr wirkungsvoll. Weit weg von daheim wird man in eine Scheinwelt befördert, die einem als Realität vorgegaukelt wird. Die Botschaften folgen einander Schlag auf Schlag, wobei alle auf einer Ebene das Gleiche aussagen: »pebb ist was Besonderes«, während sie auf einer anderen Ebene Arbeitsweisen und Techniken vermitteln. Ermattet von der Informationsflut des Tages fließt abends der Alkohol großzügig und geübte Selbstdarsteller unterhalten mit amüsanten Anekdoten zum Thema pebb und rücken das Unternehmen auch nach Feierabend in den Fokus des Geschehens. Ein Name fällt immer wieder, damit gewährleistet ist, dass das Erscheinen des Gurus als krönender Abschlusspunkt der Veranstaltung mit gebührender Ehrfurcht und Ehrerbietung aufgenommen wird. Ein typisches Schema bei den Organisationen, die das Glück haben, mit einem charismatischen Führer gesegnet zu sein. Und das war ‚Der Dicke' zweifellos.

Die Erzählungen, in denen er auftauchte, besaßen oft einen komödiantischen Verwechslungscharakter. Die Geschichten boten mal mehr, mal weniger Unterhaltungswert, allerdings wirkten die Reaktionen aus dem Kreis der langjährigen Kolleginnen und Kollegen übertrieben. Sie entwickelten eine rauschhafte Begeisterung, die selbst beim erstmaligen Hören dieser Begebenheiten wenig glaubwürdig gewesen wäre. Sie johlten, als würden sie dafür bezahlt. Oder anderweitig belohnt?

Ihr Soziologiestudium hatte Mina einiges gelehrt. Nämlich, dass diese Art von Identitätswitzen häufig eine Begleiterscheinung geschlossener gesellschaftlicher Systeme mit starrer Rollenverteilung ist, beispielsweise psychiatrischer Anstalten. Dort lässt sich schön beobachten, dass eine Verwechslung ein nie versiegender Quell der Erheiterung ist. Ob nun ein Patient für ein Mitglied des Personals, oder gar einen Arzt, oder ob umgekehrt eine Ärztin für eine Patientin gehalten wird, ein derartiges Erlebnis ist immer der Rede wert. Aber wo liegt der Witz? Hier wie dort ist mit der Verwechslung eine vermeintliche Auf- oder Abwertung der Person verbunden; ihr oder ihm wird eine Rolle zugedacht, die sie/er normalerweise nicht spielt. Die Tatsache, dass beide überhaupt verwechselt werden, dass der Chef für einen Handlanger gehalten werden kann, ist bezeichnend, denn davor könnte er sich schützen: Halbschuhe statt Gummistiefel, Bügelfalte in die Jogginghose und ein paar andere äußerliche Veränderungen. Jedoch: Er tut es nicht. Im Gegenteil, er legt es auf eine Verwechslung regelrecht an und dahinter verbirgt sich eine bestechende, brillante und wahrlich diabolische Logik. Mit diesem einfachen Mittel, welches Außenstehenden und Neurekruten zusätzlich als spaßiges Ausleben der hierarchielosen Toleranz und Freundschaftlichkeit untergejubelt werden kann, gelingt ihm ein mephistophelischer Meisterstreich, der selbst in den dämonischsten Sekten seinesgleichen sucht. Das hat noch niemand gewagt, denn dieser Handstreich birgt hohes Risiko. In den Händen eines Dilettanten würde er schnurstracks in den dramatischen Machtverlust führen. In den Händen eines manipulationsstrategisch geschulten Großmeisters passiert das Gegenteil: Er erhält eine Größe, eine Dimension, eine Breite, die zu seiner wahren Person in keiner Beziehung mehr steht. Mittels dieses Verwechslungsspielchens verschafft er sich selbst bzw. seiner Person ein Identitätsspektrum, das seinesgleichen sucht und **alle** möglichen Rollen innerhalb des Systems umfasst. Das Ganze noch dazu mühelos und vollkommen umsonst.

Kein Wunder, dass die lachen. Und der Chef am lautesten. Dieses Lachen erfüllt mehrere Funktionen; so klar und eindimensional wie oben aufgezeigt, existiert die Strategie vermutlich nicht. Vieles ist unbewusstes Teufelswerk und klappt gerade daher so vorzüglich. Die Verwechslung ist auch ein Spiel mit den Erwartungen. Wer erwartet, der Chef flaniere im gebügelten Dreiteiler, erhält direkt einen Dämpfer und ihr oder ihm wird klar gemacht: Deine armseligen, normierten Bewertungskriterien greifen hier nicht. pebb ist anders – und impliziert: pebb ist besser. Bilde dir nicht ein, uns mit deinen Maßstäben oder den Maßstäben der Außenwelt messen zu können.

Das ist wundervoll. Da hat man mit einer Methode, die anscheinend den Chef degradiert, im Vorbeigehen dem Neuling den Boden unter den Füssen weggerissen und ihn in seiner blinden Borniertheit bloßgestellt. Was bin ich für ein oberflächlicher Mensch. Urteile ich nach Äußerlichkeiten? Einen besseren Einstieg kann es, aus Sicht der Sekte, nicht geben. Die Neue ist verunsichert, weiß, dass ihre Raster nicht passen, und wird sich hüten, vorschnell, bzw. berechtigt, Kritik zu üben.

Virtuos.

Die Kameliendame

»Aber du bist noch bei pebb beschäftigt. Das ist doch richtig?«

Sie nickte so energisch, dass ihr die Haarklammern, die aus ihrem Haar auch keine Frisur machten, vom Kopf fielen. »Oh ja.« Das war alles. Der Nachmittag ging in den Abend über. Die Kuchenplatte stand noch auf dem Tisch, die Kaffeekanne war längst leer, und Ivonne machte keine Anstalten, etwas dagegen zu unternehmen.

Von aussagekräftigen Antworten hielt sie auch nichts.

»Was machst du dort noch mal? Du hast es wahrscheinlich schon erwähnt; ich habe es nur wieder vergessen. Entschuldige.« Musste ihr Stiefvater sich vor ihr klein machen, nur damit sie ihm ein bisschen erzählte? Musste er sich das antun?

Sie nahm die Ellenbogen vom Tisch und ließ sich wie gestochen in den Gartenstuhl zurückfallen. »Ich habe mein eigenes Projekt.«

»Was ist es denn?« Wahrscheinlich saß sie in der Ablage. Das würde er sich noch anhören und dann würde er fahren. Auf Nimmerwiedersehen. Hier hatte er nichts verloren. Dies war nicht die Ivonne, die er erwartet hatte. Die Stieftochter, die er kannte. Die gab es offenbar nicht mehr. Dafür hatte jemand anders gesorgt. Wer das war, wüsste er gern. Dieser Jasper vielleicht? Er war zu spät gekommen. Trotzdem, besser hätte er es kaum hinkriegen können. Dieser Besuch hatte sich gelohnt; von der erfolgsverwöhnten Hamburger Business-Deern ihres letzten Treffens war dieser lethargischen Dorfpomeranze nichts geblieben.

»Ich schreibe die Unternehmensgeschichte von pebb.«

Das war mal eine wirklich innovative Formulierung für

»Abstellgleis«. Hut ab. Dieser van Krüchten hatte vielleicht doch was los. »So. Interessant. Wie kam es denn dazu? Wolltest du das gern?«

Womöglich war es dem pebb-Chef auch noch gelungen, ihr einzureden, das sei die Chance ihres jungen Lebens.

»Ja, natürlich. Das ist doch eine Wahnsinnschance.« Er musste sich das Grinsen verbeißen. »Weißt du, es soll keine gewöhnliche trockene Unternehmensgeschichte mit Daten, Fakten und Zahlen werden«, das hatten sie ihr wohl nicht zugetraut, »sondern ein richtig spannender Roman.«

Hallelujah. Das wurde ja immer besser. Ein richtig spannender Roman. Wie sie das schon sagte. Er konnte sich einen ironischen Unterton nicht verkneifen: »Dann bist du also Schriftstellerin und hast dich hierher zurückgezogen, um deiner Kreativität Raum zu geben.«

Sie merkte nichts. Sie nickte glücklich, als habe er den Nagel auf den Kopf getroffen. »Genau. Hier kann ich in Ruhe schreiben.« Und essen, setzte er für sich hinzu. Wollte sie ihn verarschen? Oder meinte sie das am Ende tatsächlich ernst?

»Die ersten Monate bin ich viel innerhalb von pebb rumgereist und habe Mitarbeiter und Mitarbeiterinnen in ihren Büros besucht. Ich habe mit ihnen gesprochen, um zu erfahren, was sie denken und wie es anderswo zugeht. Jetzt sitze ich mit dem Berg an Material hier und versuche, eine Geschichte daraus zu machen. Eine Mischung aus Fakten und Fiktion, die sowohl für Interne als auch für Externe interessant ist und pebb nachvollziehbar darstellt. Das Buch soll ganz normal auf dem Buchmarkt erscheinen und den Grundstein zu meiner Schriftstellerinnenkarriere legen.« Sie blies einen Schwall Luft aus. Sie selbst glaubte daran. Theoretisch. Das merkte er. War ihr das zutrauen? »Allerhand. Herzlichen Glückwunsch, meine Liebe. Das ist wirklich famos. Bin ich froh, dass ich eine Flasche Sekt mitgebracht habe. Steht die im Kühlschrank?« Ivonne nickte. Er wartete einen Moment. »Ich hole sie dann mal.« Madame wies grob in Richtung Küche. Damit hatte sie kein Problem.

»Ich kann selbst nicht sagen, wie ich auf die Idee gekommen bin.« Sie sprach fast so flüssig wie der Sekt ihr runterging. Mehrere Sätze! Hintereinander. »Doch Georg, das ist der Geschäftsführer, fand den Gedanken gut und dann hatte ich den Auftrag.«
»Einfach so? Du hast doch noch nie was geschrieben.«
»Wahnsinn, nicht?«
Das konnte man wohl sagen.
»Wir haben uns ein paar Mal getroffen und ich habe eine Art Konzept entwickelt und dann war alles klar.«
Sein Blick musste ihr verraten haben, dass an dieser Stelle ein paar erklärende Worte Not tun würden.
»pebb wächst rasant schnell, bald wird das zweite Tochterunternehmen gegründet und es wird immer schwieriger intern das alte Ideal, dass sich alle untereinander kennen, aufrecht zuhalten. Pebb ist immer schwerer zu überblicken und so ein Buch kann Neuen einen Einblick in das Unternehmen geben und die Mitarbeiterbindung erleichtern. Für Georg war auch wichtig, dass das Unternehmensmodell transportiert wird. Wir denken nämlich, dass ein Unternehmen wie pebb eine interessante und nachahmenswerte Alternative auf dem Arbeitsmarkt ist. Und pebb ist nicht nur beliebt bei seinen Mitarbeitern und Mitarbeiterinnen, sondern auch wirtschaftlich äußerst erfolgreich!«
»Wie du!« Es klang spröde und er musste sich zu seinem zuversichtlichen Lächeln zwingen. »Auf deine Karriere!« Er hob sein Glas: »Aber, sag mal, wie bist du denn darauf ge-

kommen, dass du schreiben willst?« Das würde ihn wirklich interessieren.

Ivonne leerte ihr Glas. »Ich glaube fast, das habe ich Jasper zu verdanken. Vor ihm musste ich pebb dauernd verteidigen und habe angefangen, Managementbücher zu lesen. Jasper versuchte ständig, mir einzureden, ich sei verblendet und das sei alles nur Strategie von pebb. Nachdem wir uns getrennt hatten, hatte ich all die Informationen, und ich dachte, wenn es mir schon nicht gelungen war, Jasper von pebb zu überzeugen, dann vielleicht den Rest der Menschheit.« Eine interessante Information. »Kann ich mal was lesen? Du weißt ja, dass ich mich für Unternehmensführung interessiere. Vielleicht kann ich von pebb was lernen.«

»Natürlich kannst du was lesen. Wenn ich was geschrieben habe. Ich stehe noch ganz am Anfang, weißt du. Ich muss erst eine Struktur entwickeln und das ganze Material sichten und dann geht es los. Ich glaube, dass das Schreiben später die geringste Arbeit macht. Die Hauptsache ist, das Material zusammenzutragen. Das war schon im Studium so.«

»Und wie läuft es praktisch? Lieferst du Georg in regelmäßigen Abständen was ab?«

Ivonne grinste freimütig wie früher: »Nee, Georg sagt, das ist mir doch egal, wie du arbeitest und was du machst. Wenn du was hast, was ich sehen soll, kannst du mir das gern zeigen, ansonsten wirst du deine Sache schon richtig machen.« Das klang nicht besonders geschäftstüchtig; aber nach jemandem, den er von Minute zu Minute lieber kennen lernen würde.

»Das gibt es doch nicht. Ivonne, du willst mich veräppeln. Dieser Georg van Krüchten hat dir aber gesagt, was nicht auftauchen darf und was er gern lesen möchte, oder? So was wie einen Leitfaden.«

Ivonne seufzte: »Schön wär's.«

»Wie meinst du das?« Seit wann wollten sich Künstler in ihren Freiheiten einschränken lassen?

»Wenn ich Georg frage, was hättest du gern oder was ist dir wichtig, dann steckt der sich bloß ne neue Kippe an und fragt, schreibst du das Buch oder ich? Damit hat es sich. Der lässt mich machen und vertraut darauf, dass ich es schon richtig machen werde.«

Ivie hing in ihren Blumenmustern wie eine welke Tulpe. Die Kameliendame. Der hatten sie auch alles nachgetragen. Ihrer Schönheit wegen. Er wusste nicht, womit Ivonne so einen Vertrauensvorschuss verdient hatte, das war allerhand. Entweder hatte sie mehr los, als er annahm und dieser van Krüchten hatte das erkannt oder der Kerl war eine vollkommene Hohlnummer und hatte bisher das Glück des Naiven bei seinen geschäftlichen Erfolgen genossen.

»Ich bin schwer beeindruckt! Du hast es wirklich geschafft! Das wird bestimmt ein ganz großer Wurf.«

Er musste sich zusammenreißen und war froh, dass es mittlerweile fast dunkel war. Ein anheimelndes Lächeln war das sicher nicht geworden. Ivonne erglimmte im Licht ihrer Asche. Sie klang entschlossen und sie sah entschlossen aus. Nicht glücklich, aber entschlossen. Das war die alte Ivonne. Die war nicht dumm und würde das durchziehen. Im Gegenteil, sie war ziemlich clever. Irgendwie würde sie eine anständige und fundierte Geschichte aus dem Hut zaubern und abliefern und am Ende sähe er sie nur noch in Talkshows.

»Wenn ich dir irgendwie helfen kann, dann lass es mich wissen.«

»Das mache ich. Danke.« Ivie lächelte ihn an.

Sie schien sich mittlerweile über seinen Besuch zu freuen. Wovon erst keine Rede war. Sie hatte ihn gar nicht erst kommen lassen wollen und er hatte sich ganz schön ins Zeug legen müssen. Von wegen, alte Fehler wieder gut machen; zweite Chance und die ganze Leier. Es hatte ihn nur fünf Anrufe gekostet; allein daran hatte er gemerkt, dass sie nicht obenauf war. Früher hatte sie ihn bei seinen sporadischen Kontaktversuchen nur ausgelacht und Jasmin ans Telefon dazu gerufen. Von der war diesmal gar keine Rede. Interessant.

Er legte die ganze Wärme des Sommertages in seine Stimme: »Ich freue mich wirklich für dich, Ivonne. Ivie«, korrigierte er sich. Er wusste, dass sie das beeindrucken würde. »Und ich bin sicher, dass du genau die Richtige für dieses Projekt bist! Du musst dir vertrauen, ob deine Kollegen das tun, ist zweitrangig. Der Chef steht hinter dir.«

»Ich weiß.« Sagte sie. Doch wusste sie es? Und, vor allem, stimmte das überhaupt?

»Ich habe es schon einmal gesagt und ich will mich nicht aufdrängen, aber wenn ich dich unterstützen kann, dann tue ich das gern. Auch wenn du noch nichts Druckreifes geschrieben hast, kannst du mir ruhig alles zu lesen geben. Oft hilft die frühe Kritik am meisten, bewahrt einen davor, sich zu verrennen. Aber wahrscheinlich hast du genug solcher Leseangebote von deinen Kollegen. Das ist sicher auch sinnvoller, weil sie das Unternehmen kennen.«

Ivie nickte und rauchte: »Oh ja, Angebote habe ich genug.«

»Wenn du aber trotzdem mal die Meinung eines Außenstehenden haben willst, bin ich da.«

Hoffentlich hatte sie das verstanden.

»Morgen. Tut mit Leid, ich habe verschlafen.« Mina ging zu ihrem Schreibtisch. Sie hatte überhaupt nicht geschlafen. Höchstens ein paar Takte mit dem Kopf an der Wand am offenen Fenster und hatte jetzt einen steifen Nacken und Rückenschmerzen. Und als sie in der Badewanne weggenickt war, wäre sie fast ertrunken.

Susanne grölte: »Waren anstrengende Einarbeitungstage, was?« Mina zuckte zusammen. Aber ganz langsam. »Kann man wohl sagen. Ich habe zu viel rheinhessischen Biowein getrunken.« Es war ihr egal, was sie sagte.

»Weißt du was, ich koche jetzt Kaffee und dann erzählst du uns alles! Wen du kennen gelernt hast und wie es dir gefiel und überhaupt alles. Ich bin schon ganz gespannt.« Alles nur das nicht.

In dem Moment klingelte das Telefon.

»Mist«, sagte Susanne nach dem Auflegen. »Eine Berufshelferin von der Bau BG ist unten. Sie hat einen Termin mit Jan, aber da ich auch zwei Versicherte von ihr betreue, werden wir jetzt beide mit ihr sprechen.«

Es gab doch einen Gott. Mina lehnte sich vorsichtig zurück.

Susanne tippte auf einen Stapel Akten auf ihrem Schreibtisch. »Könntest du mit der Stellenrecherche für diese Damen und Herren anfangen? Natürlich nur, wenn du dich für richtige Arbeit schon fit genug fühlst.«

Nachdem Susanne mit zwei Mappen unter dem Arm und einem Zwinkern rausgewippt war, legte Mina ihren Kopf auf die Schreibtischplatte. Sie war komplett benebelt und restlos übermüdet. Die ganze Nacht hindurch hatte sie versucht, sich über Ivie, pebb und Jasper klar zu werden und Kapazitäten verbraucht, die sie nicht hatte. Sie war vom Fensterbrett gefallen – zum Glück nach innen – und war geistig auf der Stelle getreten.

Aber was pebb konnte, konnte sie auch: Gesicht wahren. Fassade zeigen. Mina schaltete ihren Computer ein, schleppte die Akten von Susannes Schreibtisch zu sich rüber und nahm professionell auf ihrem Schreibtischstuhl Platz. Sie stützte ihren Kopf auf die linke Hand und blätterte mit rechts. Der ehemalige Busfahrer, der nach einem Verkehrsunfall in kein Fahrzeug mehr stieg und selbst mit dem Fahrrad verkehrsreiche Wege mied. Das war einfach, der brauchte eine Arbeit in der Nähe seines Wohnorts. Warum waren anderer Leute Schicksale immer so klar und deren Probleme so leicht zu lösen?

Susanne steckte den Kopf in die Tür: »In der Küche gibt es frischen Kaffee. Und, Mina, könntest du mir einen Riesengefallen tun? Ich habe die Unterlagen von dem Golfplatz, wo es um die Stelle des Greenkeepers geht, in einen der Körbe gelegt. Könntest du die mal für mich suchen?«
»Klar. Ich bring sie dir dann ins Beratungszimmer.«
»Danke, Mina. Du bist ein Engel. Dafür gebe ich nachher Kuchen aus!«
Mina schnappte sich den obersten der überquellenden Ablagekörbe von Susannes Schreibtisch. Es war ein Chaos aus Papier. Völlig ohne Ordnung. Die Golfplatzunterlagen konnten überall sein. Susanne war mit dem Kopf unheimlich schnell und sortiert, aber vom Ablegen hielt sie nichts. Was da alles zu Tage kam: ordentlich glatt gestrichenes Einwickelpapier, alte Rechnungen, Werbeprospekte von vor zwei Jahren, Schriftwechsel, den Susanne neulich erst gesucht hatte.

Es war schlimmer als bei anderen Leuten in der untersten Küchenschublade. Nur ohne Maden, obwohl die auch noch irgendwo sein konnten. Mina war noch lange nicht durch. Im dritten Korb fand sie Kopfschmerztabletten mit abgelaufenem Haltbarkeitsdatum, von denen sie vier Stück schluckte. Nur das Schreiben des Golfclubs, mit den gekreuzten Golfschlägern als Logo, war nicht dabei. Mina hatte es selbst in Händen gehalten, wusste, dass es existierte. Sie wühlte durch den letzten Korb und zog dann die Schreibtischschubladen auf. In der oberen linken befand sich Susannes »heimliches« Süßigkeitenlager und lauter Dinge, die sie im Büro brauchte: eine Brille, die sie nie trug, dicke Socken, Büroklammern, CDs, ein Kreuzworträtselheft, Schminksachen und Clownsnasen, Zettel und Papiere, Stifte und lose Fotos. In der rechten Schublade herrschte dagegen peinliche Ordnung: Schreibblöcke in verschiedenen Formaten, Kleberollen und -stifte und anderer Bürokram. Mina guckte über den Schreibtisch, ihr Blick blieb am Telefonbuch hängen und an der Papierecke, die daraus hervorlugte. Sie zog daran und hielt das gesuchte Dokument in Händen.

Als sie aus dem Beratungszimmer zurückkam, stand die linke Schublade noch offen. Mina ging um Susannes Schreibtisch herum, um sie zuzuschieben. Es sah ziemlich durcheinander aus; hoffentlich dachte Susanne nicht, sie habe rumgeschnüffelt. Mina zog einen Stapel Fotos hervor. Wahrscheinlich aus Spanien. Einige der Gesichter kannte sie, andere nicht. Wenn man die so sah, unterschieden sich die Bilder nicht von denen anderer Gruppenreisen. Hier waren sieben oder acht Leute am Strand; die meisten sahen ganz zufrieden aus. Entspannt und braungebrannt. Jetzt ein Foto, das in Ohihei aufgenommen war. Ute war darauf und Ansgar und – und

IVIE. Das gab es nicht. Warum eigentlich nicht? Mina warf die Fotos in die Schublade und schob sie zu. Sie ging an ihren Platz und drückte auf eine Taste. Sofort erschien die Suchmaske der Agentur für Arbeit. Mina zog sich eine Aktenmappe heran und guckte, was Renate Meresberger für eine Stelle suchte. Gern etwas mit Menschen, aber keine körperlich anstrengende Tätigkeit. Frau Meresberger durfte nicht mehr im Verkauf tätig sein, weil sie nicht über einen längeren Zeitraum stehen durfte. Lange sitzen durfte sie auch nicht. Sie hatte keinen Führerschein. Frau Meresberger würde sich am liebsten als Kartenlegerin selbstständig machen, aber – das schätzte die Versicherte selbst realistisch ein – so was nähme ja keiner ernst, von einer Finanzierung ganz zu schweigen. Mina klappte die Akte zu und nahm die nächste. Den kannte sie: Herrn Ühmet, Holzarbeiter, zweiundfünfzig, konnte nach einem Unfall mit der Säge seine Hände nicht mehr gebrauchen, sprach kaum Deutsch. Alleinverdiener mit einer Frau und vier schulpflichtigen Kindern. Wohnhaft in Hohenkirch, einem Kaff, in dem es keine Arbeitsplätze außer in der Holzverarbeitung gibt. Herr Ühmet besitzt dort ein Haus, das er nicht verkaufen kann, weil der Verkaufserlös im Bestfall zur Tilgung seiner Schulden reichen würde. Abgesehen davon möchte die Familie nicht umziehen, warum sollte es anderswo für sie besser sein? Ein reizender Mann, aber was konnte Mina, was konnte pebb für ihn tun? Schon nach diesen paar Tagen hatte Mina gelernt, dass es Fälle gab, die auf dem Arbeitsmarkt niemand wollte. Mina ließ sich aus dem Postleitzahlengebiet von Hohenkirch Stellenangebote anzeigen: kommunikativ, flexibel, lernbereit und sozial kompatibel, offen und mobil, mit mehrjähriger Erfahrung, so sollten selbst Altpapiersammler sein. Führerschein, Gabelstaplerschein und Grundkenntnisse in der EDV setzen wir voraus! Erschreckend, wie viele Menschen in dieser Gesellschaft offenbar einfach nicht gebraucht wurden. Warum musste man stromlinienförmig in Jobs gleiten, in denen die standardisierte, eintönige Arbeitsausübung für die in der Stellenausschreibung verlangten Fertigkeiten sowieso keinen Raum ließ? Susannes Telefon klingelte.

»pebb gmbh, Aktionsbüro für Arbeit Hamburg, Halmsum.«

»Hier auch pebb, Michael Emich. Hallo Mina, wir haben uns letztens in Ober-Hilbersheim kennen gelernt. War das erst vorgestern?« Sie erinnerte sich an den hochgewachsenen, schlechtrasierten Kerl, mit dem sie kaum ein Wort gewechselt hatte. »Ich wollte Jan sprechen.«

»Der ist in einer Besprechung. Ich nehme zwar nicht an, dass ich dir weiterhelfen kann, aber: Kann ich dir weiterhelfen?«

»Nee. Es geht um was Privates. Jan wollte mir einen Gefallen tun. Sag ihm einfach, dass ich angerufen und nach dem Guinessbuch gefragt habe. Dann weiß er schon.«

»Guinessbuch? Wie in Guinessbuch der Rekorde?«

»Genau.«

»Okay, ich schreib es ihm auf.«

»Danke. Und du bist gut wieder nach Hamburg zurückgekommen?«

»Ja, es war bloß eine unmenschlich lange Fahrt und ich bin noch ein bisschen angeschlagen von der Einarbeitung.«

Michael lachte: »Das kann ich mir vorstellen. Ich habe gehört, ihr habt den Mexikaner in Ingelheim zum Kochen gebracht. Schade, dass ich nicht dabei war.«

»Ja, es war für einige recht spaßig. Ich persönlich finde, dass man Formationstänze und Berufsleben strikt trennen sollte und werde in Zukunft auch verstärkt darauf achten.«

»Das ist eine sehr interessante Haltung, Mina.«

»Danke. Wie hältst du es denn?«

»Ich sehe eher zu, mich in meinem Privatleben möglichst von Formationstänzen und von Beruflichem fernzuhalten.«

»Ach ... Bisher hatte ich den Eindruck, dass es bei anständigen pebbels keine Trennung von Privat und Berufsleben gibt. Du bist der Erste, der das wohl anders sieht. Bist du schon lange bei pebb?«

»Ja, ziemlich. Seit acht Jahren und ich arbeite gern bei pebb, aber daneben habe ich auch gern meine Freizeit. Ich kann mir aber vorstellen, dass der erste Besuch in Ober-Hilbersheim die Befürchtung aufkommen lässt, man sei in ein gemeinsames Wohn-, Arbeits- und Lebensprojekt geraten. Das täuscht. Wenn du länger dabei bist, wirst du feststellen, dass pebb auch nur eine Firma ist. Nur ein bisschen anders.«

Das war eine pebb-typisch lapidare Aussage. Was sollte sie damit anfangen? *Nur ein bisschen anders.*

»Susanne, hattest du nicht von Kuchen gesprochen?«

Jan rollte ins Büro, seine Stimme klang leidend. Als sei auch Kuchen nur ein schwacher Trost für ihn.

»Stimmt. Eine gute Idee.«

Susanne hatte den Stift schon fallen gelassen. Selbst Mina fühlte sich einen Moment lang belebt durch die Aussicht auf deliziöse Backwaren von Konditormeisterin Eschenbaum.

»Ich will Kirschkuchen.«

Jan schob zur Beruhigung seiner aufgeregt lauernden Geschmacksnerven einen Traubenzuckerbonbon in den Mund.

»Und Mohnkuchen und eine Apfeltasche.«

Er sah seine Kolleginnen herausfordernd an: »Wozu soll ich auf meine Linie achten?«

Seine Frau und seine fünfjährigen Zwillinge waren am

Morgen für ein paar Tage zu ihren Eltern gefahren und Jan litt bereits schwer unter seinem Strohwitwerdasein. »Abendessen kriege ich heute sowieso keins!«

Bevor er in Stimmung kam, schickte Susanne ihn zur Konditorei. Sie selbst übernahm die Kaffeeküche und Mina schrieb ihren Bericht zu Ende. Sie tat zumindest so. In Wahrheit kreisten ihre Gedanken. Was hatte Michael mit dem Wohn-, Arbeits- und Lebensprojekt gemeint. Das war doch die Langversion von Sekte. Das täuscht, hatte er gesagt. Und Ivie war auch wieder aufgetaucht. Sagte Jasper.

Es dauerte ewig, bis Jan zurückkam. Wahrscheinlich hatte er der Bäckereifachverkäuferin sein familiäres Leid geklagt und sich zum Trost schon mal den ein oder anderen Keks zustecken lassen.

»Jetzt erzähl doch mal von deiner Einarbeitung. Wir kommen ja zu nichts heute.« Susanne war schon wieder viel zu lange für ihre halbe Stelle im Büro.

»Es war – toll.« Mina hörte selbst, dass es lahm klang. »Ich muss aber noch eine Nacht darüber schlafen. Heute bin ich nicht ansprechbar.« Sie versuchte zu lächeln und stopfte sich den letzten Obstplunderbissen in den Mund, wobei sie sich prompt an den fiesen blättrigen Bröseln verschluckte und krampfartig hustend ins Bad flüchten konnte. Als sie zurückkam, waren ihre Augen nur noch leicht gerötet.

»Wenn es euch nichts ausmacht, würde ich gern nach Haus gehen. Ich hab fürchterliche Kopfschmerzen.« Minas Augen röteten sich noch ein bisschen mehr. »Die Berichte sind fertig.«

»Kein Problem.« Jan und Susanne sahen sich an. »Nimm doch morgen frei und ruh dich richtig aus. Ich kann ja länger bleiben.« Bei seinen letzten Worten nahm Jans Gesicht wieder diesen Hundeausdruck an.

»Genau«, Susanne war sofort einverstanden. »Das ist eine gute Idee. Aber sonst ist alles in Ordnung, oder?« Susanne fing an, laut klappernd das Geschirr zusammenzustellen. »Okay?«

Mina drückte mit den Lidern eine Träne weg und nickte, während sie zu ihrem Schreibtisch ging. Auf dem noch ein Zettel lag.

»Jan, du sollst dich bei Michael wegen des Guinessbuches melden.«

»Das hätte ich fast vergessen.«

Jan hatte seinen Teller festgehalten und zog sich jetzt noch eine Obstschnitte darauf.

»Michael ist Mitglied im kleinsten Racquetball Club der Welt, dem Racquetball Club Worms mit nur sieben Mitgliedern und einem Court. Super, was? Sogar Gründungsmitglied und Schriftführer. Das gehört natürlich ins Guinessbuch. Ich helfe ihm bei dem Antrag.« Er warf sich in die Brust. »Auf Englisch!«

Susanne zog an seinem Teller: »Als ob das damit bei dir so weit her ist. Das hätte Michael ebensogut selber machen können.«

Jan spreizte den kleinen Finger vornehm von der Kuchengabel und stach huldvoll in die gelatinierte Pfirsichhälfte:

»I beg your pardon, my dear!«

Kämpfen bis Paris

»Was ist mit dir los?«

Nükhet schüttelte das Schwammtuch vor Minas Gesicht, dass ihr das Wasser ins Gesicht spritzte.

»Mina, lange mach ich das nicht mehr mit. Wenn ich schon die Frühschicht und die Spätschicht übernehme, dann will ich wenigstens zwischendrin eine Kollegin haben, die mir eine Hilfe ist.«

Nükhet war selten sauer. Sie war fast immer gut gelaunt und unerschütterlich optimistisch, aber selbst Mina sah, dass es damit bald vorbei sein würde. Und Mina sah es auch ein. Es war phänomenal, wie Nükhet ihr im Faro den Rücken freihielt. Ohne Murren und ohne Fragen. Mina war labil und ihr kamen sofort die Tränen vor Rührung. Damit wäre natürlich niemandem geholfen, Nükhet, die seit siebzehn Uhr Tische deckte und frühe Gäste bezirzte, schon gar nicht. Heute würde Mina ein Zugpferd sein, kämpfen bis Paris, wie es bei der Tour de France hieß, die Mina am Vortag von ihrem Krankenbett aus auf dem Fernsehschirm verfolgt hatte. Nükhet würde sich wundern. Mina würde zu ihrer Edel-Helferin avancieren, ihnen das Gelbe Trikot sichern und das Trinkgeld würde nur so in ihr Glas regnen. Es ging, wenn sie sich zusammenriss und alle anderen Gedanken aus ihrem Kopf verbannte. Es war nicht so, dass sie seit zehn Jahren kellnerte, ohne die Grundzüge des gastronomischen Service verstanden zu haben. Sie konnte, wenn sie wollte! Sie wusste auch, nach welchen Kriterien die Trinkgelder bemessen wurden. Kurze Röcke und raffinierte Dekolletés waren eine Möglichkeit; zugegeben die sicherste. Aber es ging auch über Einsatz, den harten Weg, kämpfen. Attackieren durch Freundlichkeit. Immer wieder ein paar Meter an Aufmerksamkeit gutmachen, das Extraschälchen Brot bringen, bevor die Gäste merkten, dass sie es wollten. Sermet nahm frühzeitig seinen Posten an der Theke ein, um sich diese Königsetappe nicht entgehen zu lassen. Er wusste, was er an Mina hatte. Sie war ein Lehrwerk für das gesamte Dienstleistungswesen und eine Freude für sein Auge. Wenn sie es wollte. Alle Tische waren besetzt, aber Nükhet fand die Zeit, sich für einen Raki neben ihn zu stellen.

»Was ist mit ihr los? Diät? Drogen? Verliebt?« Sermet war schon lange im Geschäft. Er ließ die Eiswürfel in seinem Glas klirren und sich so leicht nicht erschüttern.

»Keine Ahnung. Wenn sie nur jeden Tag so wäre!« Nükhet bekam einen verklärten Blick. Sermet lachte: »Dann hättest du längst gekündigt. Du bist viel zu gern selbst die Chefin.«

Nükhet war empört, das hatte sie von all ihrem Einsatz. »Eine muss die Verantwortung übernehmen. Aber ich arbeite auch gern im Hintergrund.« Sermet verschluckte sich an einem Eiswürfel. »Du arbeitest etwa so gern im Hintergrund, wie du in Hundescheiße trittst. Deshalb seid ihr seit Jahren ein tolles Team. Du genießt die Hauptrolle und machst Mina ein schlechtes Gewissen, weil sie dich mit der Hauptarbeit sitzen lässt.« Nükhet schwor sich, nie wieder für einen Türken zu arbeiten. Schon gar nicht für einen, der mit einer ihrer Schwestern verheiratet war und deren Ansichten für das Weltgesetz hielt. Wenn es ihm gerade passte.

Selbst Mina, die wie ein junger Derwisch durch das Restaurant tanzte und dabei nur zufriedene Gesichter hinterließ, konnte nicht gleichzeitig an Tisch neun abrechnen und einen neuen Gast begrüßen, wie Nükhet mit einem winzigen Stich Genugtuung feststellte.

Sie ließ Sermet an seinem Thekenposten zurück, um der

jungen Frau mit dem Pferdeschwanz die Karte zu bringen.

Aber es war nicht ihr Tag. Hatte Sermet am Ende Recht und es konnte nur eine der schillernde Schmetterling sein und die andere war zum Raupendasein verdammt? Nükhet trat mit ihrem strahlendsten Lächeln an Tisch sechs: »Guten Abend. Möchten Sie die Karte? Haben Sie schon einen Getränkewunsch?« Sie war bereit, sie wollte servieren. Doch die Pferdeschwanzfrau beachtete Nükhet kaum, hatte auch an der Karte kein Interesse, nicht mal an Getränken. Bis Mina vorbeiflog. Da lächelte sie. Sie lächelte sogar Nükhet an, als sei etwas vom Staub dieser vorbeifliegenden Sternschnuppe an ihr haften geblieben, nahm die Karte und bestellte einen Kir Royal. Das tat nie jemand.

»He, wir haben Gäste!« Sermet stellte das Tablett lautstark auf den Tresen, hinter dem Nükhet auf Mina einsprach. »Die Frau an Tisch sechs wartet auf dich, glaube ich. Ich bring Tisch vier die Rechnung.«

Nicht schon wieder Tisch sechs. Mit dem hatte sie einfach kein Glück. Mina mochte nicht hinsehen. Aber es half ja alles nichts. Susanne! Was wollte die hier?

Gerade über pebb wollte Mina einmal nicht nachdenken. Susanne grinste breit. Sie schien sich sicher zu sein, dass Mina sie herzlich willkommen heißen und sich über diese Invasion freuen würde. Von wegen, es gäbe auch Kolleginnen, die Berufliches und Privates trennten. Wenn es die wirklich gab, dann fragte sich Mina, wie die das anstellten. Ein Wort zu viel und schwupp hatte man ein ganzes Rudel pebbles in der gleichen Sauna sitzen. Mina sah auf den Bestellzettel, Kir Royal. Susanne, Susanne.

»Ich habe gedacht, ich besuche dich mal bei deiner anderen Arbeit. Geht es dir wieder besser? Kopfschmerzen weg?«

Mina stellte das fliederfarbene Getränk auf den Tisch.

»Alles wieder bestens. Danke für den freien Tag.«

»Kein Problem. Deshalb bin ich aber nicht hier. Du denkst doch nicht etwa, ich wolle dich kontrollieren, oder?«

Susanne legte den Kopf schief. Jetzt sah sie aus wie dieser spanische Radler im bunten Trikot, der sich nachmittags die Pyrenäen hochgekämpft hatte. Bis eben war alles bestens gelaufen, mit einem Mal war der Schwung weg.

»Nee. Das nicht. Ist aber vielleicht komisch, wenn ich kellnern gehe, aber nicht ins Büro komme.«

Susanne lachte: »Mach dir darüber keine Gedanken. Und lass dich nicht durch mich aufhalten. Kannst du irgendwas besonders empfehlen?«

Sie fielen in ihre alten Rollen: Nükhet tanzte vorn, Mina blieb hinter der Chorus Line und sorgte für gefüllte Gläser und bestückte Tabletts. Wenn man durch eine brusthohe Holzfront geschützt war, ohne unmittelbar auf die Gäste achten zu müssen, konnte man nachdenken. Die Gedanken schweifen lassen. Genau was sie nicht brauchte. Dazu Susanne, der es schmeckte und an deren Tisch Nükhet schon wieder verweilte. Offenbar hatten die beiden sich viel zu erzählen. Jetzt grinsten sie gemeinschaftlich in Minas Richtung. Blöde Gänse, alle beide.

Mina wollte gar nicht wissen, was die auskochten. Hoffentlich fing Nükhet nicht an, über Ivie zu plaudern. Hätte Mina sie nur eingeweiht. Sie hätte ahnen müssen, dass Susanne hier reinplatzen würde, um ihr nachzuspionieren. In feinster Sektenmanier.

»Hier.« Nükhet drückte ihr zwei Gläser mit dem Kir Royal-Zeug in die Hand. »Ich mach das schon. Setz du dich ein bisschen zu deiner Kollegin.«

Mina wehrte die Gläser ab. »Das kannst du selber trinken. Ich will heute bis zum Ende arbeiten. Mach du mal früher Schluss.«

Nükhet nippte an einem Glas. »Gar nicht so schlecht. Du kannst gern bis zum Ende bleiben, Mina, aber mach eine Pause. Trink was mit Susanne, setz dich kurz zu ihr. Sie ist schließlich wegen dir hier.«

Susanne. Man war also schon auf du und du. Na fein.

»Hab sie nicht darum gebeten, zu kommen. Wir sehen uns fast jeden Tag. Das reicht doch wohl.« Mina wusch weiter Gläser ab.

»Wieso arbeitest du da eigentlich? Bei pebb. Das meinst du doch nicht ernst.« Nükhet sah nachdenklich zu Susanne. »Die ist echt nett.«

»Guck mal, ich glaub Tisch acht will noch was.«

Nükhet nickte. »Gleich«, blieb aber stehen und wartete auf Minas Antwort. Das machte sie ganz nervös.

»Ich wollte das einfach mal ausprobieren. Ob die mich einstellen würden und ob ich herausfinden kann, was Ivie da so toll findet.«

»Was ist eigentlich mit Ivie? Findet die das gut, dass ihr jetzt Kolleginnen seid? Dass sie dich doch dazu überreden konnte, zu pebb zu gehen.« Nükhet sah plötzlich klar. »Und es gefällt dir, richtig? Genau, eigentlich wolltest du Ivie beweisen, dass du pebb scheiße findest und jetzt gefällt es dir. Deshalb bist du so mies drauf.« Nükhet lachte.

Aber als sie zurückkam, war es um ihre gute Laune geschehen. »Willst du im Faro aufhören? Das ist mir doch gleich komisch vorgekommen, wie du heute rumtanzt. Deine große Abschiedsgala hinlegst. Mina Halmsum, eins sag ich dir, du kannst mich nicht von heut auf morgen sitzen lassen.«

Im Faro wusste jeder alles. »Gib deiner Kollegin einen aus,

Mina.« Sermet lächelte Susanne an. Mina schnappte sich zwei Gläser und die Rakiflasche. War ihr doch egal, ob der sich mit Kir Royal vertrug. Dann hatte Susanne eben morgen mal Kopfschmerzen.

»Das ist bestimmt ganz schön stressig, jeden Abend noch hierher zu kommen.« Mina hatte bei pebb zwar gesagt, dass sie kellnerte, hatte aber verschwiegen, wie ausgiebig sie das tat. »Es ist echt nett hier, ich kann schon verstehen, dass du das nicht aufgeben willst.« Wie schön, wie schön. All dies Verständnis. Die Einzige, die nichts verstand, war sie selbst. Mina nickte nur und trank.

Schweigen am Tisch war nicht nach Susannes Geschmack. »Du, deine Kollegin hat mich gerade nach Ivie gefragt. Die sei deine Schwester. Das wusste ich ja gar nicht. Ivie Deisler?« Susanne sah ehrlich überrascht aus. Mina ließ fast das Glas fallen. Ivie. Und Susanne redete über sie, als sei nichts geschehen. »Halbschwester«, presste Mina raus.

»Das ist ja witzig. Hast du beim Vorstellungsgespräch gar nicht gesagt, dass du schon jemanden bei pebb kennst.« Susanne war wirklich ein Gemütsmensch, keine Spur von Misstrauen oder beleidigtem Unterton. Sie machte es Mina leicht. »Ich wollte keine Vorzugsbehandlung.«

»Was macht Ivie denn eigentlich? Wie geht es ihr? Seit sie nicht mehr das Placement für die Standortberatung macht, krieg ich von ihr nichts mehr mit.« Susanne strahlte Mina an in der sicheren Gewissheit, jetzt ein abendfüllendes Thema gefunden zu haben. Bei so viel Unterhaltung ließ auch Nükhet nicht lange auf sich warten.

»Redet ihr über Ivie? Dann fangt noch mal von vorne an. Ich will alles wissen!«

AUF DER ZIELGERADEN

Das Faro hatte seit Stunden geschlossen. Sermet hatte widerwillig den Schlüssel an Nükhet ausgehändigt. Nachdem sie ihm vierundzwanzigmal versprochen hatte, ihn wirklich spätestens um zehn Uhr am nächsten Morgen zurückzubringen, damit Sermet und Ludwig mit dem Kochen anfangen konnten.

»Als ob der keinen Zweitschlüssel hätte«, stöhnte Nükhet. »Das ist reine Schikane.«

Susanne, die den Raki nicht so gut vertrug wie Nükhet und Mina, schüttelte bedauernd den Kopf. Das war nicht schön. Sie kannte solche Arbeitgeber. Aber hier war es schön. Arbeitgeber, die ihren Angestellten das Leben absichtlich schwer machten. Sie fühlte sich ganz heimelig und hatte mit Nükhet bereits abgemacht, dass sie auf dem siebten Geburtstag irgendeiner Nichte mit ihrem Clownsprogramm auftreten würde. Arbeitgeber, die voller Misstrauen steckten und ihren Leuten nur Schlechtes zutrauten. Das war zwar nur ein Kindergeburtstag und nicht der Karrieresprung, aber man musste immer am Ball bleiben.

»Die Welt steckt voller Vorurteile!« Dazu hob Susanne ihr Glas.

Dieses Aniszeugs schmeckte vorzüglich. Sie hatte sehr wohl gesehen, mit welchem Gesicht Mina ihr den Kir Royal gebracht hatte. Nur weil Veronika Ferres den mal in der Öffentlichkeit getrunken hatte, war das offenbar ein unzumutbarer Schickimickidrink, den keine ernsthaft-ambitionierte Trinkerin mehr anrührte. Damit konnte sie leben. Mina warf ihr einen Blick zu, so einen von der undefinierbaren Sorte. Mysteriös. Geheimnisvoll. Aber gleichzeitig auch albern. Und arrogant. Als ob es nichts Wichtigeres gäbe, als was Mina gerade dachte. Susanne kicherte in sich rein. Für Mina wahrscheinlich nicht.

»Was meinst du mit den Vorurteilen?« Mina beugte sich vor und hantierte geschickt mit Gläsern, Flaschen und Zigaretten. Alles gleichzeitig. Damit ihr dabei der Qualm nicht in die Augen stieg, hatte sie die Augen zusammengekniffen und das stand ihr gut. Wie der jungen Dietrich. »Kannst du singen?«

Nükhet guckte von einer zur anderen. Sie hielt sich im Hintergrund, was eigentlich nicht ihr Parkett war, sie schien sich aber ausgezeichnet zu amüsieren.

Mina hatte alle Gläser abgestellt und sah direkt auf Susanne runter: »Wenn du meinst, dass ich Vorurteile gegen pebb habe, dann kann das sein. Aber wenigstens gucke ich mir den Laden an.« Mina schob Susanne ein Glas rüber. Nükhet hatte sie vergessen.

Susanne registrierte Minas defensiven Unterton nicht. »Die pebb-Band ist ziemlich gut. Vielleicht könntest du da mal mitsingen. Also, bestimmt. Die üben bloß immer in der Nähe von Mainz. Ich habe auf der letzten Weihnachtsfeier mitgesungen. Und daran gedacht, das für die Zehn-Jahres-Feier wieder zu tun. Dann könnten wir zusammen hinfahren. Ist nicht so langweilig.« Susanne sah selig aus und überlegte weiter: »Eh, und außerdem könnten wir was zusammen einstudieren. Hier vor Ort. Ein Duett!« Sie machte eine kurze Pause. »Klasse Idee!«, sagte sie dann und guckte Mina bewundernd an. Die hatte Ideen. Super. »Ich bin richtig froh, dass du meine Kollegin bist!«

Oho, wenn das nicht ihr Stichwort war: »Ich auch!« Nükhet stand fast stramm. »Ich bin auch froh, dass du meine Kollegin bist, Mina. Und schon so lange.«

Dabei guckte sie Susanne von der Seite an. Die sollte sich

nichts einbilden. Nach einer Woche gemeinsamer Büroarbeit konnte man überhaupt nichts sagen. Zehn Jahre zusammen hinterm Tresen, die schmiedeten zusammen. Dann wusste man, was Kollegialität war. Und was man an einer Kollegin hatte.

»Vergiss mich nicht wieder, Mina.«

Pointiert schob Nükhet ihr Glas vor Susannes. »Jetzt setz dich endlich mal hin. Du machst mich nervös. Als wolltest du gleich weglaufen.« Mina drehte sich zur Garderobe, setzte sich aber doch. Auf die Stuhlkante. Nükhet und Susanne hatten schon wieder vergessen, dass sie um Minas Gunst buhlten. Sie hatten die Köpfe zusammengesteckt und verglichen ihre Vorlieben bei Fußballern. Und das mitten in der Sommerpause. Wenn kein Mensch über Fußball redete. Dann war Fußball immer noch interessanter als Mina. Ob sie hier saß oder in Paris, interessierte keine Sau. Susanne und Nükhet schon gar nicht. Nö. Die hatten einander. Kicherten besoffen, tauschen Kneipenadressen aus.

Selbst Ivie war vergessen. Das konnte nicht sein: »Was meintest du vorhin, seit Ivie nicht mehr bei der Standortberatung ist?«

Mina hörte, dass ihre Stimme aggressiv klang.

Susanne war dagegen immun: »Seitdem sie ihr eigenes Kompetenzzentrum ist, meine ich. Sonst hatte ich sie auch mal am Telefon oder hab sie getroffen, wenn ich in Ober-Hilbersheim war. Und nun ist sie weg. Irgendwie.« Susanne grinste besoffen. Nükhet auch: »Wie weg? Ivie ist doch nicht weg, oder?« Sie guckte sich zu Mina um: »Du hast sie doch gerade erst besucht.« Nükhet richtete sich wichtig auf: »Kurz vor ihrem Geburtstag! Macht man ja eigentlich nicht. Ivie hat einen Tag vor meiner Mama Geburtstag.« Susanne staunte angemessen und fast waren Mina und die Frage nach Ivie wieder verschüttet, da blieb Nükhets unsteter Blick auf der Suche nach der Rakiflasche an ihrer Kollegin haften. Mina war stocknüchtern. Und nun? Sollte sie vor diesen geifernd-kichernden Hyänen zugeben, dass sie beide belogen hatte? Musste sie das? Konnte sie nicht nach Haus gehen? Von denen würde sich morgen keine an viel erinnern. Susanne schien sich zusammenzureißen. Woher kam auf einmal die Wasserflasche? War das ein Verhör?

»Ihr braucht mich gar nicht so anzustarren.«

Susanne guckte diskret zur Seite, nicht so Nükhet: »Warum sagst du denn nichts?«

Susanne kam Mina zur Hilfe: »Weg ist Ivie natürlich nicht. Nur so ganz genau weiß keiner, was sie macht. Außer Georg, vielleicht.« Sie lächelte Mina zu und rückte ein Stück näher an sie heran.

Nükhet rückte Mina auf der anderen Seite auf den Pelz, Ellenbogen an Ellenbogen. Sie sprach langsam: »Hast du Ivie gesehen?« Minas Kopf machte eine kleine Bewegung, die mit viel gutem Willen als Verneinung ausgelegt werden konnte. Nükhet, deren Blick auf den Tisch gerichtet war, stieß sie mit dem Ellenbogen an. »Mina! Was ist mit Ivie. Warst du da?«

»Ja.«

Nükhet atmete auf: »Wusste ich's doch. Ist also alles beim alten.« Susanne brachte aber auch alles durcheinander.

Mina sprach leise: »Sie ist weg.«

Nükhet seufzte wieder: »Ja, schade. Aber Mainz ist ja nicht aus der Welt.« Richtung Susanne grinste sie: »Unzertrennlich die beiden. So gut würde ich mich gern mal mit einer meiner Schwestern verstehen.« Susanne schien dem Gespräch nicht mehr so ganz zu folgen. »Also Ivie ist Minas Schwester.«

»Genau.« Susanne nahm ihren Preis entgegen: »Und jetzt sind beide bei pebb!«

Nükhet schnappte: »Im Moment.«

Susanne stimmte zu: »Klar, was Ivie nach dem Buch macht, weiß man nicht. Ob sie dann wieder in die Beratung geht oder so.« Susanne hob ihr Glas wie zum Toast: »Vielleicht wird sie Frau Potter.« Sie grinste, als habe sie einen Zauberstab quer im Maul, unbeirrt trotz Minas entgeistert-erstarrter Miene. »Vielleicht schreibt Ivie solche Bücher auch für andere Unternehmen und nach der pebb-Band wird noch der pebb-pen-club gegründet.« Susanne leerte ihr Glas: »Und wer weiß, vielleicht kommt als nächstes ein pebb-Zirkus.« Selig fixierte sie einen Punkt im Dunkel des kaum beleuchteten Restaurants, roch das Sägemehl und wähnte sich in der großen Manege.

Nükhet tippte sich an die Stirn, sie hatte sich für kurze Zeit mitschwemmen lassen, war aber prinzipiell noch zurechnungsfähig. »Wo wohnt Susanne? Wir sollten ihr ein Taxi rufen.«

Mina reagierte nicht.

Gipfeltreffen

Von oben ging es nach unten, aber da wollte keiner hin. Darum lag auch ihr Ziel, Ober-Hilbersheim, oberhalb, wie der Name schon sagte. Der höchst gelegene Ort Rheinhessens und diesmal hatte Mina sich vorsichtshalber ein Auto geliehen. Von Nükhets zweitjüngstem Bruder, Cem. Nükhet konnte stöhnen, soviel sie wollte, sie wusste nicht, was wahre Probleme waren. Es gab keinen Ort auf der Welt, an den sie nicht sofort hätte reisen können, weil ihre Kusinen und Onkel überall platziert waren. Für Ober-Hilbersheim war ihr zwar ad hoc niemand eingefallen, aber das hieß nicht, dass sie nicht noch jemanden auftreiben könnte. Hopsa, zum Glück funktionierten die Bremsen. Das war keine Straße, das war ein Parcour. Enge Wendungen, plötzlich auftauchende Hindernisse, rasanter Wechsel von auf und ab. Mina riss den Fuß vom Gas, um hinter einem auf der Straße parkenden Vehikel zu stoppen. Auf einer Straße, die kaum breit genug war, zwei Autos einander passieren zu lassen. Das beeindruckte die Hiesigen nicht, die legten eine Gemütsruhe an den Tag, die man im Hamburger Straßenverkehr vergeblich suchte. Auf einer abstrakten Wahrnehmungsebene bewunderte sie dieses rheinhessische Laissez-faire. Doch am Steuer sitzend, trieb es sie in den Wahnsinn. Nur Appenheim und Nieder-Hilbersheim lagen noch vor ihr. Den Zettel mit der Wegbeschreibung von Susanne hatte Mina auf dem Sitz neben sich liegen: Nach der Ortseinfahrt in Ohihei links, kurze Zeit später rechts ab in die Sprendlinger Straße. Geradeaus bis pebb. Ganz einfach. Sie wollte auch nicht sauer auf Ivie sein, die sie so lange hängen gelassen hatte, ohne einen Mucks. Vergeben und vergessen sollte das Motto des Tages sein.

Die Haustür war angelehnt, Ivie anscheinend schon oben. Wer sonst sollte Sonntag früh um acht im Büro sein? Das war eine rhetorische Frage, trotzdem schossen ihr verschiedene Antwortmöglichkeiten durch den Kopf: Martin, Anke, Georg, es konnte jede oder jeder sein. Im Treppenhaus war es feierlich kühl und still. Mina hatte es nicht eilig. Sie betrachtete die Bilder an den Wänden, während sie aufstieg in den zweiten Stock, zum Konferenzraum. Auf dem ersten Absatz hielt sie vor einer der Schwarz-Weiß-Aufnahmen, die Bernd Weisbrod vor einigen Jahren als mitreisender Fotograf in Spanien gemacht hatte. Das Foto zeigte etwa vierzig pebbles, die im Stuhlkreis auf einem Rasen saßen, hinter ihnen das Meer, links und rechts Palmen. Alle Blicke waren auf einen Mann gerichtet, Georg, den Guru. Den Geschäftsführer, der seine Rede mit fleischigen Armen untermalte. Es gelang dem Foto mühelos, die Faszination Georgs zu transportieren, fast hörte Mina seine Stimme, gegen die das Meeresrauschen keine Chance hatte. Mina fröstelte und trat von einem Fuß auf den anderen. Als sie die Bilder vor zwei Wochen zum ersten Mal gesehen hatte, hatten sie ihren schlimmsten Befürchtungen neue Nahrung gegeben. Das sollten Fotos von einem Betriebsausflug sein? Überhaupt, welches Unternehmen fuhr für eine Woche nach Spanien? Da stimmte was nicht. Man musste sich die Gestalten bloß ansehen. Da war keine dabei, die nach seriösem Geschäftsgebaren aussah. Auch die im Hintergrund aufgestellten Flipcharts änderten an dem Eindruck nichts. Im Gegenteil, sie wirkten wie Staffage. Mina konnte bei den Gedanken nicht mal mehr grinsen. Gott, war sie dämlich gewesen. Dann war sie oben und drückte die schwere Tür auf. Der große, grau ausgelegte Konferenzraum lag vor ihr und war leer. Vom Balkon kam eine Rauchwolke hereingezogen.

»Ivie! Ich bin da!« Mina stellte ihren Rucksack ab und lief zur Terrassentür. »Endlich. Ich freue mich –«

Ihr Ausbruch blieb ihr im Hals stecken, als sie ihre Schwester sah und von dem Blick getroffen wurde, den Ivie ihr statt eines Willkommens entgegensandte. Wie angenagelt standen sie sich gegenüber. Mit dem Unterschied, dass Mina sich nicht mehr bewegen konnte, während Ivie es nicht wollte. Sie blies Mina Qualm ins Gesicht. »Hallo … Jasmin.«

Das war ein Schlag. Ins Gesicht. Jasmin. Wollte Ivie die Zeit zurückdrehen? Sie hieß Mina und nicht Jasmin, genauso wenig wie Ivie noch Ivonne war.

Keine zwei Minuten zusammen und schon log sie: »Schön, dich zu sehen, Ivie.« Ivie verzog keine Miene. »Gute Idee, uns hier zu treffen, aber meinst du nicht, wir hätten es woanders gemütlicher haben können?« Glaubte sie es denn selbst? Dass sie es mit diesem schwarzen Ungeheuer irgendwo gemütlich haben könnte?

»Ich glaube, dass pebb der richtige Ort ist.« So musste sich ein Stück Fleisch fühlen, wenn es Gefrierbrand bekam. Ivie sah Mina lauernd an. Vielleicht lag es an der schwarzen Strickjacke. Dies war ein verschlagenes Schwarz; das Schwarz eines Wesens, das auf etwas wartet. Auf Opfer. Auf Beute. Zum Glück hatte Mina ein ausgesprochen abschreckend buntes Shirt an. »Lass uns auf unser Wiedersehen anstoßen. Ich habe Champagner mitgebracht.«

»Bisschen früh.« Sagte die Rauchgöttin. Als habe sie Anstand, Moral und Sperrstunden gepachtet.

»Kannst ja später nachkommen«, es fiel Mina schwer, doch sie drehte sich um – kehrte dem bösen Dings den Rücken – und ging zu ihrem Rucksack. Was hatte Ivie gebissen? Und wie sah die überhaupt aus?

Nachdem Mina langsam eine Flasche geöffnet und die

zweite im Kühlschrank untergebracht hatte, drehte sie sich um. Ivie saß im Raum, am hinteren Ende bei der Balkontür. Der Stuhl, den sie sich ausgesucht hatte, war mit schwarzem Stoff bezogen. Sie verschmolzen förmlich miteinander. Mina nahm zwei Gläser aus dem Schrank und bewegte sich in Richtung des schwarzen Klumpens. Sie setzte sich auf einen in heiterem Rot bezogenen Stuhl und füllte die Gläser. Eines schob sie in Ivies Richtung. Bevor sie »Cheers« sagen konnte, hatte Ivie das Glas angesetzt und getrunken. Von wegen zu früh. Aber dadurch ließ Mina sich nicht beirren, sie hob das Glas leicht: »Nastrowije.«

Ivie ignorierte sie.

Mit einem ungeheuren Kraftaufwand sammelte Mina die Worte zusammen: »Warum hast du dich nicht bei mir gemeldet?«

Ivie zog eine Augenbraue hoch, nahm ihr Glas, trank und ließ sich Zeit. »Warum hätte ich das tun sollen?«

Obwohl die Frage sich auf einmal in Minas Ohren berechtigt anhörte, legte sie Vehemenz in ihre Antwort: »Na hör mal, du kannst vielleicht bescheuerte Fragen stellen. Ich habe mir Sorgen gemacht.«

Ivie musterte sie über ihren Glasrand: »Auf einmal? Wie kam das denn so plötzlich? Ein Jahr habe ich nichts von dir gehört und davor war dir alles zu viel.«

»Du spinnst. Das stimmt nicht. Du hättest dich auch melden können, aber mit dir war kein vernünftiges Wort zu reden. Immer nur du, und du und Jasper, und du und pebb.« Hey, Mina würde doch nicht anfangen zu heulen? »Und kein Wort mehr von mir. Von uns.« Warum hielt sie nicht die Klappe?

Die schwarze Gestalt beugte sich vor: »Von uns? Von dir und mir? Und, Gnädigste, was meinen Sie, woran das lag?

Vielleicht an Ihrer insularen Isolationspolitik? Du konntest mit niemandem auskommen und hattest Angst, sobald ich mich mit jemandem gut verstand. Aus deinen Klauen gab es kein Entkommen. Ich war froh, dass ich endlich einen Grund hatte wegzugehen.«

Damit lehnte sich die Schwarze zurück. Mina brauchte Alkohol, aber sie war nicht in der Lage, sich zu rühren. Das nutzte Ivie aus: »Dauernd bist du mir nachgeschlichen. Immer wolltest du nach Mainz kommen, obwohl dir nichts gefiel, wenn du da warst. Du wolltest dich nicht mit meinen Kolleginnen treffen, mit Jasper sowieso nicht, sondern wolltest immer nur was mit mir allein machen. Das habe ich nicht mehr ausgehalten. Du hast mich verrückt gemacht. Ich wollte mein eigenes Leben leben und nicht ständig meine kleine, soziophobe Schwester hinter mir her schleifen.«

Vielleicht war da was dran, aber niemand konnte von Mina erwarten, dass sie ihrer Schwester zustimmte. Vielleicht hatte sie sich ein bisschen an Ivie geklammert. Vielleicht war sie eifersüchtig gewesen. Aber sie waren doch Schwestern! Ivie war noch nicht fertig: »Und jetzt bist du schon wieder da!«

Mina würde nicht weinen. Auf keinen Fall. Sie leerte ihr Glas und zog die Flasche zu sich. Ihre Stimme war leise: »Ich wollte dich wiedersehen.« Auch wenn sie es selbst kaum mehr glaubte.

Das Monster biss sofort zu: »Und als du mich nicht finden konntest, hast du gedacht, auch gut, dann nehme ich eben Ivies Platz ein, oder was? Vielleicht hast du mich zuerst noch gesucht. Aber dann fandest du schnell, dass es dir ohne mich viel besser geht. Wozu soll die alte Ivie wieder her, wo Mina hier ihren schönen Platz an der Sonne hat?«

Mina konnte sich nur mit Mühe konzentrieren. »Wie bitte? Wie meinst du das?«

Ivie bellte: »Glaub doch nicht, dass ich nicht wüsste, dass du dich sogar an Jasper rangemacht hast. Oder arbeitest du etwa bei pebb, weil dir die berufliche Reha von Verunfallten plötzlich so am Herzen liegt?«

Es war die Sorte Gespräch, bei der Mina nur das Falsche sagen konnte. »Ich habe mich ganz bestimmt nicht an Jasper rangemacht! Das ist lächerlich.«

»Außer dir kann niemand darüber lachen.«

»Bei pebb habe ich angefangen, weil ich dich gesucht habe.«

Ivie legte ihren Kopf in den Nacken und rief: »Ha. Ha. Ha. Köstlich. Für wie blöd hältst du mich, Jasmin? Seit wann muss man in einem Unternehmen arbeiten, um Kontakt zu einer Mitarbeiterin aufzunehmen? Dafür gibt es beispielsweise das Telefon.« Ivie tippte auf ihr leeres Glas: »Flasche«, sagte sie. Mina war versucht, den Kopf zu schütteln und die Flasche weiter festzuhalten. Dann trank sie schnell ihr Glas leer, füllte es und stellte die Flasche ab. Gab ihr einen winzigen Schub in Ivies Richtung. Sollte die sich doch selbst bewegen. »Ich finde, die Strickjacke steht dir gar nicht.« Mina würde sich gegen Ivies absurde Anschuldigungen nicht verteidigen.

»Wie bedauerlich.« Ivie ließ das völlig kalt. »Soll ich dir mal sagen, was ich denke?«

Mina schloss die Augen. Sie kam nicht drum herum.

»Du hast irgendwie mitgekriegt, dass ich bei pebb eine einmalige Chance bekommen habe. Und das hat dir nicht gepasst. Weil in deinem Leben gar nichts passiert und du schon lange neidisch warst. Neidisch auf mich, darauf, dass ich meinen beruflichen Platz gefunden hab. Darum hast du dich bei pebb eingeschleimt. Nicht um mich zu suchen, sondern um mir nachzustellen. Um mir Steine in den Weg zu legen, um meinen Platz einzunehmen.« Sie sackte erschöpft in sich zusammen. Mina verstand ihre Worte, erfasste aber deren Sinn nicht. Ein letztes Aufbäumen des Klumpens: »Aber soweit ist es noch nicht, Jasmin Halmsum. Ich gehe nicht. Ich war zuerst hier. Wir werden ja sehen, für wen sie sich entscheiden. Für dich oder mich.« Damit schnappte Ivie sich die Zigarettenschachtel vom Tisch und stemmte sich vom Stuhl hoch. An der Balkontür drehte sie sich noch einmal um: »Auch wenn du dich bei pebb immer breiter machst.« Sagte sie.

Hoho, dachte Mina. Apropos breiter! Den Sack von Strickjacke trägst du auch nicht umsonst.

Ivie stand an das Geländer gelehnt, fasziniert vom Rauch ihrer Zigarette und würdigte Mina keines Blickes, als die ebenfalls auf den Balkon trat. Mina lehnte sich in die Balkontür. Sie hatte genug durchgemacht, sie würde sich nicht einschüchtern lassen. Ivie sollte sich das verquere Zeugs, das sie zusammenspann, mal selbst anhören. Vielleicht kam sie dann zu Verstand. Überhaupt: Ivie sah überhaupt nicht aus wie Ivie.

Mina verstand nun Jaspers Schock und seine Ausdauer bei dem Thema. Es waren nicht nur ein paar Kilo zu viel. Am Haarschnitt, falls das ein Haarschnitt war und kein Versehen, lag es auch nicht. Ivies Gesicht war runder und erst dachte Mina, es wirke dadurch weniger intelligent; dieser Eindruck konnte aber auch durch Ivies Verhalten hervorgerufen worden sein. Ihre Figur hatte etwas Mütterliches, was das Ganze noch schlimmer machte, denn Ivies Anblick hinterließ ein ungutes Gefühl, wie die Silhouette von Mrs. Bates. Diese vermeintliche Mütterlichkeit war eine optische Täuschung, Ivie strahlte keinerlei Wärme oder Freude aus. Nur Bösartigkeit und Schwere.

Mina trat neben sie und strich ihr leicht über den Rücken. Ivie sprang fast vom Balkon.

Trotz der frühen Morgenstunde war es angenehm warm und würde bestimmt ein Bombensonntag für Ausflügler werden. Vielleicht konnten sie später einen Spaziergang durch die Reben machen. Im Moment war es besser, die Wand hinter sich zu spüren, an der Mina runterrutschte, bis sie auf dem Boden saß. Kurze Zeit später tat Ivie es ihr gleich. Nach fünf geschwiegenen Zigaretten, die Ivie ohne ein Wort des Dankes aus Minas Schachtel genommen hatte, obwohl ihre eigene genau daneben lag, ging Mina rein, kochte Kaffee und brachte Kekse mit. Der Beratungsraum war dank der Übersicht von Katrin exzellent ausgestattet, aber zur Sicherheit prüfte Mina die Weinbestände. Bei Ivie begann der Alkohol bereits zu wirken, sie fing an zu sprechen. Eher zu sich selbst, aber gerade das schien bitter nötig. Auf andere hörte sie sowieso nicht.

»Hier habe ich mich immer wohl gefühlt. Da unten auf der Terrasse habe ich mein Vorstellungsgespräch geführt. Kommt mir vor, als wäre es ewig her.« Sie stierte auf die große weiß gefliese Terrasse, die die beiden pebb-Gebäude miteinander verband. »Ewig.« Ivie wiederholte das Wort zweimal, als bräuchte sie es für ihr Wohlbefinden. Mina hielt es für besser, sich zurückzuhalten. »Da drüben, in der Scheune, dem Neubau, war mein Büro. Ich habe so gern dort gearbeitet. War immer was los.« Sie schnüffelte und steckte sich eine Zigarette an. Immerhin von ihren eigenen. Soweit Mina wusste, gab es in Ohihei keinen Zigarettenautomaten und fahren würde bald keine von ihnen mehr können. Vielleicht konnten sie Georg rausklingeln und von ihm welche verlangen. Wenn er nicht genug hatte, musste er irgendwo hinfahren, welche holen. Er trank ja nicht. Oder sie klopften bei

Heuchers an die Tür. Die wollte Mina sowieso gern kennen lernen, nachdem praktische ALLE während der Einarbeitungstage von dieser dörflichen Schatztruhe von Supermarkt geschwärmt hatten, in der es nichts gab, was es nicht gab, von Stützstrümpfen, Konserven, Schulheften, Süßigkeiten, Obst bis zu Gemüse und Backwaren. Die würden Zigaretten führen. Das war klar, insbesondere angesichts der rheinhessischen Raucherfreundlichkeit.

»Also, was hast du mir zu sagen.« Ivies Worte unterbrachen Mina, die gerade die Kekspackung aufriss und alle Sorten studierte. Eingehend. Sie wusste genau, welchen Keks sie wollte, aber Ivie konnte ruhig sehen, dass es in Minas Leben wichtigere Dinge gab. Zwischen den Krümeln fand sie den passenden Plauderton: »Ich habe dich bei pebb nicht erreicht, aus der Wohnung warst du weg, nicht mal Jasper wusste, wo du warst. Und als er dann sagte, es gäbe Gerüchte, pebb sei eine Sekte, da habe ich gedacht, das stimmt. Also habe ich mich beworben.«

Ivie schnaubte. »Ja, da hast du dich beworben, einfach so. Obwohl gar keine Stelle ausgeschrieben war. Es kommt eine Initiativbewerbung von Mina Halmsum und schon klappt es. Und was hast du da geschrieben? In deiner Bewerbung? Bin an einer Mitarbeit bei pebb interessiert. Egal wo, vorzugsweise in Hamburg?« Ivie biss sich fest.

Mina nickte. Daran sah man, was mit naiver Dreistigkeit zu erreichen war. Sie konnte nichts dafür. »Kannst Susanne fragen. Oder Ute. So war es nun mal.«

Ivie dachte nicht daran, ihr zu glauben: »Kann es nicht zufällig sein, dass du ganz nebenbei erwähnt hast, dass deine Schwester ebenfalls bei pebb ist?« Sie kapierte es offenbar nicht.

»Natürlich nicht, Ivonne! Schließlich habe ich dich gesucht

und hatte pebb in Verdacht, dich in einen Ashram verschleppt zu haben. Verstehst du das nicht?« Ivie vergaß, den Mund um den Zigarettenfilter zu schließen und sah aus wie ein überdimensionierter Karpfen. Als sie den Mund schloss, war er leicht in die Breite gezogen. Richtung Ohren. »Quatsch.« Sagte sie.

»Stimmt aber.« Sagte Mina.

»Die wussten nicht, dass du meine Schwester bist?«

»Sag ich doch. Denkst du, ich wollte die gleich misstrauisch machen? Wenn pebbs gewusst hätten, dass ich nach dir forsche, dann wäre mir womöglich das gleiche Schicksal widerfahren wie dir. Nee, nee. Ich habe natürlich verdeckt operiert. Undercover!« Mina versuchte dem Ganzen eine leichte Note zu geben; Ivie musste nicht wissen, wieweit sie sich da reingesteigert hatte.

»Undercover!« Das gefiel Ivie. »Um mich zu retten?«

Ja, ja. So lange mussten sie darauf nicht rumreiten. »Was hast du denn gedacht?«, fragte Mina.

Ivie besaß den Anstand, sich wahllos zwei Kekse auf einmal in den Mund zu stopfen. »Was soll ich schon gedacht haben? Das Naheliegenste natürlich, nämlich dass du bei pebb beweisen wolltest, dass du besser bist als ich oder so was.« Ivie knabberte von einer Vanillewaffel die oberste Schicht ab und Mina tat, als mache ihr das nichts aus. »Kann ja mal passieren.«

Ivies Waffel brach durch und helle Krümel sprenkelten ihre schwarze Brust. »Ich weiß auch nicht. Aber du hast dich nicht mehr gemeldet, wir hatten uns so lange nicht gesehen, und als ich erfuhr, dass du bei pebb bist, konnte ich das nicht einordnen. Mein Wissensstand war der von vor einem Jahr, als du pebb als Ausbeuterverein abgestempelt hast, dem du unter keinen Umständen zu nahe kommen wolltest.«

Mina holte die zweite Flasche Champagner und sie stießen ganz zeremoniell an. Auf ihr Wiedersehen. Und auf das Buch, pesto – die pebb-story.

»Ja«, sagte Mina, »du kannst dir vorstellen, wie heißgemangelt ich war, als ich hörte, dass du nicht nur wohlbehalten bei pebb bist, sondern auch noch so einen Supercoup gelandet hast. Dass du Miss Pesto bist. Da kam ich mir ganz schön dämlich vor und es hat mich einiges an Überwindung gekostet, dich anzumailen. Herzlichen Glückwunsch, übrigens. Das ist echt genial. Kann ich mal was lesen?«

Ivie hatte ihre Strickjacke ausgezogen. Sie trug darunter auch Schwarz, ein neutral bis freundliches Schwarz. Sie sagte keinen Ton.

Mina ließ sich nichts anmerken: »Du bist Schriftstellerin, erzähl mal. Wird das ein richtiges Buch?«

Ivie blieb stumm. Mann, wenn Mina ein Buch geschrieben hätte, würde sie von nichts anderem mehr sprechen und jeder, die sie zu fassen kriegte, Auszüge daraus vorlesen. Ivie machte keine Anstalten.

»Kann ich mal reinlesen?« Warum sagte Ivie nichts? Mina wurde immer hyperaktiver.

»Nein.« Endlich ein Wort.

Künstlerinnen sind empfindlich. Mina wusste das, brauchte die schroffe Abfuhr nicht persönlich zu nehmen. »Schade. Ich bin so gespannt. Hast du Lust, davon zu erzählen?« Hatte sie in einem Life-Work-Balance-Seminar vom Arbeitsamt gelernt, dass neunundneunzig Komma neun Prozent der Menschen gern über ihre Arbeit sprachen.

»Nein.«

Ihr Brunnen stand vorm Versiegen: »Ist das nur für Georg und die Geschäftsleitung? Oder für alle pebbles?«

»Soll veröffentlicht werden.«

»Richtig veröffentlicht! Das ist super. Dann wirst du berühmt!« Lange konnte Mina auf dieser Enthusiasmuswelle nicht mehr reiten. Ivie war unheimlich.
Trotzdem bemühte Mina sich um einen freundlich-aufgeschlossenen Tonfall. »Wie bist du eigentlich darauf gekommen, ein Buch über pebb zu schreiben?«
Ivies Augen glänzten lauernd. »Wie meinst du das?«
»War das deine Idee?«
»Vielleicht.«
»Ich bin irrsinnig gespannt. Wie hast du es gemacht? Tauchen alle pebbles als Charaktere auf? Hast du richtig die Firmengeschichte aufgeschrieben? Chronologisch? Oder eine Geschichtensammlung?«
»So ähnlich.«
Ivie hielt links die Kippe und rechts einen Keks, den sie – vielleicht aus rituellen Gründen – in eine Rauchwolke einhüllte. So ging das nicht. Mina beugte sich vor und wedelte den Rauch von dem Keks weg. Genug war genug: »Nun red schon, klappt es nicht? Hast du Probleme? Schreibblockade oder wie man das nennt?«
Als sei mit dem Keks auch Ivies Kopf vom Nebel befreit, wandte diese ihrer Schwester ein sommertaufrisch strahlendes Gesicht zu. Eines, das sie zuvor nicht hatte. Ivie nahm eine aufrechte Position ein, lachte sogar umgänglich und legte den Keks zur Seite. »Schreibblockade, wenn ich das schon höre. Das ist reine Koketterie von Schriftstellern, um sich interessant zu machen. Natürlich gibt es Phasen, in denen das Schreiben schwerer fällt, aber das gehört dazu. Wenn man wirklich was schreiben will und weiß, worum es gehen soll, dann bringt man auch was zu Papier. Nein, mein Problem ist eher das Gegenteil. Ich sehe so viele tolle Möglichkeiten, dass ich mich nicht entscheiden kann.« Ivie lächelte.

Mina wollte nicht hellhörig werden, aber das Resultat von Ivies überreichem Auswahlbuffett schien das gleiche zu sein, wie das einer Schreibblockade: leeres Papier. Und genau das war es doch, was Schriftsteller sich nicht leisten konnten. Leeres Papier war die Bedrohung, egal wie man es nannte und woraus es resultiere. Hatte Mina jedenfalls gedacht, aber Ivie winkte ab. Beseelt vom Geist der Kooperationsfreude, als wäre sie eine andere als vor einer Minute. Das konnte Ivie. Sie war wie Instantgelee: vom Strauch ins Glas in zwei Sekunden. Nicht wiederzuerkennen: »Ich habe Berge von Material gesammelt und würde mich am liebsten von nichts trennen.« Das erklärte einiges. Ivie griff in die Kekspackung.

Trotzdem war Mina erleichtert: »Ach so. Ich kann dir gern helfen. Wenn du mal was besprechen willst oder so.«

»Das ist ganz süß von dir, Mina. Vielleicht komm ich darauf zurück.« Ivie hielt einen Moment inne. Sie leerte ihr Glas und starrte wieder auf das Geländer. Mina befürchtete, ihre Schwester würde in ihr brütendes Alter Ego zurückfallen, da riss Ivie ihren Kopf herum: »Im Augenblick habe ich jemanden, der mich coacht.« Dann lief wohl doch alles bestens. Fast hätte Mina ernsthaft vermutet, Ivie habe Schwierigkeiten mit ihrem Projekt und bräuchte Hilfe.

»Und jetzt rate mal, wer?«

»Hm?« Mina hatte nicht aufgepasst.

»Wer mich unterstützt, sollst du raten. Da kommst du nie drauf!« Ivies Blick war triumphierend. Es schien DER Coup zu sein. Sicher irgendein großes Tier am Literaturhimmel.

»Marcel Reich-Ranicki?« Lebte der noch?

»Falsch!«

»Nun sag schon.«

»Da kommst du nie drauf!«

»Das sagtest du bereits. Also?«

»Fredi.«

Nie gehört, dachte Mina im ersten Moment. Dann hustete sie Champagner. »Du spinnst.«

Ivie blieb ernst: »Wir treffen uns regelmäßig. Er hat sich total verändert, ehrlich.«

»Wie schön für dich.« Mina rieb sich klebrige Flecken ins T-Shirt.

»Hey, du bist doch nicht eifersüchtig, oder? Dass er mir hilft, meine ich.« Ivie machte eine Bewegung, als wolle sie Mina über den Arm streichen, ließ die Hand aber wieder sinken.

»Quatsch, warum sollte ich?« Mina ließ vom Rubbeln ab und fixierte den Kirschbaum hinter der Scheune.

Ivie sortierte die gestrandeten Kekse in die Packung zurück. »Genau, du hast ja im Augenblick kein Projekt oder so.« Im Gegensatz zu ihr.

»Eben, das bisschen Arbeit bei pebb schaff ich auch allein. Willst du Wein?« Mina stand auf. »Rot oder Weiß?«

»Rot.« Ivies Glück. Unschuldiges Weiß hätte Mina dieser Jezabel, dieser Verräterin, nicht eingeschenkt.

Ivie drehte das Weinglas in der Hand. »Hat er sich bei dir eigentlich auch gemeldet?«

»Doch. Klar. Öfter. Aber ich wollte nichts mit ihm zu tun haben.« Mina musste in Ivies Zigarettenschachtel greifen. Für diesen Schlag war sie nicht ausgerüstet gewesen.

»Auch nicht, um zu sehen, ob er sich geändert hat? Du hast ihm nicht mal eine Chance gegeben?«

Was war das? War Ivie plemplem? Durch ihren Beruf verdorben? So ein Gesülze wäre ihr als Immobilienhai nie über die Lippen gekommen. Halmsum und sich geändert. Pustekuchen. »Nein.«

»Du bist wirklich hart. Dabei ist er doch dein Vater.« War

das ein Vorwurf? Hatte er Ivie beauftragt, die Wogen zu glätten? »Deine Ablehnung muss ihn ganz schön getroffen haben. Er spricht kaum von dir.«

»Ah.« Bei ihrem Versuch, sich eine Haarsträhne aus dem Gesicht zu schieben, blieb Mina mit dem Arm an ihrer Zigarette hängen. »Aua.« Tränen traten in ihre Augen.

Sie würde nicht weinen. Ivie, immer nur Ivie. Das kannte sie doch. »Das ist wirklich Klasse, Ivie. Ich freue mich für dich.« Sie schluckte: »Und ich freue mich auf dein Buch. Offenbar haben wir nun beide unseren Platz gefunden.«

Ivie verschränkte die Arme vor der Brust. Reichte ihr das noch nicht? Was wollte sie noch? War ihr selbst das zu viel für ihre Schwester? Schließlich hob sie ihr Glas: »Genau. Darauf trinke ich.« Das Klirren klang hohl und falsch in Minas Ohren. »Falls du dich fragst, wie Fredi mich gefunden hat, liebe Jasmin: Er hat einfach bei pebb angerufen und gefragt.« Ivie ruckelte ihren massigen schwarzen Körper am Balkongeländer zurecht und sandte ein schmallippiges Lächeln zu Mina.

Ivie hatte ihren Platz. Wie immer. Sie hatte Karriere und Familie. Zumindest einen Vater. Mina hatte nichts. Sie hatte Ivie gefunden, aber nichts gewonnen.

Eine Zeitlang saßen sie auf dem Balkon nebeneinander. Schweigend.

»Sollen wir einen Spaziergang machen?«

Mina war erleichtert. Gehen statt reden. Sie hatten alles gesagt.

EINE STADT TEILT AUS

Ivonne hatte ihren Kopf auf die rechte Hand gestützt. Ihr rechter Zopf lag leblos auf dem Papier. Jasmin las sich den Text noch einmal durch:

Es gibt Dinge, auf die man sich verlassen kann. Dinge, die sich nie ändern. Die haben Tradition. Ringreiten, Maibaum und das Ostereiersuchen an der Grundschule gehören in Bergstedt dazu. Die Freiwillige Feuerwehr hat Tradition und mittlerweile gehört auch der jährliche Ferienaustausch mit Sideby, unserer dänischen Partnerstadt, zu den Traditionen. Seit ich denken kann, werden die *Bergstedter Nachrichten* von der Familie Ketel gedruckt und herausgegeben, und von der Familie Schiller ausgetragen. Diese Dinge sind so selbstverständlich wie Sommerferien und Regen am Sportfest.

Das war gut. Soweit. Aber wie sollten sie den Bogen zu schlecht ausgetragenen Zeitungen schlagen? Und erreichen, dass es damit ein Ende hatte? Ivonne hatte eine Idee, die sie aber noch nicht in Worte fassen konnte. Die guten Seiten der Schillers aufzeigen, hatte sie gesagt.

»Erklär es mir noch mal«, bat Jasmin.

Sie hatte ihren Stuhl dicht neben den ihrer Schwester gerückt. Erst ging es stockend, dann redete Ivonne. Jasmin nickte. Es war ungerecht; die einen hatten alles, für die anderen blieb nichts. Auf einmal entstanden Worte. Auf dem Papier.

Wenn es eine Geschichte über unsere Stadt gäbe, stünde darin, dass die ersten Aufzeichnungen über die Gemeinde »Bergensted« aus dem 7. Jahrhundert stammen. Ab dem 15. Jahrhundert werden die Familien benannt, die die 12 Hufe Bergstedts bewirtschafteten und darunter befanden sich eine Familie Keteler und eine Familie Schiller. 1832 brachte der Druckermeister Gustav Johannes Keteler das »Bergenstedter Wochenblatt« heraus, welches bereits ab 1891 zweimal wöchentlich erschien und den zahlreichen Abonnenten von dem Landmann Heinrich Schiller zugestellt wurde. Könnte man in der Chronik nachlesen, dass die Familie Schiller seither ebenso zuverlässig mit den »Bergstedter Nachrichten« verbunden ist wie die Familie Ketels?

Wenn es keine Ketels gäbe, gäbe es keine Zeitung, das weiß in Bergstedt jedes Kind. Aber, was wäre, wenn es keine Schillers gäbe? Dann gäbe es auch keine Zeitung, zumindest nicht an den Bergstedter Frühstückstischen. Es ist die Familie Schiller, die uns allmorgendlich, bei jedem Wetter, die neuesten Nachrichten ins Haus bringt.

Was passiert, wenn Schillers ihre Arbeit niederlegen? Bleibt dann ganz Bergstedt ohne Zeitung? Würde sich rasch Ersatz finden? Eine Familie, die ähnlich zuverlässig Tag für Tag, Jahr für Jahr, die Runde durch die Stadt zieht und jeden Briefkasten mit einer Zeitung füttert? Wahrscheinlich nicht. Trotzdem erhält diese traditionsträchtige Tätigkeit kaum Aufmerksamkeit. Wie bei vielen anderen Leistungen, werden wir erst aufmerksam, wenn es nicht reibungslos klappt. In letzter Zeit gab es Unregelmäßigkeiten, Probleme und die daraus resultierenden Beschwerden. Woran es liegt, war sofort allen klar: An Schillers, eben. Die haben keine Lust, nehmen ihre Pflichten nicht ernst. Weiß man ja. Faule Bande! Er liegt den ganzen Tag auf dem Sofa und das Arbeiten haben sie alle nicht erfunden. Die Gören können kaum lesen, wie sollen sie Verständnis für die Bedeutung einer Zeitung haben? Nichts als Ärger. Das sind die Stimmen, die man in Bergstedt hören kann.

»Wollen wir das im Ernst schreiben?«

Zähneklappernd kichernd legte Ivonne ihrem Stift weg. Jasmin setzte den Punkt unter den letzen Satz.

»Man muss Schillers wiedererkennen, hast du doch selbst gesagt. Es hat keinen Sinn, sie zu Heiligen zu machen. Das glaubt sowieso keiner«, sagte sie.

Sicher, Ivonne nickte. Das hatte sie gesagt. Aber mussten sie so nah bei der Wahrheit bleiben?

Zurzeit gibt es Klagen: Die Zeitungen werden nicht ordentlich verteilt, einige Haushalte gehen leer aus, andere erhalten ihr Exemplar erst mittags. Zeitungen liegen nicht in den Briefkästen, sondern vor der Tür. Wenn es regnet, weichen sie auf. Der Verlag kann offenbar nichts unternehmen, dabei sind Schillers doch Angestellte des Verlags. Haben sie keine Angst um ihren Arbeitsplatz? Wenn sie schon keine Berufsehre haben. Wollen sie ihre Arbeit nicht gut machen? Offenbar nicht. So schwer ist es schließlich nicht. Ihre Arbeit erfordert nicht viel, kein Können, kein Geschick, kein Wissen, nicht einmal Intelligenz. Lediglich ein wenig Ausdauer und Gewissenhaftigkeit. Das kann man selbst von einem Schiller verlangen, oder?

»Glaubst du, dass sich Schillers durch diese Worte motiviert fühlen?« Jasmin trommelte mit ihrem Stift einen hektischen Rhythmus auf der Schreibtischplatte.

Ivonne kaute auf ihrem: »Sie sollen sich verstanden fühlen. Wahrgenommen.«

»Okay. Und dann?«

»Wir werden eine Aktion vorschlagen: Alle Kinder sollen eine Woche lang die Zeitung austragen, damit sie sehen, wie anstrengend das ist. Schillers wären bestimmt stolz und würden in einem neuen Licht dastehen – anerkannt –, und die Schillerkinder hätten es nicht mehr nötig, andere Kinder zu ärgern und …« Sie brach ab.

»Und wenn sie nicht gestorben sind, dann leben sie noch heute.«

Ivie lächelte unsicher: »Ist es sehr blöd?«

»BLÖD?« Jasmin stieß ihre Schwester fast vom Stuhl. »Spinnst du? Das ist eine tolle Idee. Das ist einmalig. Das machen wir!«

Zeitung austragen ist keine schwere Arbeit. Das denkt jeder. Aber stimmt das auch? Wer, außer den Schillers, hat es ausprobiert? Bevor die Klagen und der Ärger weitergehen, könnten wir ein Experiment wagen:

Bergstedt am Morgen: Eine Stadt teilt aus!

Sie beschrieben, wie sie sich das rotierende System vorstellten. Erst sollten die Klassenkameraden der Schillerkinder drankommen und nach und nach alle Schülerinnen und Schüler über zehn. Für einige Wochen würden sie die Arbeit übernehmen und unter Anleitung der Schillers die Zeitungen austragen. Als Projekt.

»Das wird eher Erwachsenen gefallen«, stellte Jasmin fest.

»Auch nicht allen.«

Sie sahen sich an. Kicherten. Das war was für Lehrer.

»Halmsum?«, frage Ivonne.

»Wenn es klappt.«

Am Samstag früh saßen Jasmin und Ivonne auf der Treppe vor ihrer Haustür und warteten auf die Zeitung. Aufgrund des Ringreitens war schulfrei. Ringreiten war eine große Sache in Bergstedt, die ganze Stadt war auf den Beinen.

»Auf der ersten Seite!« Ivonne hielt die Zeitung hoch und beide starrten fasziniert auf die Überschrift: »Die Schillers – eine Familie teilt aus!«

Dann sah Ivonne Halmsums Namen. Sie tippte stumm mit dem Finger darauf. Es dauerte etwas länger, bis Jasmin begriff: »Warum steht Papas Name da? Was soll das?«

Ivie hatte den Umschlag mit dem Text in der Zeitungsredaktion abgegeben. Der Umschlag war mit Halmsums Stempel bedruckt, dem Stempel seiner Akademie.

»Das soll ich hier abgeben«, hatte Ivonne gesagt und sich weiter keine Gedanken gemacht.

Ob Ketel den Artikel gedruckt hätte, wenn er gewusst hätte, wer ihn verfasst hatte? Das war alles egal: Fredi Halmsum war als Autor unter dem Artikel benannt. Ivonne und Jasmin hatten nicht gedacht, dass ein Verfasser genannt werden würde. Naiv, so war das Zeitungsgeschäft nicht. Ketel würde sich hüten, so einen Artikel auf seine Kappe zu nehmen. Wer wusste, wie die Öffentlichkeit darauf reagieren würde? Schließlich hatte Fredi ganz schön vom Leder gezogen.

Tiefebene

Fredi Halmsum. Ihr Vater. Ivie ließ sich von Halmsum beraten? Das war, als würde sich eine Gans von einem Fuchs beraten lassen. Das war gegen die Natur, das war Selbstmord. War Ivie komplett durchgedreht? Glaubte sie im Ernst, was sie sagte? Oder konnte es sein, dass ihr Vater sich geändert hatte? Ein neuer Mensch geworden war, edel, hilfreich und gut.

Ivie und Mina hatten sich nach einem langen Spaziergang rund um Ober-Hilbersheim getrennt. Mit einer unbeholfenen Umarmung auf dem Parkstreifen. Jede wusste, woran sie war. Ivie war auf dem besten Weg und Mina wieder nur an einer Kreuzung. Für sie gab es keinen Grund mehr, bei pebb zu bleiben. Sie hatte Ivonne gefunden.

Wenn auch nicht die Schwester, die sie gesucht hatte.

Es war mitten in der Nacht, als Mina in die Gartenstraße einbog und anfing, nach einem Parkplatz für Cems Wagen zu suchen. Als der Morgen heraufzog, zog sie immer noch ihre Runden. Hoffentlich riefen die ersten Firmensirenen bald zur Frühschicht und brachten einige der Autobesitzer auf die Straße. Sie hatte doch gewusst, dass Autofahren auch einen Haken hatte. Da wäre sie mit dem Zug besser bedient und vor allem längst zu Hause gewesen. Oder auf irgendeinem Bahnsteig. Egal. Egal, war alles egal. Wenigstens konnte Nükhet zu dieser Stunde nicht von ihr verlangen, dass sie klingelte und Schlüssel nebst ausführlicher Berichterstattung persönlich ablieferte. Als ein dunkler Kombi aus einer Parklücke fuhr, drängte Mina sich hektisch auf den freigewordenen Platz, obwohl sich während der letzten Stunden kein anderes Fahrzeug in der Gartenstraße hatte blicken lassen.

Sie kritzelte die Koordinaten des Stellplatzes auf die Rückseite der letzten Tankquittung und klemmte die in den Schlüsselring. Erleichtert hörte sie das Scheppern, als der auf den Boden des Briefkastens fiel. Endlich allein.

Die wohlige Antizipation eines baldigen Ausklangs des Tages verließ sie schlagartig, als sie in ihre Straße bog. Genau gegenüber von Frau Krögers Kiosk fiel ein Lichtkegel auf den Gehweg. Aus einer geöffneten Haustür drangen Geräusche. Eine lebhafte Flurparty war exakt das Letzte, was ihr fehlte. Wenn sie das vor wenigen Minuten auch nicht so präzise hätte formulieren können, und bei einer entsprechenden Befragung vielleicht an Reichtümer, Filmangebote, treue Schwestern gedacht hätte, war ihr schlagartig bewusst, was im Leben wirklich wichtig war.

Lotta Karlsen, in roten Nylonstrümpfen, die ihrer Erscheinung den letzten Rest von Seriosität nahmen, lehnte Faschingers geöffneter Wohnungstür gegenüber an der Wand. Ihre linke Hand hielt den Arm des Kleinkriminellen umklammert, mit der Rechten hielt sie sowohl Zigarette als auch Wodkaflasche. Obwohl sie animiert und stetig auf den, bei näherem Hinsehen nicht mehr ganz so jugendlich wirkenden Lederjackenträger mit Schnauzbart, einredete, verströmte sie eine Aura von Entspanntheit und Frieden. Hier, in diesem Hausflur, stand eine Frau im Einklang mit sich und ihrer Umwelt. Ihr schrilles Lachen entsprang ihr ungehemmt und frei. Bevor Mina sich entscheiden konnte, was sie tun sollte und vor allem wo, war Manfred Faschinger aus seiner Wohnung gekommen. Sicher um zu sehen, was seine Lotta so amüsierte. Sein Blick fiel auf Mina und ihr Anblick zauberte ein breites Grinsen der Wiedersehensfreude auf seine geröteten Backen. Er winkte. »Fräulein Mina. Ich darf doch?« Er legte seinen Arm um Lotta und zerrte sie vom Arm des

Kleinkriminellen, der Mina einen erleichterten Blick zuwarf und sich einige Schritte ins Halbdunkel zurückzog. Wenn er das war, was Mina von ihm dachte, müsste ihm der Rückzug gelingen. Im Gegensatz zu ihr. Karlsen und Faschinger standen Arm in Arm vor ihr und es kostete Minas Phantasie nicht viel, Luftschlangen, Partyhüte und Konfetti dazuzufabulieren. Sylvester 58. Die gute alte Zeit.

»Wie schön, dann sind wir ja alle da. Die ganze Hausgemeinschaft beisammen.« Manfred Faschinger schnaufte gerührt. »Jetzt fehlt nur noch unsere Ivie. Dann wären wir richtig komplett.« Lotta Karlsen verdrehte die Augen und zog ihre roten Strumpfbeine glatt.

»Waren Sie bei Ihrer Schwester? Wie geht es Ivie? Können wir damit rechnen, dass sie bald wieder zu uns zurückkommt?« Faschinger hatte sich von Lotta gelöst und machte einen Schritt auf Mina zu, die noch in der Haustür stand. Hätte sie nur nie erwähnt, dass sie zu Ivie fuhr. Reine Angabe war das gewesen. Sie sah Ivie und er nicht! Das hatte sie nun davon. Aber wie hätte sie ahnen können, dass es so ausgehen würde? Ivie hatte jetzt Fredi. Da hatte auch Faschinger keine Chance. Er wusste es nur nicht.

»Nun komm doch erst mal rein, Deern. Komm von der Straße.«

Was blieb ihr übrig? Die Wodkaflasche in Lottas Hand sah ziemlich leer aus, dafür streckte ihr Faschinger seinen Hardenberger entgegen.

»Nimm man erst mal n Lütten, dann fühlst dich gleich wie zuhause. Fräulein Mina«, setzte er fast kokett hinterher. Schließlich tranken sie für gewöhnlich nicht zusammen im Flur. Er zog ein Schnapsglas aus der Hosentasche, in der sich vielleicht ähnlich Dinge befanden, wie in der untersten Küchenkommodenschublade, und grabbelte mit seinen Fingern zweimal um den Gläserrand. Vermutlich nahm er an, dass sie das Glas nun für entkontaminiert und hygienisch unbedenklich abgewischt hielt.

Er kippte sich einen generösen Schwung Weizenkorn über die Hand und balancierte das Glas mit dem, was in ihm gelandet war, vor Minas Nase umher. Mina duckte sich daran vorbei und nahm ihm die Flasche aus der Hand. »Danke, Herr Faschinger. Nehmen Sie mal.« Sie stieß mit der Flasche leicht an sein Glas und setzte die Buddel an den Hals. Vielleicht war das der richtige Weg. Im ersten Moment als sich das fiese Zeug wie Feuer über ein Stoppelfeld durch ihre Kehle fraß, sah es nicht so aus. Aber als der Korn unten angekommen war, breitete sich warme Erleichterung in Mina aus. Die Flasche würde sie nicht wieder hergeben. Außer als Pfand für ihre Freiheit. Sie machte ein paar Schritte auf ihre Wohnung zu. Lotta Karlsen lehnte herausfordernd an der Wand; der Kleinkriminelle mit dem Schnauzer mochte ihr durch die Lappen gegangen sein, dieses Opfer gehörte ihr.

»Haben Sie schon gehört? Ich bin eine freie Frau. Eine Freifrau. Geschieden und richtig offiziell. Darauf trinke ich!«

Warum nicht. Mina setzte wieder an, da legte sich von hinten eine schwere Hand auf ihre Schulter.

»Deerns, Deerns, mal nicht so hastig. Vergesst mal den alten Manni nicht.« Er schob Mina sein Glas entgegen und blickte sich suchend um. »Wo ist denn der nette Xavier geblieben?« Er beugte sich überflüssig vertraulich zu Mina runter: »Xavier kann Zigaretten besorgen. Aber pscht.«

Jeder konnte was! Xavier konnte Zigaretten besorgen; Faschinger konnte den Korn kippen als wär es nichts, Lotta konnte zur Freifrau werden und sie? Sie konnte mit den beiden anstoßen. Sie konnte gratulieren und dann konnte sie zusehen, wie sie hier rauskam. Aus der prekären Malesche.

Was interessierte es sie, dass Faschinger Xavier den väterlichen Rat gegeben hatte, seine Lederjacke gegen ein Jackett zu tauschen. »Für wegen der visuellen Seriosität. Das ist gerade in deiner Branche wichtig, mien Jung, hab ich zu ihm gesacht. Und denn noch die Haare. Da musst du auch mal gucken! Hab ich gesacht.« Er lehnte sich an die Wand. »Lotta, hab ich das zu dem Jung gesacht oder nicht?«

»Hast du, Manni. Hast du.« Lotta sprach es in den hinteren Teil des Flurs hinein, in dem der Empfänger der guten Ratschläge verschwunden war.

»Siehst du. Ich sach auch immer, man muss für jeden ein freundliches Wort haben. Das gehört in einer richtigen Hausgemeinschaft dazu. Und nix anderes. Bei'n Xavier war das bloß die Jacke, wo einen falschen Eindruck gemacht hat.«

Darauf trank Manni.

»Gut, zuerst war er bös unfreundlich.« Lottas handgemachte Locken wippten schicksalsergeben und sie schwenkte den Rest Wodka. So konnte man es auch nennen, bös unfreundlich. Mina erinnerte sich gut an einige Szenen, die sich kurz nach dem Einzug des Kleinkriminellen – zu einem vertraulichen Xavier konnte sie sich noch nicht durchringen - im Hausflur abgespielt hatten. Manfred Faschinger, in seiner unnachahmlichen Art als selbsternannter Hausvater, hatte den neuen Mitbewohner mehrfach auf dem Flur mit seiner Philosophie über leben und zusammenleben vertraut zu machen versucht, war bei diesem aber auf taube Ohren gestoßen. Als Faschinger eines Tages versuchte, dieses Thema mit dem Neuen und einigen seiner Freunde, mit denen Xavier im Flur hastig geflüsterte Geheimnisse und kleine Päckchen austausche, zu vertiefen, schlug ihm einer dieser Freunde ein blaues Auge und Xavier fuchtelte mit einem Springmesser gefährlich dicht vor Mannis Nase rum.

»Aber das darf man dem Jung doch nicht immer vorhalten. Gerade in dem Alter. Da wollen die Jungens unter sich sein und sich nicht das Gerede von so einem alten Ganter anhören.« Manni steckte voller Verständnis und Köm.

»Du bist doch kein alter Ganter, Manni. Mensch Manni, wenn mein Verschiedener«, Lotta stieß Manni ihren Ellbogen in die Rippen, »so ein patenter, gutaussehender Kerl wie du gewesen wärst, hätte ich ihn auch mit seinen Weibergeschichten, seinen Schulden, seiner Nörgelei und seinen gelben Fußnägeln behalten.«

Manni schwankte zwischen Rührung und Empörung: »Ehrlich Lotta?«

Die beiden sahen sich tief in die Augen und Mina sah zu ihrer Wohnungstür. Einen besseren Zeitpunkt konnte es kaum geben.

Sie trat vorsichtig den Rückzug an, bewegte sich schrittweise den Flur entlang und sagte, den Schlüssel schon im Schloss, noch schnell: »Gute Nacht. Ich geh dann mal.«

Von ihrer Hausgemeinschaft keine Reaktion.

Der nächste Morgen war grau und düster. Kein Lichtstrahl fiel in den Hinterhof bis in ihr Schlafzimmerfenster. Normalerweise empfand Mina es als angenehm, nach dem Aufwachen nicht unmittelbar mit gleißendem Sonnenlicht konfrontiert zu werden, doch an diesem Morgen hatte sie kein Interesse daran, sich das elende, triste Dasein schönzureden. Warum sollte sie überhaupt aufstehen? Wenn sie nicht mehr ins Büro ginge, würden die ihr von selbst kündigen.

Nachdem Susanne bei ihr auf der Matte gestanden hätte. Mehrfach. Der würde sie nicht entkommen. So war Susanne. Mina zog die Decke über die Augen. Sollte sie mit Susanne sprechen? Was konnte sie schon sagen? Die kannte Fredi nicht und war sicher geneigt, sich auf Ivies Menschenkenntnis zu verlassen. Das hatte Mina doch gemerkt, dass Susanne auf Ivie stand. Wie alle anderen auch. Egal, sie würde sowieso nicht bei pebb bleiben. Eigentlich konnte sie gleich kündigen. Telefonisch. Ohne Angabe von Gründen. Probezeit!

Um halb zehn kam sie ins Büro. Es war ausgestorben. Ein Geisterbüro, gerade erst verlassen, die Papiere lagen noch warm auf den Schreibtischen. Wo waren alle? Mina war nie vor Jan da. Der kam schon vor acht Uhr, weil ihn die Zwillinge dann bereits seit zwei Stunden genervt hatten und er froh war, in sein ruhiges Arbeitsumfeld eintauchen zu können. Mina guckte auf Susannes Terminkalender und wurde daran erinnert, dass Susanne und Jan sich heute mit anderen pebbels im Aktionsbüro Osnabrück trafen zwecks Vorbereitung ihrer alljährlichen Fachtagung. Mina hatte sich freiwillig zum Bürodienst gemeldet, obwohl sie auch gern in den Osnabrücker Zoo gegangen wäre. Dort sollte die Tagung in diesem Jahr stattfinden.

Den ganzen Tag allein im Büro. Genau das konnte sie nicht brauchen. Mina nahm sich die Akten auf ihrem Schreibtisch vor und fing an. Mit der Arbeit. Versicherte anrufen und nach neuen Entwicklungen fragen. Haben Sie die und die Bewerbung abgeschickt? Schon was gehört? Soll ich da mal für Sie nachhaken? Tatsächlich waren zwei Stunden vergangen, als sie wieder an Ivie und Fredi dachte. Nämlich beim Lesen des psychologischen Gutachtens eines Versicherten, in dem dargelegt wurde, warum der nicht für den Beruf des Altenpflegers in Frage kam. Das wäre was für Jasper! Beurteilen, wer was machen konnte und sollte und wer nicht. Da wäre er in seinem Element und …

Das Telefon klingelte und unterbrach ihre Gedanken. Mina wurde noch vor dem zweiten b von pebb unterbrochen: »Wie war euer Treffen? Wie geht es Ivie? Ist alles wieder in Ordnung? – Mina? Nun red doch schon. Ich hab nicht den ganzen Tag Zeit.«

»Guten Morgen, Nükhet. Ich finde es auch schön, deine Stimme zu hören.«

»Wie – war – es?« Nükhet sprach in ihrem Tanten-Tonfall, den sie normalerweise für die Schar ihrer Nichten, Neffen und anderswie angehörigen Kinder und Sermet aufsparte. Da sie in diesem Fall das Auto organisiert hatte, fühlte sie sich direkt beteiligt und sah Mina in der Berichtspflicht.

»Gut. Danke der Nachfrage. Hat das nicht Zeit bis später? Ich muss noch arbeiten, bin heute allein im Büro und ...«

Nükhet unterbrach sie: »Wieso bist du überhaupt noch im Büro? Ich hab schon tausendmal bei dir zu Hause angerufen und mir Sorgen gemacht. Wenn alles in Ordnung ist, es Ivie gut geht und so weiter, brauchst du doch nicht mehr in dem Schuppen arbeiten zu gehen.« So war Nükhet, typisch Widder. Ein Weg gesehen, ein Weg gegangen. Praktisch und zielorientiert, ohne links und rechts am Seitenstreifen liegende Eventualitäten zu beachten.

»Ja, nee, hör mal Nükhet ...« Mina musste nachdenken, bevor sie sich von Nükhet weiter durcheinander bringen lassen konnte. »Ich hab ein Gespräch auf der anderen Leitung. Bis nachher!« Erleichtert drückte Mina den roten Knopf und das Telefon fest gegen ihren Bauch. Nükhet war eine Seele, aber manchmal zu beseelt. Von Neugierde. »Ha!« Erschrocken riss Mina die Hand vom Bauch. Es hatte wieder geklingelt! Mina sammelte das schrillende, zuckende Biest auf: »Was gibt es denn jetzt noch?«

»Na, das ist ja mal eine originelle Begrüßung. Habt ihr schon mal eine Befragung gestartet, wie das bei Anrufern so ankommt?« Scheiße, das war Georg. Ausgerechnet. Jetzt konnte sie sich die Kündigung sparen. Eine Entscheidung war ihr aus der Hand genommen.

»Hallo Georg. Entschuldige, ich dachte, es wäre wieder Nükhet, eine –«, ja was? Mina stockte.

»Eine Freundin? Privatgespräche während der Arbeit. Offenbar so ausgiebig, dass es dich schon nervt.« Georg klang nachdenklich. Klar, das musste ihm zu denken geben. So stellte er sich die individuelle Arbeits- und Arbeitszeitgestaltung sicher nicht vor. »Dagegen musst du was tun.« Mina nickte. Das war so typisch. Sie hatte noch nie ein privates Gespräch während ihrer pebb-Arbeitszeit geführt, höchstens mal ein ganz kurzes, aber kaum dachte sie daran, wurde sie erwischt. Das war ihr Schicksal: verkannt und verdächtigt! Georg redete weiter: »So geht das nicht.« Sie wusste es selbst. »Deine Arbeit soll dir schließlich Spaß machen!« Mina war nicht nach Lachen zumute. Haha.

Noch weniger als sie merkte, was sie als nächstes tat: »Was ist eigentlich mit Ivie, Georg?« Was war mit ihr, wäre wohl die näher liegende Frage. Wollte sie Georg da mit reinziehen? Woher sollte der wissen, was mit Ivie war? Der erwartete sicher jeden Moment eine druckreife Fassung von pesto und nahm an, Ivie schaffe so vor sich hin. Georg hatte schließlich alles für Ivie getan. Was chefmöglich war. Ivies paar Kilo zu viel dürften ihm kaum unangenehm aufgefallen sein. Mina konnte ihm unmöglich sagen, dass – ja, dass, was denn überhaupt? Sie wusste selbst nichts.

»Das müsstest du doch besser wissen. Ich habe sie seit Wochen nicht gesprochen. Habt ihr euch nicht gestern getroffen?«

»Doch, doch. Ich weiß auch nicht. Sie wirkte nur irgendwie, na ja, angespannt.« Darunter konnte Georg sich vorstellen, was er wollte.

»Das habe ich mitgekriegt, dass sie sich offenbar mit dem Schreiben schwerer tut als sie erwartet hat. Damit war zu rechnen, dass das nicht ohne Krise abgehen würde.« Das war ja schön, dass Georg das so betrachtete: mit dem wissenschaftlichem Interesse eines Insektenforscher, der seine Speziesexemplare hin und herschiebt. Er ging schließlich auch gern mit einem Eimerchen in die freie Wildbahn und sammelte Blindschleichen oder Lurche, Kröten oder Frösche. So ein Unternehmen musste für diesen Mann das Äquivalent einer Wundertüte für einen Sechsjährigen sein.

»Ja, so wird es wohl sein.« Sie konnte sich die Frage nicht verkneifen: »Weißt du, ob Ivie mit jemandem zusammenarbeitet? Sich unterstützen lässt oder so, meine ich.« Das hätte sie Ivie gestern auch selbst fragen können. Nun wird er sich denken, dass nicht alles im Lot war.

»Nein Mina, das weiß ich nicht. Ich nehme aber an, dass sie Unterstützung finden wird, wenn sie die sucht. Zumindest innerhalb von pebb. Da hat sie gute Kontakte und das Interesse an ihrem Projekt ist groß. Aber, sag einmal, worüber habt ihr den ganzen Tag gesprochen? Gestern.« Sie hörte, dass Georg sich an seinem Ende eine Zigarette anzündete. Der hatte es gut.

»Na, wir haben uns lange nicht gesehen und irgendwie sind wir an vielen Details einfach vorbeigeschliddert.« Das traf es gut. Im Prinzip waren sie einfach aneinander vorbeigeschliddert. Georg hatte wie immer eine Lösung parat: »Ei, dann ruf sie doch an.« Man konnte sich das Leben auch leicht machen! Georg kam dann auf sein eigentliches Anliegen zu sprechen, bei dem Mina ihm – wie sie mit leichter Genugtuung bemerkte – nicht weiterhelfen konnte.

WENN DER VATER

Auf dem Beifahrersitz rutschten in jeder Linkskurve mehr Weingummis aus der Tüte. Ivie konzentrierte sich auf das Kauen, der Weg war für sie mittlerweile zu einem Heimspiel geworden: Nieder-Hilbersheim, Appenheim, Gau-Algesheim, Ingelheim. Das hätte schlimmer kommen können. Es war doch gut gelaufen. War sie verpflichtet, ihre Schwester über jede berufliche Unebenheit in ihrem Leben zu informieren? Das wäre Quatsch. Diese kreative Flaute würde sich rasch verziehen und dann war alles genauso, wie sie es Mina geschildert hatte. Was ging es Mina auch an? Bevor Ivie irgendwas anderes tat, stopfte sie sich eine Hand voll von den zähen Gummidingern in den Mund. Es war gut gelaufen, warum war sie nicht zufrieden? Mina war schwer beeindruckt gewesen, auch wenn sie sich bemüht hatte, es nicht zu zeigen. Es würde Halmsum sicher freuen, von Mina zu hören. Zu erfahren, dass es ihr gut ging. Jedenfalls soweit. Es gefiel ihr also bei pebb. Ivie sah in den Rückspiegel. Das hätte sie ihrer kleinen Schwester schon vor Jahren sagen können. Hatte sie auch. Ivies Handy klingelte. Mina?

»Hallo Ivonne, störe ich gerade?« Ivie schüttelte über sich selbst den Kopf, warum überlief sie jedes Mal ein Schauer, wenn Halmsum sie Ivonne nannte? Sie nannte ihn in Gedanken auch Halmsum statt Fredi. Oder Papa.

Sie schob den Gummiklumpen in die rechte Backe: »Nicht wirklich. Ich bin gerade auf dem Heimweg, warte mal. Ich halte an.«

Nachdem sie geschluckt und eine Parkbucht mit Rheinblick gefunden hatte, nahm sie das Telefon wieder auf. Wäre sie nur nicht rangegangen.

Seine Stimme klang amüsiert: »Ich weiß, ich benehme mich

nicht wie ein erwachsener Mann, aber ich bin so gespannt, wie euer Treffen verlaufen ist.« Egal, wie er sein mochte und wie er sich in ihrer Kindheit verhalten hatte, er war eben doch ihr Vater und natürlich interessierte es ihn, wie es Mina ging. Die lehnte aber, wie sie selbst gesagt hatte, jeden Kontakt rigoros ab. Genauso hatte Ivie es früher auch gehalten.

»Gut war es. Mina geht es gut. Sie scheint sich bei pebb richtig wohl zu fühlen und hat offenbar alles im Griff.« Im Gegensatz zu ihr.

»Prima.« Halmsum stockte, »Ivonne? Stimmt was nicht? Was ist mit dir. Du hörst dich nicht glücklich an.«

Sie war nicht eifersüchtig auf Mina. Damit fing sie gar nicht erst an. Mina hatte noch nie irgendwas gehabt, was Ivie gern gewollt hätte. Nicht früher, nicht heute. »Quatsch. Ich wünschte nur, bei mir wäre auch alles so einfach wie bei Mina. Die pebb-story liegt mir auf der Seele und mir rennt einfach die Zeit weg.« Dank solcher unnützen Aktionen. Schwesterntreffen.

Hörte sie Erleichterung in seiner Stimme?

»Bleib ganz ruhig, Ivonne. Konnte Jasmin dir denn keine Hilfe anbieten? Sie ist doch deine Kollegin.«

Wollte er, dass Mina ihr half? Damit er sie los war? Wäre das schlimm? Ivie biss auf ein Ende eines Weingummis und zog es in die Länge.

»Doch. Aber ich hab gesagt, dass du mir hilfst.«

»Und wie hat ihr das gefallen?«

Das Weingummi riss: »Sie war überrascht. Schließlich hatten wir früher nicht gerade die ideale Vater-Tochter-Beziehung. Aber ich glaube, sie war ganz froh, dass ...« Ivie brach ab. Ganz froh, dass sie nichts weiter mit Ivie und deren Problemen zu tun haben musste. Oder froh, dass sie selbst nichts mit ihrem Vater zu tun hatte.

Was tat sie eigentlich? Ivie nahm das Telefon vom Ohr und starrte es an. Sie und Halmsum, ein Team? Nicht Ivie und Mina? Machte eine Bewegung, als wolle sie sich selbst damit vor den Kopf schlagen. Seine Stimme breitete sich im gesamten Innenraum aus. Schnell presste sie das Gerät wieder ans Ohr.

»Was meinst du, Ivonne? Ivonne? Bist du noch dran? Ivonne?«

Die Verbindung wurde schlechter. »Ja.«

»Du hattest den Eindruck, Jasmin sei froh, dass es nicht gut läuft? Sie war schon immer eifersüchtig auf dich. Weil dir alles zufällt.« Ivie kaute. Da war was dran. »Jasmin ist meine Tochter, aber deshalb sehe ich sie nicht durch eine rosa Brille. Ich nehme ihre Fehler wahr und ich muss leider sagen: Ihr Motor ist Eifersucht. Während andere aktiv werden, ein bestimmtes Ziel vor Augen haben – wie du deine Schriftstellerkarriere –, handelt Jasmin, um besser zu sein als du. Das war schon als Kind so und ich hatte eigentlich gehofft, darüber wäre sie hinweg.« Er seufzte tief. »Schließlich seid ihr erwachsen und braucht euch nicht mehr aneinander zu messen.«

»Also Fredi, ich glaube, du täuschst dich. Mina freut sich für mich.« Oder?

»Ivonne, du bist zu vertrauensselig. Du denkst, alle Menschen wären Engel. Damit wirst du eines Tages böse landen. So warst du schon als Kind. Sogar den Schillers wolltest du einen Heiligenschein aufsetzen. Wie weit bist du damit gekommen?« Ivies Hand, die sich tief in die Weingummitüte gewühlt hatte, hielt inne. Die Schillers. Und ihr Heiligenschein.

Mit kleinlauter Stimme gab sie zu: »Vielleicht hast du Recht.«

»Natürlich habe ich Recht. Ich habe mich sofort gefragt, was Mina bei pebb will. Es ist doch auffällig, wie schnell sie sich dort ins gemachte Nest gesetzt hat. Das wäre ihr ohne dich gar nicht möglich gewesen.« Warum regte ihn das so auf?

»Mina hat mich gesucht. Sie dachte, pebb sei eine Sekte.« Als Mina es erzählte, hatte Ivie es geglaubt, doch nun klang es ziemlich abstrus. Jasper habe den Verdacht geliefert.

Halmsum schnaubte: »Das glaubst du ihr? Die wickelt dich um den Finger, Ivonne. Nimm endlich Vernunft an. Entschuldige, dass ich dich so anfahre, aber lass dir doch nicht alles weismachen. Wie könnte Jasmin so was ernsthaft glauben, nachdem sie pebb seit Jahren aus deinen Schilderungen kannte.« Ja, wie?

»Glaub mir, ich freue mich, wenn ihr euch gut versteht, aber ich sehe nicht mit an, wie du dich für dumm verkaufen lässt. Wenn Jasmin dich wirklich gesucht hätte, hätte sie nach dir gefragt. Bei pebb. Alles andere ist Quatsch. Ich hab dich schließlich auch gefunden. Ohne so einen Firlefanz.«

Er hatte Recht. Er hatte es ihr erzählt. Ein Anruf bei pebb und natürlich hatte Anne ihm, wie sie es vereinbart hatten, Ivies E-Mailadresse genannt.

Trotzdem: »Vielleicht weiß Mina selbst nicht genau, was sie wollte. Außerdem, mal ehrlich, so wie du es darstellst, klingt alles sehr dramatisch. Mina ist schließlich nicht der talentierte Mr. Ripley.«

Ihr war schlecht. Dieses widerliche Gummizeugs verklebte ihr die Luftröhre.

»Es ehrt dich, dass du sie in Schutz nimmst. Ich kann mich auch irren. Glaub mir, ich würde mich freuen, wenn es so wäre.«

»Genau. Wir können beide bei pebb arbeiten.«

Warum hatte sie sich dann nicht gefreut, als sie erfuhr, dass Mina ihre neue Kollegin war?

»Theoretisch schon. Das ist klar. Es kommt nur darauf an, was Jasmin will. Warum sie bei pebb ist. Warum hat sie nicht nach dir gefragt? Gib es zu, diesen Sektenkram glaubst du auch nicht. Hätte sie dann nicht irgendwann mal die Behörden eingeschaltet oder sich Hilfe geholt? Das ist dummes Zeug. Nein, nein, meine Liebe. Jasmin war nicht von Sorge um dein Wohlergehen getrieben, wie sie es dich gern glauben machen will.«

Ivie legte den Kopf auf das Lenkrad.

»Sie wollte deinen Platz einnehmen.« Wie konnte er sich seiner Sache so sicher sein?

Ivie suchte ihre Zigaretten. »Zack, sie ist ich und ich bin sie.« Ivie grinste den Qualm aus, das musste selbst Halmsum zu weit gehen.

Er klatschte in die Hände: »Genau! Das ist genau mein Reden. Guck euch doch mal an! Wer ist auf einmal die sozial etablierte Allrounderin? Hansdampf in allen Gassen? Jasmin! Und du? Ivonne? Du hockst in einem entlegenen Kaff in Klausur und kannst dich nicht mal zu Teamevents aufraffen. Das ist doch regelrecht unheimlich.«

Ivie begann seine Besorgnis zu verstehen. »Aber so einfach ist das doch nicht.«

»Nein, einfach sicher nicht. Das sind komplizierte psychische Komplexe oder was auch immer. Neurosen, Psychosen, damit kenne ich mich nicht aus. Aber, siehst du, Ivonne, ich fühle mich mitverantwortlich. Es heißt doch oft, diese Tendenzen würden in der Kindheit angelegt, und ich hätte das viel früher erkennen müssen. Dann hätte man Jasmin noch helfen können. Aber, wie so viele Väter, war ich zu sehr mit meiner Arbeit beschäftigt und habe euch nicht genügend

Beachtung beigemessen. Kindererziehung war damals Frauensache und ich dachte, Rosel wird das schon richtig machen.«
Der Tonfall seiner Stimme erinnerte sie an etwas.

»Ich glaube, du übertreibst. Vielleicht ist Mina eifersüchtig. Das ist aber normal unter Schwestern. Deshalb hat sie es doch nicht auf mein Leben abgesehen.«

Hatte sie Mina nicht gerade genau das Gleiche vorgeworfen? Gott, hatte es da auch abstrus geklungen? Was war nur mit ihr los? »Im Gegenteil, ich glaube, Mina ist zum ersten Mal seit langem ziemlich zufrieden mit sich.«

Er explodierte: »Ja, hörst du denn gar nicht zu? Das sage ich doch! Sie hat ja auch, was sie will! Dein Leben, oder korrekt ausgedrückt: deine Art zu leben.«

Wieso wollte Halmsum Mina schlecht machen? Seine eigene Tochter. »Warum nicht. Kann sie doch halten, wie sie will. Ich habe da schließlich kein Patent drauf. Wenn ich wollte, könnte ich meine frühere Art zu leben jederzeit wieder aufnehmen. Meine Sorgen rühren doch ganz woanders her.«

Er passte sich ihrer betonten Gelassenheit an. »Na, wenn du meinst. Da bin ich gespannt. Wenn du alles so locker siehst, frage ich mich nur, warum du dich nicht sofort bei deiner Schwester gemeldet hast, nachdem du wusstest, dass sie bei pebb arbeitet.«

Ivie kaute. Unbehaglich, oberflächlich. Ihr war schlecht.

»Jasmin war von jeher neidisch auf dich.« Da war was dran. Auch wenn sie es nicht gern von Halmsum sagte, hatte er Recht. »Weil du Freunde hattest, ein Leben und Chancen auf allen Gebieten. So wollte sie auch sein. Wie du. Daraus hat sie nie einen Hehl gemacht.«

»Und wenn schon. Dann sind wir beide eben so.«

»Seid ihr aber nicht. Ist das nicht komisch?« Halmsums

Stimme drehte sich wie ein Wasserstrudel in Ivies Kopf. War das nicht komisch? »Alle Ressourcen sind begrenzt. Wenn der eine sich was nimmt, ist es für den anderen nicht mehr verfügbar. Das ist so.«

Des einen Freud, des anderen Leid. Das kannte sie.

War das ein universales Lebensgesetz?

DER LETZTE KÖNIG

Rückblickend gibt es oft den Moment, an dem sich das Blatt gewendet hat. Es ist nur niemandem aufgefallen. So war es mit ihrem Einjährigen, ihrem ersten ‚Hochzeitstag'. Das wäre ein guter Moment der Erkenntnis gewesen. Aber: Nicht in Ivies Leben. In ihrem Leben war nichts klar und eindeutig, von Erkenntnissen gar nicht zu sprechen.

Jasper hatte Ivie zu Huth, einer von ihr favorisierten Straußwirtschaft in Sprendlingen, eingeladen.

Sie hatte sich zur Feier des Tages einen super todschicken Polyester-Hosenanzug gegönnt, den sie voller Stolz in Rheinhessen präsentierte. Nach dem Abend wanderte er in die Altkleidersammlung. Im Nachhinein könnte Ivie sich dafür vors Schienbein treten. Nicht, dass sie noch reinpassen würde. Aber das wäre die richtige Entscheidung gewesen. Die Entscheidung, sich von Jasper zu trennen, statt vom Hosenanzug. Der war grün. Hauptsächlich. Die Hose war kräftig hellgrün mit ausgestelltem Bein. Ein Schmuckstück aus den siebziger Jahren. Aus gediegenem Polyester, das sitzt immer. Das Oberteil erinnerte an eine beliebte Tapete aus der gleichen Ära. Es fiel locker über den Po und konnte mit einem grünen Band gegürtet werden. Ivie war eine optische Pracht. Auch wenn Jasper sie unter gewöhnungsbedürftig einstufte. Das sei vielleicht modern, aber vielleicht doch eher zu viel. »Mir flirrt es regelrecht vor Augen, wenn du dich bewegst. Iss doch nicht so schnell.«

Es dauerte, bis sie merkte, dass er das nicht witzig meinte. Sie wollte keinen Streit. »Trink noch einen Wein, dann wird aus dem Flirren ein Schunkeln.«

»Und wer soll fahren? Du bist jetzt schon nicht mehr dazu in der Lage.«

Davon war auch nie die Rede gewesen. Außerdem würde sie sich bestimmt nicht ans Steuer seiner Ariane Zwei setzen, solange er auf dem Beifahrersitz bei Bewusstsein war. Sie war ja nicht völlig bescheuert. Daher lächelte sie nur. »Stimmt.«

Das waren idyllische Aussichten für die kommenden gemeinsamen vierundsechzig Jahre. Bis zur diamantenen Hochzeit wollte Ivie es mindestens bringen.

»Trink du nur weiter.« Er lehnte sich zurück. Es war seine Idee gewesen, hierher zu kommen. Aus romantisch-nostalgischen Gründen, wie er versicherte. Ivie hatte sich über seinen Vorschlag gefreut, aber wegen des Fahrens Bedenken angemeldet. Er hatte generös abgewinkt: »Das macht mir nichts aus. Solange du dich amüsierst.« Dazu war sie bereit – und konnte sehen, wohin das führen würde. Während des Trinkens kramte sie nach unterhaltsamen Anekdoten aus ihrem Fundus.

»Wusstest du, dass Mina und ich einen Artikel über die Familie Schiller geschrieben haben? Der wurde in der Zeitung veröffentlicht.«

Der Zucker wollte sich in seiner Tasse nicht auflösen. Er hörte nicht zu. Sie plapperte weiter. »Seit Generationen trugen die Schillers die Zeitung aus. Mina und ich fanden, dass sie zuwenig Aufmerksamkeit bekamen.«

»Du bist vollkommen auf Mina fixiert. Offenbar hättest du den Abend lieber mit ihr verbracht.« Er hatte die Tasse angehoben und sah sie über den Rand hinweg an. »Sie würde bestimmt auch deinen Aufzug gebührend honorieren.«

»Red keinen Quatsch, Jasper.« Wenn er so weitermachte, könnte es noch soweit kommen.

»Der Gedanke drängt sich auf.«

»Unser Artikel erschien am Tag des Ringreitens. Das war der große Tag des Bergstedter Frühlings.«

Jedes Mal, wenn in ihrer Erzählung das Wort »Artikel« fiel, wölbten sich seine Augenbrauen elegant.

»Wir leben in einer Arbeitsgesellschaft, liebe Ivie. Was willst du eigentlich?«, fragte Jasper, nachdem sie erzählt hatte, was Mina und sie geschrieben hatten. Und warum.

Halmsum hatte ihnen hinterher endgültig die Segel gestrichen: »Ihr seid noch blöder, als ich dachte. Habt ihr im Ernst geglaubt, ich wollte, dass ihr euch einmischt? In so eine wichtige Angelegenheit? Ein paar Gedanken solltet ihr euch machen. Darüber, was ihr mit eurem blödsinnigen Geplapper angerichtet habt und wie ihr das wieder gutmachen könnt.«

»Ich verstehe nicht, warum du dich über deinen Stiefvater aufregst. Was habt ihr euch eingebildet? Habt ihr ernsthaft geglaubt, wenn ihr in einem Aufsatz für die Zeitung schreibt, wie toll die Schillers das machen, dann sind sie beeindruckt, fühlen sich gewürdigt und tragen plötzlich mit stolzgeschwellter Brust die Zeitung aus?« Er bestellte sich einen Cognac zu seinem Kaffee, der Abend konnte doch noch zu einem Genuss werden. »Das ist zu köstlich, Ivie. So naiv können nur kleine Mädchen sein, die zuviel Biene Maja geguckt haben.«

Die Stimmung war entspannt, warum freute sie sich nicht? Sogar ihr Polyester-Anzug hatte seine flirrende Wirkung verloren; Jasper guckte sie wieder an. War sie nie zufrieden? Niemand hatte sie gezwungen, diese alten Kamellen neu durchzukauen. Dass das Ganze sich lächerlich anhörte, hatte sie gewusst. Das war Teil ihrer Strategie gewesen.

Arbeit interessierte Jasper. »Ich glaube nicht, dass es so einfach ist, wie es in Unternehmenshandbüchern beschrieben wird: Seien Sie nett zu ihren Angestellten, geben Sie ihnen Entscheidungsbefugnis und schon haben Sie sonnige Mitarbeiter, die sich unkontrollierbar für Sie ins Zeug legen.«

Das wusste Ivie.

»Schließlich ist längst erwiesen, dass extrinsische Motivatoren auf Dauer nicht ausreichen. Da kannst du als Chef zehnmal sagen: Sie machen Ihre Arbeit super. Ich bin sehr mit Ihnen zufrieden. Wenn dem Mitarbeiter seine Arbeit nicht gefällt, weil er über- oder unterfordert ist, oder aus welchen Gründen auch immer, erreichst du damit gar nichts.«

Sie könnte seine Synchronstimme werden.

»Zumindest nicht auf lange Sicht. Vielleicht fühlt er sich im ersten Moment geschmeichelt, aber bald nimmt er dich nicht mehr ernst. Wenn du ihn dauernd wegen Lappalien lobst. Damit erreichst du das genaue Gegenteil von dem, was du erreichen willst: Er wird sich überhaupt keine Mühe mehr geben!«

Als hätte er den Zylinder über dem Karnickel weggezogen. »Wie deine Schillers. Die hat euer Dorf wahrscheinlich über Jahrhunderte in diese Schludrigkeit reingelobt. Dann noch euer Aufsatz in der Zeitung. Ich möchte gar nicht wissen, was für ein Chaos danach ausgebrochen ist. Erzähl mal.«

Was sollte sie erzählen? Die Wahrheit?

»Euer armer Vater.« Jasper strich sich bedauernd eine braune Strähne aus der Stirn. Wenn schon Kinder, wollte er Söhne. »Man muss die Relationen im Auge behalten. Je qualifizierter die Tätigkeit, desto ernster muss man den Mitarbeiter nehmen. Arbeit ist nicht gleich Arbeit. Wo käme ich hin, wenn ich als Verleger meine gesamten Verlagsstrategien mit den Putzfrauen und Zeitungsjungen diskutieren wollte?« Er konnte nicht stoppen. Er hatte ein Zuckertütchen so oft von links nach rechts geknickt, dass es angefangen hatte, Zucker zu lecken. Die Kristalle schob er auf dem Tisch hin und her. »Wenigstens bei einfachen Tätigkeiten muss man sich auf seine Leute verlassen können, ohne dass man ihnen vorher den Bauch pinselt.«

Das regt mich richtig auf!
»Das regt mich richtig auf.«
Aber das kann man heute nicht mehr sagen.
»Aber das kann man heute nicht mal mehr sagen. Dann schlagen alle die Hände über dem Kopf zusammen, als sei man die höllische Inkarnation des kapitalistischen Bösen.« Er rieb seine Finger aneinander, um die Zuckerkrümel loszuwerden. »Zuckerbrot und Peitsche«, sagte er.

»Aber das ist ungerecht. Diejenigen, die die guten Jobs haben mit selbstständigen und abwechslungsreichen Tätigkeiten, werden zusätzlich gut behandelt und die anderen fristen ein Dasein, das selbst Galeerensklaven als unzumutbar zurückgewiesen hätten.«

»Gerechtigkeit. Du lieber Himmel, Ivie. Das ist wieder ein typisches Element deiner Hanni-und-Nanni-Philosophie. Was du für gerecht hältst, liebe Ivie, ist nicht mehr als das: deine Vorstellung von Gerechtigkeit. Ist Gleichbehandlung gerecht? Sollte man nicht jeden nach seinen Fähigkeiten oder Neigungen behandeln? Muss jeder ein gleich großes Stück Brot bekommen, auch wenn der Eine nicht hungrig ist und der Andere fast verhungert?«

Das war ihr rausgerutscht; das Thema hatte sie während der Fahrt beschäftigt.

»Nicht alle Menschen sind gleich und es wollen auch nicht alle gleich behandelt werden.« Er setzte sich in Positur, sie wusste, was kam. »Wie hast du noch gesagt? Mit der Gleichheit?«

»,Chancengleichheit bedeutet Gelegenheit zum Nachweis ungleicher Talente', Sir Herbert Samuel«, antwortete sie folgsam.

»Na bitte«, sagte er. Waren sie sich wieder einig. Aus seiner Sicht entwickelte sich der Abend. Seine manikürten Fingernägel fuhren unaufhaltsam am oberen Rand des nächsten kleinen Zuckertütchens entlang. Es konnte nicht lange dauern, bis auch das Papier durchgerieben war. Er arbeitete hoch konzentriert. Ivie zögerte, ihn aus seinen Gedanken zu reißen.

»Und?« fragte sie vorsichtig. Sie legte ihre Hand auf seinen Arm.

Seine Frage klang desinteressiert: »Was war nun mit deinen Schillers?« Auch Ivie hatte die Lust, eine heitere Geschichte aus ihren Nachforschungen zu stricken, verlassen. Im Bestfall konnte sie die Kurzfassung liefern. Für Jaspers Amüsement würde sie reichen.

Ihre Schillers. Vielleicht waren sie das, gegen ihren Willen, versteht sich. Sie waren empörter als Halmsum. Ach, empört. Aufgebracht, in Rage, furios! Am späten Vormittag stürzte Frau Schiller ins Festzelt. Bevor die Entscheidung um den Titel König von Bergstedt gefallen war. Das Königsstechen; daran nahmen fast alle Bewohner Bergstedts teil. Reiter von außerhalb waren nicht zugelassen, der Titel musste in der Gemeinde bleiben. Frauen waren ebenfalls ausgeschlossen, die konnten um den Amazonentitel reiten. Später. Das Königsstechen war die erste Disziplin Samstagfrüh, wenn die Teilnehmer sich noch zu Pferde halten konnten. In Bergstedt musste man beides sein: sattelfest und trinkfest. Es gehörte zum guten Ton jeden anständigen Ritt der Konkurrenz zu begießen. Mit dem Königsstechen wurde das große Ringreiterwochenende eingeleitet; danach gehörte das Feld den ernsthaften Konkurrenten, die um den Großen Preis von Bergstedt ritten. Den Großen Preis stifteten die Riemann'schen Möbelwerke. Pokal und Geldpreis. Für den Großteil der Männer handelte es sich um eine symbolische Teilnahme. Für Halmsum war es in diesem Jahr etwas anderes. Als selbstständigem Geschäftsmann kämen ihm das Ansehen und die Kontakte aus den geselligen Verpflichtungen des Königs gelegen. Natürlich hatte er gegen die Schröder-Brüder und Kurt Lange keine Chance. Dachten alle.

»Diesen«, Augenbrauen hoch, »Artikel, den ihr verfasst habt, würde ich zu gern mal lesen.« Jasper kicherte nicht, aber er amüsierte sich. »Was habt ihr geschrieben?«

«Was man sich so denken kann.«

»Und euer Vater?«

»Nicht meiner.«

»Was ist mit dir los, Ivie? Seit wir hier sind, machst du ein missmutiges Gesicht. Sonst schwärmst du immer vom Huth. Ich habe extra die Fahrerei auf mich genommen. Bei dir weiß man wirklich nie, woran man ist.«

Er trank seinen Kaffee aus. »Dann können wir ja gehen.« Er blieb sitzen. »Ich frage mich, warum du überhaupt von der Sache angefangen hast? Wolltest du damit was sagen?« Das machte ihn fuchsig. Wenn er etwas nicht verstand, weil sein Gegenüber – Ivie – in ihren Ausführungen zu obskur blieb.

»Hat das wieder was mit deiner Schwester zu tun?«

Sie schüttelte den Kopf.

»Oder mit deiner Firma?« Es kam ihr zugute, dass sie mit dem Schütteln noch nicht aufgehört hatte. Wie kam er darauf?

»Wenn es nicht um Mina geht, geht es um deine Firma. Daran muss ich mich gewöhnen.« Sie hatte weder an die eine noch die andere gedacht.

»Wahrscheinlich ist die verlotterte Zeitungsausträgerfamilie für dich der Vorläufer von pebb. Weil sie ihre Arbeit machen, wie es ihnen gefällt. Oder weil sie so eine tolle Gemeinschaft bilden. Ich kenne dich doch.«

»Quatsch.«

Jasper zerquetschte Zuckerkristalle mit dem Löffelrücken und seine Stimme klang mäßig interessiert. »Dann findest du also den Umgang der Schillers miteinander nicht ‚erfrischend direkt'?« Hatte sie das mal über pebb gesagt?

»Habe ich mir keine Gedanken drüber gemacht.«

»Wie ist es denn ausgegangen? Du kannst mir das Ende nicht vorenthalten.«

»Halmsum war gut in Form«, erzählte Ivie. »Nach den ersten Ritten war er punktgleich mit den Schröders und sie lagen nur einen Ring hinter dem amtierenden König Kurt.«

»Woher konnte dein Vater reiten?«

Ivie vermutete mittlerweile, dass diese Betonung von »dein Vater« ihrem psychischen Guten dienen sollte, daher reagierte sie nicht mehr darauf. »Stiefvater!«

Es fiel ihr überraschend leicht: »Wenn man etwas wirklich will, dann kann man das auch«, bellte sie. Jasper zuckte zusammen, so einen Kasernenton kannte er nicht einmal von seinem Vater. Er blickte sich erschrocken um. »Ivie! Ich bitte dich!« Dann schob er die Zuckerkrümel zusammen, die er in der Zuckung über den ganzen Tisch verbreitet hatte.

»Halmsum hat einfach seinen Willen mobilisiert und sich angestrengt, was man von dem Rest seiner Familie leider nie sagen konnte. Und, siehe da!«

Jasper hatte Angst vor Pferden; beim Pferdeflüsterer musste Ivie im Kino seine Hand halten. Er bewunderte draufgängerisch-männliche Entschlossenheit, auch wenn sie nur in der Phantasie des Erzählers existierte. Ivie vermutete, dass Halmsum heimlich Reitunterricht genommen hatte. »Halmsum hatte wieder einen erfolgreichen Ritt hinter sich. Man befand sich bereits im Königsstechen, bei dem statt einem drei Ringe pro Ritt gestochen werden mussten. Wenn Kurt jetzt

patzte, war Halmsum König. Die Schröder-Brüder konnten ihm nicht mehr gefährlich werden. Wenn das kein Grund für einen Satteltrunk im Festzelt war. Da kam Frau Schiller.«
Sie war gekommen. In gewisser Weise. Aber die Formulierung konnte nicht annähernd die Wucht beschreiben, mit der Annemarie Schiller, die gefaltete Zeitung in der Hand, in das Festzelt eingeschlagen war. Die Holzplanken, die den Weg zur Theke markierten, bogen sich unter ihrem Stampfen. Mina und Ivie verfolgten das Spektakel von einer seitlichen Öffnung in der schweren rotweißen Zeltplane aus.

»Sie knallte die Zeitung neben seinem Arm auf den Tresen.« Jaspers Zuckertüte lag verwaist. »Halmsum hatte keine Ahnung, was sie wollte.«

»Der arme Mann. Furchtbare Situation.« Offenbar verstand Jasper Frau Schillers Rage. War ihr Artikel so schlimm gewesen?

»Ist doch ganz klar«, sagte Jasper. »Ich kann mir genau vorstellen, wie idealisiert ihr die Familie dargestellt habt: fleißig, herzensgut und zuverlässig.« Er gluckste. »Für zwei kleine Mädchen mag das angehen, aber diese Frau dachte, dein Vater wäre der Urheber des Gewäschs. Ein gebildeter Erwachsener, Lehrer sogar.«

Stiefvater! Ex-Lehrer! Sie wollte nicht kleinlich sein.

»Was bei kleinen Mädchen als naives Bemühen durchgehen mag, wirkt, wenn es von Erwachsenenhand kommt, wie überhebliches Manipulieren.« Jasper erwies sich als Kenner der Schillerschen Psyche. Herrn Schiller hielt es nicht auf dem häuslichen Sofa. Wenn ihm die Rennerei auch zu viel war, genoss er den Trubel, den seine Frau veranstaltete. Noch lieber hätte er einen getrunken. Die Trainingsjacke offen, lehnte er massiv zwischen seiner Frau und Halmsum am Tresen und nickte Herrn Wörthmer, dem Gastwirt, kollegial zu. Dabei sprach er zu seiner Frau: »Rech dich nich' so auf, Alte. Hass nichs von. Was hass' denn erwartet? Wills ein trinken?«

Sie schob ihn zur Seite und sich dichter an Halmsum, der den Abstand vergrößert hatte. »Nicht in dem Ton! Nicht in dem Ton! In dem Ton schreibt keiner über uns. Was bildet der sich ein? Hat er einmal nachgefragt?«

Sie haute die Zeitung auf den Tresen, dass die Gläser klirrten. Ohne Unterbrechung ihres Rhythmus fuhr ihr Arm plötzlich nach rechts aus und versetzte ihrem Mann einen Schlag mit der Zeitung. Auf den Kopf. »Hast du überhaupt gelesen, was da drin steht?«

Statt einer Antwort grinste Herr Schiller Herrn Wörthmer zu, der fragend Bierglas und Schnapsglas hochhielt. Frau Schiller drängte sich an ihrem Mann vorbei und baute sich vor Halmsum auf. Der ahnte nichts, war in Gedanken ganz woanders und aus heiterem Himmel schlug ihn diese Person mit der Zeitung. Als wäre er ein Köter, der in die gute Stube gepisst hat. Mittlerweile hatte sich das Zelt gefüllt. Der Reitplatz lag verlassen und Kurt Lange wunderte sich, warum ihn niemand bei seinem entscheidenden Ritt unterstütze. Halmsum blieb ruhig, das war nicht sein Niveau. »Frau Schiller! Ich muss doch bitten. Was soll das? Gibt es ein Problem?«

»Ein Problem? Du Lackmeier. Du aufgeblasener Pisspott, du. Du hast ein Problem! Davon ist kein Wort wahr. Kein Wort.« Nachdem sie ihm noch zwei, drei Mal mit der Zeitung auf Arm und Rücken gehauen hatte, hielt sie inne. Sie keuchte: »Das. Wird. Dir. Leid. Tun.« In ihrer geblümten Kittelschürze, die Haare unordentlich und auf der rechten Seite deutlich weniger plattgelegen, schwenkte sie die Zeitung wie eine Rachegöttin. Halmsum hing neben ihr, wie ein blutleeres Gewächs. Woher sollte er wissen, was da über ihn niederging?

»Und dann hat die alte Schiller rumgekeift und deinen Vater zur Sau gemacht?«

So konnte man es nennen. Dabei hatten sie nur Wahres geschrieben. Bei Frau Schiller wurde daraus: »Verleumdung und Frechheiten! Nichts davon wahr, und geht auch keinen was an. Wir sind doch nicht deine Hampelmänner!« Das würde er bereuen.

Die Anwesenden waren still. Das Dröhnen und Knacken der Lautsprecherdurchsage wirkte unnatürlich laut: »Der Starter mit der Nummer eins, unser amtierender König Kurt hat in –.« Frau Schiller fuchtelte ihrem Mann mit der Zeitung vor dem Gesicht herum: »Sag doch auch mal was. Geht dich das nichts an –.« Halmsum packte sie am Ärmel, auf die Lautsprecherdurchsage fixiert, »Ruhe!«, herrschte er sie an. Das war zuviel. Sie riss sich los und versetzte ihm einen kräftigen Stoss. Er fiel gegen den Tresen. »Glaubst du, dass du hier König werden kannst? König von Bergstedt, das könnte dir so passen.« Herr Schiller versuchte, sie zurückzuhalten. »Der wird nicht König. Sach' auch mal was, Gerhard.« Halmsum reagierte nicht. Der Lautsprecher übertönte alles: »Wir bitten den neuen König von Bergstedt, Seine Hoheit Fredi den Ersten, Fredi Halmsum, zur Krönungszeremonie. König Fredi, bitte!«

Halmsum grinste über das ganze Gesicht. Als hätte die Szene nicht stattgefunden. Als hätte er Frau Schiller nicht wahrgenommen, bis jetzt. Jetzt lächelte er. Er nahm ihren Arm, ergriff ihre Hand und schüttelte sie: »Danke, Frau Schiller. Vielen Dank.« Hoheitsvoll schritt er nach draußen.

»Er hat sie stehen lassen?« Jasper konnte es nicht fassen.

Ging Frau Schiller ähnlich. Sie rauschte ihm nach zum Zeltausgang: »Du bist der letzte, der hier König wird. Der letzte König von Bergstedt.« Sie wurde schrill und schleuderte ihre Zeitung hinter ihm her, in Richtung des hölzernen Galli, an dem die Ringe befestigt wurden: »An dem Galgen kannst du selbst baumeln, König Halmsum.«

Ivie machte eine Pause, um ihre Kehle anzufeuchten. Erinnerungen sind trocken. Selbst dramatische.

»Und? Weiter?«

»Den Namen hatte er weg. Der letzte König. Oder: Fredi, der Letzte.«

»Ich wusste nicht, dass du so gehässig sein kannst. Hast du kein Mitgefühl für deinen Vater? Verständnis? Ihr habt ihm das schließlich eingebrockt.«

Egal. Sie wollte fertig werden. »Sie haben ihn nicht gekrönt. Ketel hat ihn zur Seite genommen; er solle in seine Königsantrittsrede eine Erklärung für den Artikel einbauen.«

Halmsum verschob die Krönungszeremonie, um sich uns vorzunehmen. In aller Öffentlichkeit; warum sollte es uns besser gehen als ihm? »Er entschuldigte sich für unsere Dummheit, wir hätten es nicht böse gemeint, wir wären so blöd. Wollten ihm helfen. Gören, man kennt das ja; machen alles noch schlimmer. Bei Schillers entschuldigte er sich besonders aufmerksam. Das sei ein Unding. Er sei zutiefst bestürzt und beschämt; leider könne er nicht mehr versprechen, als dass so was nie wieder vorkäme. Dann bat er auf unsere Sparbücher zur Lokalrunde.«

Jasper reckte sich auf seiner Bank. »Das hat dein Vater elegant zurechtgedreht. Alle Achtung! Wenn ihr euch noch mehr solche Dinger geleistet habt, wundert mich nicht, dass er abgehauen ist.«

»Er ist nicht mein Vater. Und abgehauen ist er, weil er keine Aufträge für seine Akademie bekam.« Sie war erschöpft.

»Das kannst du nicht wissen.«

»Nein. Ich weiß nur, was du mich wissen lässt.« Seine Stimme klang pikiert. »Sollen wir fahren?«

Kündigung

»So, da wären wir.« Susanne und Jan kamen zur Tür rein. Susanne mit der Thermoskanne in der Hand. »Was wolltest du denn mit uns besprechen? Hoffentlich nichts Unangenehmes.«

Es platzte aus Mina raus: »Ich kündige.« Was gab es da um den heißen Brei zu reden?

Susanne teilte Kaffeetassen aus. »Wo?«

»Warum?« Jan schob einen der Stühle zur Seite, um seinen Rolli in die Sonneneinfallsschneise zu bugsieren. Richtig zu stören schien es niemanden. Und Mina hatte sich so viele Gedanken gemacht. Hatte geglaubt, Susanne und Jan würden versuchen, sie zum Bleiben zu überreden. Denkste. Auch egal. Wusste sie wenigstens, woran sie war. Sie war eben Jasmin und nicht Ivonne. Ivie. Der hatten sie bei den Alster Immobilien sofort die Partnerschaft angeboten, als sie von Kündigung sprach; bei pebb würde sicher mindestens ein Geschäftsführerinnenposten rausspringen.

Susanne hielt ihren Becher mit beiden Händen umfasst, als sei sie ein Cowboy am Lagerfeuer. »Es wird dir also zu viel, beides zu machen. Das Faro und pebb.«

Mina nickte. Wie schön, dass sie den Kündigungsgrund gleich mitgeliefert bekam. Sparte lange Erklärungen. Was hatte sie sich nicht alles zurechtgelegt. Und jetzt interessierte es keine Sau.

Susanne grinste: »Das tut mir ja echt Leid!«

Klar, wäre schön, wenn du auch so aussähest. Mina fühlte sich verarscht.

»Aber lieber sie als wir!« Susanne drehte sich zu Jan um und stieß mit ihrem Becher an seinen: »Hab ich dir doch gesagt, Mina entscheidet sich für uns.«

Jan guckte zweifelnd: »Hat sie das gesagt?« Sein fragender Blick ging zu Mina. Susanne war unbeirrbar: »Ja. Klar hat sie das gesagt. Gerade eben, du Schlaftüte.«

Jan und Mina guckten sich an.

»Was?« Susanne stockte in der Bewegung. »Quatsch.«

Es blieb still. »Das meinst du nicht ernst. Du kündigst doch nicht bei pebb? Blödsinn. Das kannst du uns auch gar nicht antun.« Sie nickte tatkräftig, als könne sie damit irgendwas verhindern. »Schließlich bist du noch in der Probezeit.«

Als niemand lachte, redete Susanne weiter: »Ich seh das ja ein, im Faro bist du schon so lange und so. Aber du willst doch mal was anderes machen. Und kannst jederzeit dort essen gehen und Aushilfe machen und Nükhet besuchen. Das Faro ist nicht aus der Welt.« Sie stellte ihren Becher mit Schwung auf das Tablett. »Sagt vielleicht von euch auch mal jemand was.«

»Ich kündige bei pebb. Da ist nichts dran zu rütteln, Susanne. Es tut mir Leid. Ich habe mich wirklich wohl gefühlt bei euch.«

»Dann bleib doch.« Jan hatte die einfachste Lösung parat. »Willst du weniger Stunden arbeiten? Oder mehr oder zu andern Zeiten. Von zu Hause aus? Sag, was nicht passt, und wir werden eine Lösung finden.«

»Genau, sicher. Gute Idee, Jan.« Susanne holte einen Block von ihrem Schreibtisch: »Okay, Mina. Dann sag mal, was nicht geht. Wo wir uns was anderes überlegen müssen.« Sie biss auf das Stiftende. »Ich bin zeitlich sehr flexibel. Leider.« Mit ihrer Clownerie klappte es nicht wie erhofft.

Mina stierte in ihren leeren Kaffeebecher. Fast war sie versucht, darauf einzugehen. Warum nicht? Warum sollte sie nicht bei pebb bleiben? Es war nett, sie hatte super Kolleginnen. Mina legte den Kopf in den Nacken und wartete, bis der letzte kalte Tropfen Kaffee langsam in ihren Mund gelaufen war. Sie könnte arbeiten, Geld verdienen. Richtiges Geld. Vielleicht irgendwann den Standort wechseln und innerhalb des Unternehmens was anderes machen. Solange sie nicht wusste, was sie sonst machen wollte, war die Kündigung Quatsch.

»Das ist wirklich nett, aber ich will für drei Monate nach Australien fahren oder Neuseeland. Danach sehe ich weiter.«

Susanne kritzelte auf ihrem Block herum: »Drei Monate sind kein Problem. Wir warten auf dich.« Jan nickte: »Kein Problem.«

Nur Mina sperrte sich: »Nein. Ich will mich nicht festlegen. Ich gehe weg, ich sehe, was passiert. Ich komme wieder oder auch nicht. Versteht ihr?«

»Gut. Aber du kannst uns nicht verbieten zu warten. Und wieder bei dir anzufragen, wenn du zurück bist.« Susanne hob die Hände, als sie sah, dass Mina aufbrausen wollte. »Falls du zurückkommst. Du bist zu nichts verpflichtet. Das machen wir, weil wir es wollen. Hat mit dir nur am Rande zu tun. Okay?« Mina nickte. Dann stand sie auf, ging erst zu Susanne und nahm sie in den Arm und dann zu Jan. Der klopfte ihr auf die Schulter. »Na, na. Das wäre wohl geklärt. Jetzt muss ich euch aber alleine lassen, ich habe noch einen Termin bei der Touristik Zentrale. Mal sehen, ob ich die nicht davon überzeugen kann, dass ihnen jemand wie mein Herr Herzog fehlt.«

»So. Jetzt erzähl mal. Was los ist. Ich meine, wie kommst du plötzlich auf kündigen und reisen?« Susanne hatte die Füße auf den Beratungstisch gelegt und trommelte mit ihrem Kuli auf ihren Bauch. »Ist pebb dir zu langweilig, seitdem du weißt, dass keine Sektengefahr davon ausgeht?«

Schon vor ihrem Treffen mit Ivie hatte Mina Susanne die ganze Wahrheit anvertraut; in leicht geschönter Version. Versteht sich.

»Vielleicht. Ich weiß gar nichts mehr. Ich weiß nur, dass ich nicht bei euch bleiben kann. Ich habe keine Ahnung, was ich denken soll oder was richtig ist.«

Mina legte den Kopf auf die Tischplatte. Sie hätte heulen können.

»Mach doch nicht so ein betretenes Gesicht, Mina. Das ist doch in Ordnung. Du musst mir nichts sagen.«

Susanne riss das oberste Blatt von ihrem Block, knüllte es zusammen, steckte es in ihren Mund, schluckte schwer und zog es dann, glatt und ordentlich gerollt, aus ihrem Ärmel.

»Mach das noch mal!«

Susanne schüttelte den Kopf. »Nö.« Sie lehnte sich über den Tisch und ließ das Blatt vor Minas Gesicht auf die Tischplatte flattern. »Das geht auch mit Menschen, weißt du. Du erzählst mir alles, ganz zerknittert, wie du willst, dann zaubern wir ein bisschen und hinterher fühlst du dich viel glatter.«

»Wenn das so einfach wäre!«

»Ist es. Was meinst du, warum du so krause Gedanken hast? Weil du nicht sprichst. Glaub mir, das wirkt Wunder.« Susanne zog ein durchsichtiges, zartes, rotes Tuch aus ihrem Dekolleté. Sie hielt es vor ihr Gesicht wie einen Schleier, ließ es langsam bis auf Nasenhöhe absinken und zwinkerte verführerisch mit den Augen: »Vertrau mir!«

Mina nippte an ihrem Glas. Susanne hatte die Sektflasche, die sie eigentlich für Minas Einstand besorgt hatte, zur Abschiedsflasche unfunktioniert. So praktisch wäre Mina auch gern veranlagt. Vielleicht hatte Susanne Recht. Was hatte sie zu verlieren?

Ein Blinzeln von gegenüber: »Du kannst nur gewinnen.« Susanne konnte ihre glockenhelle Mädchenstimme erstaunlich gut in verraucht-heisere Sphären bringen und entwickelte trotz ihres kecken Pferdeschwanzes den Charme von Mae West in ihren besten Zeiten.

»Ich weiß nicht, was ich denken soll. Geschweige denn, was ich machen soll.« Mina seufzte schwer: »Ivie denkt, ich sei eifersüchtig. Mein Vater denkt, ich sei eifersüchtig.« Das hatte Ivie ihr mit giftigem Unterton am Telefon zugezischelt, als Mina sie vor der Zusammenarbeit mit ihrem Vater warnen wollte. Susanne ließ ihr zartes Tuch um ihre Hand gleiten: »DU denkst, du seiest eifersüchtig.« Mina zog die Mundwinkel nach außen. Was sollte sie anderes denken? Gegen die anderen? Wäre das demokratisch?

»Bist du denn eifersüchtig?« Susanne nickte ihr über einen imaginären Brillenrand zu und tat, als ob sie mit ihrem Luxuslinerkuli ernsthafte Notizen machte.

»Ja, puh. Klar, wahrscheinlich schon. Aber es ist nicht so, dass ich Kontakt zu meinem Vater haben möchte, das kann ich mir nicht vorstellen. Eher, weil Ivie ihn mir vorzieht. Und sich keinen Deut darum schert, was ich sage. Oder mache.«

Mina hatte sich auch einen Kuli besorgt und rührte damit abwesend in ihrem Sektglas.

»Vielleicht bin ich eifersüchtig, dass mein Vater sich um Ivie kümmert. Ich kann es dir nicht sagen. Wahrscheinlich. Im Zweifelsfall muss man bei mir immer mit den niederen Regungen rechnen. Aber ausschlaggebend ist mein Gefühl, dass er Ivie reinlegt.«

Mina leckte den Kuli ab. Sie fühlte sich wie zwölf.

»Erst dachte ich, whoa, er will Ivie aus der Sekte helfen. Vielleicht hat er auch Gerüchte über pebb gehört, weil er auch bei Jasper nach Ivie gefragt hat.« Mina zögerte. »Oder doch nicht? Könnte das die Lösung sein?« Sie guckte Susanne erwartungsvoll an. Kamen sie den Knicken schon auf die Spur?

»Ruhig, Brauner.« Susanne wiegelte ab.

Mina ließ sich nicht bremsen: »Genau, mein Vater denkt, dass ich zu pebb gehöre. Also zum Feind, vor dem er Ivie beschützen muss. Darum kann er sich mir nicht anvertrauen und will auch nichts mit mir zu tun haben. Er kann ja nicht, sonst komme ich ihm auf die Schliche, dass er pebb auf die Schliche gekommen ist.« Mina strahlte, dass es eine Pracht war. Susanne schüttelte bedenklich den Kopf und sprach mit allem Ernst, wobei sie sich mit der Hand über das Kinn strich. »Wie konnte eine wie du so lange überleben? Rein evolutionstechnisch bist du eine Unmöglichkeit.« Sie schüttelte wieder den Kopf, jetzt wie ein Hund, der aus dem Wasser kommt. »Sach mal, Mina. Hast du schon mal darüber nachgedacht, professionelle Hilfe in Anspruch zu nehmen? Oder dir einen dritten und vierten Job zu suchen, damit du weniger Zeit für deine verqueren Überlegungen hast. Was du dir so überlegst, das ist fatal.«

»Du meinst, ich liege falsch? Mein Vater hat doch …«

Susanne schrie dazwischen: »Ich meine nicht, dass du falsch liegst, ich meine nur, dass du dir nicht aus dem Leben anderer Leute alle möglichen Eventualitäten zusammenreimen kannst. Und dann noch immer wieder und andersherum. Das Ganze im Dreivierteltakt. Das hält kein Mensch aus.«

Susanne musste erst wieder zu Atem kommen. Auch Mina schnappte nach Luft.

»Ich kann dir genau sagen, was dein Problem ist und was du dagegen tun musst.« Oberlehrerin Hoffmann tippte mit dem Kuli auf den Arm ihrer Problemschülerin Halmsum.

»Du lebst in einer Phantasiewelt. Nichts von dem, was du

dir zusammenreimst ist überprüfbar. Kein Wunder, dass du dich sozial abschottest, wenn Kontakte so ein Strickmuster nach sich ziehen. Denk mal an dich. Leb dein eigenes Leben. Kauf dir einen Kaktus. Und in diesem speziellen Fall: Es ist nicht dein Problem. Deine Schwester ist erwachsen und hat dich nicht gerade freundlich behandelt. Wenn du noch was tun willst, dann schreib ihr einen Brief. Oder besser mach eine Geschichte daraus, so verquer wie deine Gedanken. Eine Art Erweckungsscheiben. Mit dem perfekten Ausgang dieser Misere ohne Rücksicht auf Realitäten oder Wahrscheinlichkeiten. Im gleichen Tenor weiter: Die Welt, wie sie dir gefällt! Dein ganz persönlicher Wunschpunsch! Mitten im Jahr.«

EINE FRAGE DER ORGANISATION

Mina kicherte vor sich hin, als sie auf »Senden« drückte. Die Wodkaflasche war leer, die Zigarettenschachtel fast. Sie war frei! So ein Wunschpunsch war eine wunderbare Sache. Wenn alles so laufen würde, wie es ihrer Phantasie vorschwebte, würde sie auf der 10-Jahres-Feier von pebb eine furios erfolgreiche Ivie erleben, die zwischenzeitlich eine Prachtentfaltung hingelegt hätte, die selbst eingefleischteste In-Sektenforscher nicht für möglich gehalten hätten: von der schwarzen Spinne zum schillernden Sommervogel. Aufregend wie nie würde Ivie aussehen. Diese Frau wäre ein Paradebeispiel für persönliche Entwicklung. Und müsste nur noch ihre berufliche Bildung unter Beweis stellen. Auch das gelänge Ivie meisterlich. In einer herrlich verworrenen Geschichte, in der Jahspah und Halmsum die Bösewichter gäben, behielte Ivie unnachahmlich cool alle Fäden in der Hand und outete in ihrem Vortrag die abstrusen Versuche des J. T. Schacht, pebb am Zeug zu flicken. Mina las ihren Lieblingsteil noch einmal, in dem Jasper Georg nachstellte und seinen Handlanger Halmsum als vermeintlich harmlosen Mitarbeiter bei pebb eingeschleust hatte. So wie sie den Ablauf geplant hatte, saß Ivie mit Bogart-Hut und einer Flasche Bourbon am Vortragstisch und schlug die Anwesenden in ihren atemlosen Bann. Alle hingen an Ivies Lippen und den klebrigen Fäden der faszinierenden Story, die sie entspann. Ivie schlüpfte mühelos in die Rolle des desolaten Psychologen und brillierte; sie wäre der Star des Abends.

Ich war wieder dran. An pebb. Und ich hatte gleich ein Erlebnis, das mir zeigte, dass ich auf dem richtigen Weg war. Es war Dienstag früh in einer Mainzer Fleischerei. Es gehört keines-

wegs zu meinen Gepflogenheiten in der Früh in die Fleischerei zu gehen, aber an diesem Tag kam ich von einem Termin zurück und sah die mir bekannte Gestalt des Geschäftsführers von pebb. Für einen Mann seiner Präsenz ist das schwierig, doch ihm gelang es, sich verschlagen in die Fleischerei zu schleichen. Er ging nicht einfach hinein, nein, er kroch förmlich über die Schwelle. Die Glocke schepperte, die Tür knallte und trotzdem war etwas Heimliches dabei. Ich folgte ihm und bezog meinen Posten am anderen Ende des Geschäfts – vor der Käsetheke.

»*Was hätte Se denn gern?*« *fragte die Fleischersfrau.*

»*Das kann ich Ihnen genau sagen*«, *dröhnte van Krüchten, während seine glänzenden Augen über die Wurstringe strichen.* »*Ich hätt' gern ein schönes, großes Stück von der Fleischworscht da drüben, heißgemacht, und dazu ein Brötchen.*« *Ein Kind unterm Weihnachtsbaum.*

»*Ja, dann –*«, *wollte die Fleischersfrau loslegen und wurde unterbrochen.* »*Aber das geht nicht. Ich darf nicht.*« *Van Krüchten schaute ein letztes Mal treuherzig auf die Worscht. Die Fleischersfrau war mitnichten irritiert, weitere Kundschaft wartete bereits. Was gab es an Fleischworscht nicht zu dürfen, noch dazu ihre gute Hausgemachte? Aussehen tat der Kerl auch nicht wie ein vegetarischer Asket und bis eben war er ihr noch sympathisch gewesen.* »*Wolle se erscht amal gucke?*« *fragte die gute Frau aus reiner Verzweiflung, schließlich waren sie eine Fleischerei und kein Museum. Nein, das wollte er auch nicht.* »*Gebbe Se mir ein Schälsche von dem Eiersalat und ein Brötchen.*«

Beides ließ er sich in ein unauffälliges braunes Tütchen packen, bevor er die Fleischerei verließ.

Jemandem, der nicht mit psychologisch geschultem Blick durchs Leben schreitet, mag an dieser Episode nichts auffallen. Da hat ein Mann Schwierigkeiten, sich zu entscheiden. Kann doch sein. Ist weiter nichts dabei. Es gibt Möglichkeiten, dieses Verhalten zu erklären. Sicher. Aber, und das ist das Entscheidende: dieses Verhalten ist nicht normal! Und am allerwenigsten ist es für einen Mann normal, der ein Unternehmen leitet. Ein Mann, der Tag für Tag schnelle Entscheidungen treffen und kompetent und überzeugend seine Produkte verkaufen muss; ein Mann, der im Berufsalltag mit der Entschlossenheit eines Tigers handelt. Nicht genug, dass van Krüchten optisch aus der Rolle fiel, das hätte ich mir noch gefallen lassen. Immerhin hatte ich gehört, dass es eine strategische Entscheidung sei, damit konnte ich leben. Aber dass der Mann keine Fleischwurst kaufen konnte, das war der entscheidende Fehler.

Damit waren meine schlimmsten Verdachtsmomente bestätigt. Entweder hinderte ihn ein schwerwiegendes Kindheitstrauma am Kauf von Fleischwurst oder er war notorisch entscheidungsunfähig. Beides war schlimm und musste professionell begleitet werden. Denn, ein Mann wie dieser! Und darf keine Fleischworscht kaufen? Ich bitte Sie, wer sollte ihm das verbieten?

Ich hatte noch keine Beweise. Es half nichts, ich musste Indizien sammeln. Stippvisiten, wenn keiner damit rechnet. Das ist in der Psychologie ein gern angewandtes Mittel. Am einfachsten kann es in geschlossenen Anstalten eingesetzt werden, aber auch im normalen Alltag bringt ein einfacher Überraschungsbesuch häufig tief verschüttete Emotionen zum Vorschein. Ich selbst konnte natürlich nicht mitten in der Nacht nach Ober-Hilbersheim fahren und bei Georg van Krüchten an die Tür klopfen. Ich hatte Halmsum. Der musste sich was einfallen lassen. Sein Ruf war vermutlich selbst in dem Unternehmen nicht der Beste, daher würde ein weiterer Fehltritt oder anscheinend unmotiviertes Verhalten nicht weiter in die Waagschale fallen. Ihm sagte ich das nicht so deutlich. Heutzutage muss man viel Rücksicht nehmen, insbesondere als Psychologe. Kommt es zu einem Suizid, findet man sich sonst schnell in der Bredouille oder sonst einer prekären Lage.

Nach dem, was Halmsum nach seinem Besuch zu berichten hatte, war klar, dass er sich um seinen Ruf und seine Stellung im Unternehmen entweder überhaupt keine Sorgen mehr machen musste oder aber ganz ernsthafte. Was er sah, war nicht für die Augen der Öffentlichkeit bestimmt. Er war völlig verstört, hatte er doch von seinem Chef bislang nur das Beste gehalten und ihm blind vertraut. Und dann das.

Es war ein Schauspiel des Grauens. Das Haus war trotz der späten Stunde erleuchtet und laute Stimmen deuteten an, dass van Krüchten nicht allein war. Es sei denn, er spräche in Zungen mit sich selbst. So abwegig es klingen mag, im Zusammenhang mit van Krüchten durfte man nichts ausschließen. Halmsum klopfte erst zaghaft, dann energischer und endlich erschien der Geschäftsführer der jungen, florierenden pebb gmbh an der Haustür. Aber es war nicht der Georg, den Halmsum kannte. Es war ein Georg van Krüchten in Frauenkleidern. Und, um das Maß zu füllen, in Frauenkleidern ethnischer Provenienz. Bodenlang war sein Gewand, lederbraun, verziert mit Perlen und Stickerei, ganz westlichen Vorstellungen nativen Schicks entsprechend. Sein eigenes Langhaar hatte er mit einer schwarzen Perücke bedeckt; geflochtene, falsche Zöpfe schwangen sacht um seinen Männerbart. Auch wenn Halmsum sich mit der lapidaren Erklärung, es handle sich um einen nostalgischen Kulturabend, an dem Karl-May-Schallplatten in adäquater Kostümierung angehört würden, abspeisen ließ, war mir klar, dass dort eine unheilvolle Zeremonie stattgefunden haben musste. Oder Schlimmeres, obwohl selbst meine Phantasie nicht ausreichte, mir das vorzustellen. Vielleicht war es eine Art Einführungsritual? Für neue Mitarbeiter? Vielleicht stand das auch Halmsum bevor. Ich war den Verdacht, dass pebb eine Sekte war, noch nicht ganz losgeworden, schon erhielt er neue Nahrung. Ein Ritual, ein Initiationsritus in dem sich das neue Mitglied der kompletten Lächerlichkeit preisgibt, sich offenbart und zügellos den vorgegebenen Ausschweifungen hingibt. Ich denke, ich muss nicht deutlicher werden. Es war sehr bedenklich. Da wurden der Mitarbeiterfluktuation unsichtbare Fesseln angelegt, nicht nur durch die Bild- und Tonaufzeichnungen, die mit Sicherheit von diesen spaß- und alkoholseligen Selbsterniedrigungen angefertigt wurden, sondern mehr noch durch die inneren Bande, die bei solchen scheinbar harmlos-ausgelassenen Festakten geknüpft wurden.

Bei mir knüpfte sich ein weiterer Wollfaden in meinen Teppich von Bayeux, der das Dokument meiner Eroberung sektiererischen Terrains werden würde. Ich hatte absolute Gewissheit, dass dieser Mann – dieser Georg van Krüchten – nicht mehr als eine Strohpuppe sein konnte. Ein Frontmann, der die passenden Lippenbewegungen lieferte. Ein harmloses Ablenkungsmanöver war alles, was er war. Alles, was er sein konnte. Ein Mann mochte fähig und belesen sein, gelehrt wie ein Dr. Faustus und dennoch unzufrieden; getrieben vom Drang nach Erlebnissen, die ihn zu tieferem Wissen und Erkenntnis führen sollten. Das war möglich. Aber ein Mann konnte nicht unfähig zum Fleischworschtkauf sein, in seiner Freizeit Karl-May-Platten hören, die selbst Siebenjährigen aufgrund ihrer Banalität auf die Nerven gingen, und dann – Heureka! – von acht bis siebzehn Uhr zum gewieften Geschäftsmann transformieren.

Ich musste die Enttarnung nur noch perfekt machen. Den wahren Drahtzieher finden, dann war mir das Bundesverdienstkreuz am Bande sicher. Seit sage und schreibe zehn Jahren hatte dieses Unternehmen sein Unwesen getrieben, zum Teil mit Behördenaufträgen gestützt. Niemand hatte Verdacht geschöpft. Und ich würde sie zur Strecke bringen. Diese Organisation pebb.

Mina wischte sich den Qualm aus dem Auge; wie gut, dass sie ihre kurze Zeit bei pebb so effektiv genutzt hatte und wirklich jede Information – sah sie auch noch so unbrauchbar aus, wie beispielsweise das freiwillige vegetarische Jahr Georgs – aufgesogen hatte. Mit der Rolle des Halmsum-Charakters befand sie sich nicht ganz im Einklang. Er war ihr am wenigsten greifbar geblieben; schien zu gut weggekommen zu sein. Aber sie hatte keine Eingebung bekommen, konnte sich keinen Reim auf seine Motivation machen. Die wahren Hintergründe seines Aktionismus würde sie immer noch gern kennen lernen, aber die Verbissenheit war weg. Sie fühlte sich erlöst und entspannt. Nonchalant goss sie sich eine Tasse Tee aus der Thermoskanne ein und lehnte sich zurück. Sie hatte gute Arbeit geleistet. Mit Jasper, beispielsweise, war ihr eine große Charakterisierung gelungen. Aus dem Leben, aufs Papier! Das hatte was, sollte ihr mal jemand nachmachen. Wie von selbst hatte sich der Handlungsstrang entfaltet, Jasper klebte vor ihr an der Wand, wie ein Fladen aus Hüpfknete. Mit genau dem Potential für Höhen und Tiefen. Für Veränderungen.

Wohingegen beim Gedanken an ihren Vater nur die feuchte Kälte eines schlecht gelüfteten, ehemaligen Hühnerstalls in ihr aufgestiegen war. Fredi war mit Sicherheit nicht Jaspers williges Werkzeug. Der würde seine eigenen Aktien in dem Geschäft haben.

Ob Ivie darauf reagieren würde? Das ist ganz egal, Mina. Darauf kommt es nicht an. Ob sie schon zurückgemailt hatte? Mit deiner Vision schaffst du eine Alternative. Das wirkt immer. Vielleicht spürst du es nicht sofort. Mittlerweile war mindestens eine halbe Minute vergangen und obwohl sie wusste, dass Ivie nicht geantwortet haben konnte, klickte Mina »Senden/Empfangen« an. Nichts. Es war drei Uhr dreiundfünfzig, aber dieses Hochgefühl wollte Mina nicht verschlafen. Sie las ihren Entwurf nieder durch und war überrascht, wie wohl sie sich in der Rolle der Zuschauerin fühlte. Von wegen eifersüchtig auf Ivies Erfolg! Ivie konnte Erfolg haben, soviel sie wollte. Solange sie damit glücklich war. Und solange sie sich Mina an ihrer Seite wünschte. War das schlimm? Dass sie sich mit ihrer Schwester gut verstehen wollte? Dann war sie eben ein schlechter Mensch. Mina räkelte sich.

Was nützte Ivie ein Buchauftrag, wenn sie deswegen vor die Hunde ging? Sich finsteren Mächten ausliefern musste, um damit klarzukommen? Mina sah sich um. Wen konnte sie anrufen? Susanne? Lebte die allein? In einer WG? Beziehung? Bei den Eltern? Wie selbstbezogen, ich-besessen konnte man eigentlich sein? Mina schämte sich. Kein Detail ihrer eigenen wirren Vita hatte sie Susanne erspart und sie wusste nichts von ihr. Ein nächtlicher Anruf kam nicht in Frage. Das hatte Susanne nicht verdient. Da gab es andere.

»Oh nein. Du bist besoffen.« Mina legte sich schnell die Hand auf den Mund. Ihre Mutter, Rosa, die könnte sie anrufen. Ohne Probleme. Wahrscheinlich war sie noch wach. »Das ist so in unserer Branche. Manchmal schlafen wir wochenlang nicht und dann tun wir tagelang nichts anderes. Ganz nach Bedarf.« Mina kicherte schon wieder. Dabei war das überhaupt nicht lustig. Oder?

Bei ihrem letzten Besuch hatte Mina ihre Mutter und deren Anwandlungen nicht von der humorigen Seite betrachten können. Was nichts damit zu tun hatte, dass sie jede Menge Alkohol im Blut hatte; das war damals nicht anders gewesen. Sie war einfach älter und verständnisvoller geworden. Nachsichtiger. Mina, die Milde. Momentan dank eines

Schluckaufs mäßig mild nach Luft japsend. Rosa war genau die Richtige, für alle Fragen Fredi Halmsum betreffend. Wenn es organisatorisch die richtige Zeit war, um über Exehemänner zu sprechen, natürlich. Aber wann war es die nicht? Mina hatte es bislang nur an der richtigen Zeit zum Zuhören gefehlt.

»Hallo Mama!«
Mina hatte dreimal durchklingeln lassen und schon wurde abgenommen. Alles eine Frage der Organisation.
»Oh nein! Wie spät ist es? Bist du am Flughafen?« Rosa war hellwach, solche Herausforderungen liebte sie. Logistische Unmöglichkeiten waren ihr Forte, und dass man als organisatorische Strippenzieherin nicht Rosel heißen und wie eine Hausfrau aus den Fünfzigern daherkommen konnte, war wohl jedem klar.
Der alte Riemann hatte sie nach Fredis Debakel eingestellt, seinem desolaten Scheitern mit dem Projekt: »Eine Stadt teilt aus!« Ihm hatte man die Organisation der Jugendinitiative anvertraut und er war kläglich vor die Hunde gegangen. Ob aus Mitleid oder um Fredi eine Lektion zu erteilen, konnte Mina nicht beurteilen. Jedenfalls sollte Rosel leichte Büro- und Verwaltungsaufgaben durchführen, bis sich zeigte, dass damit eine formidable Kraft unter Wert verkauft wurde. Rosel hatte mehr auf dem Kasten, färbte sich die Haare braun, ersetzte »el« durch »a« und legte richtig los. Neue Riemann Möbelhäuser wuchsen nur so aus dem Boden, wenn Rosa vor Ort Logistik und Organisation übernahm. Besonders die Eröffnungswochen mit Catering und attraktiven Programmangeboten machten den Namen »Riemann« zu einem Kundenmagneten weit über die Grenzen Schleswig-Holsteins hinaus. Rosa hatte eine große Karriere vor sich, ob sie wollte

oder nicht. Sie wollte, bis sie Thomas kennen lernte. Diplomierter Landwirt, dunkelhaarig, fünfzehn Jahre jünger als Rosa und voller Pläne, wollte er den Großbauernhof seiner Eltern in einen Öko-Seminar- und Freizeithof umwandeln und sie war sofort dabei.

»Jasmin, Kind, kommst du aus der Kneipe? Oder bist du schwanger?«

»Irgendwie beides ein bisschen und nichts so richtig. Ich hab mir einen angetütert und jetzt liegt mir Fredi auf der Galle. Jedenfalls irgendwo, wo er mir Unbehagen bereitet.«

»Du rufst mich mitten in der Nacht der Sternschnuppen an, um mit mir über deinen Vater zu reden? Sag, dass das nicht wahr ist oder leg auf.« Mit einem resoluten Pusten verteilte Rosa den Qualm ihrer Zigarette in ihrer Umgebung. Sie ließ die Zeit verstreichen. »Sprich mit deiner Schwester. Ivonne hat erst kürzlich angerufen. Woher dies plötzliche Interesse am Erzeuger? Ist schon gut, Ivie wollte es mir auch nicht sagen.« Rosa rauchte.

So, so, Ivie hatte sich also schon informiert. Das war ein Biest. Tat so, als lasse sie sich am Gängelband führen und war längst von der Kandare gesprungen.

»Was wollte Ivie denn wissen?«

»Bin ich ein Medium?«

»Was hat sie dich gefragt?« Seit Rosa ihre Vorliebe für Gewänder in naturbelassenen Blütentönen auslebte, war sie nicht nur schillernd, sondern auch unberechenbar wie der Flug einer Libelle. »Sie hat nach dem Rezept für Brombeergelee gefragt, und ob ich in der Nähe eine Möglichkeit wüsste, wo sie mit ihrer Firma eine Woche Betriebsferien machen könnte. Wie es mir geht, wollte sie auch wissen, und ob Thomas und ich Interesse an vierzehn geschlechtsreifen Meerschweinchen haben.« Rosa lachte.

Mina lachte mit. Das war typisch Ivie. Wo sie die Meerschweinchen wohl auftreiben wollte? »Habt ihr?«

Rosa atmete tief ein: »Warum nicht? Hach, diese Nachtluft. Du musst bald mal wieder kommen. Meerschweinchen können wir bestimmt irgendwo einsetzen. Vielleicht beim Makramee? Da fehlt noch was. Blumenampeln sind kein Kursteilnehmermagnet, falls du es wissen willst.«

»Huh.« Das überraschte Mina nicht. »Was sollen denn die Meerviecher dabei machen? Wollt ihr die einknüpfen oder was?«

»Ich dachte an artgerechte Tragebeutel. In unterschiedlichen Größen.«

»Mal was anderes: kannst du dir vorstellen, dass Fredi Ivie wirklich helfen will?«

Rosa atmete zu tief ein und verschluckte sich am Qualm. »Sei nicht albern, Jasmin.«

Was hätte er auch davon? »Denkst du, dass Ivie das glaubt? Dass er plötzlich zum Altruismus übergelaufen ist, meine ich.«

»Papperlapapp. Ivie ist noch nie auf ihn reingefallen.«

»Was denkst du, will er von Ivie?«

»Darüber nachzudenken, was Fredi Halmsum will, habe ich vor Jahren aufgegeben. Und ich fange bestimmt nicht wieder damit an. Das müsst ihr schon selbst rausfinden. Wenn es euch interessiert.« Sie machte eine Pause, von der Mina wusste, dass Rosa sie zum Kopfschütteln nutzte: »Habt ihr nichts Besseres zu tun? Keine jüngeren Männer, über die ihr euch die Köpfe zerbrechen könnt?« Rosa lachte anzüglich. Jüngere Männer war ein weiteres ihrer Steckenpferde und offenbar entging ihr die Brisanz der Lage.

»Ach Jasmin, was soll er denn machen? Das ist ein alter gebrochener Mann. Gescheitert. Am Boden. Ohne Perspektiven. Dem nichts anderes einfällt, als seine Töchter zu tyrannisieren. Ich nenne das regressiv. Das ist erbärmlich, aber nicht bedrohlich. Was soll er euch denn tun?«

Wenn Mina das wüsste. »Hast du eine Idee?«

Rosa trumpfte auf: »Ideen hab ich viele!«

Alles bloß das nicht. »Zu diesem Thema meine ich. Was Fredi wollen könnte.«

»Jasmin, vertu doch deine Zeit nicht mit so was. Vielleicht will er ...« Rosa wusste nicht mehr weiter. »Vielleicht will er einfach nur Kontakt zu euch haben.« Ihre Stimme eierte ins Nichts.

»Zu mir nicht. Mit mir will er nichts zu tun haben.« Mina wusste, dass sie sich wie eine beleidigte Leberwurst anhörte.

Rosa blieb geduldig. »Sei froh. Und hör mit dem Gejammer auf. Was könnte er dir denn ruinieren?«

Danke schön. »Vielleicht weiß er selbst nicht, was er will«, mutmaßte Mina.

»Ohne klares Ziel vor Augen erreicht man nichts«, zitierte Rosa ihren Ex-Gatten.

»Ein Hoffnungsschimmer«, jubilierte Mina. Dann könnte sie sich beruhigt zurücklehnen.

»So einfach ist das nicht, Liebchen. Er wird sich schon was ausgedacht haben, allerdings sind seine Pläne meist sehr vage. Er glaubt, damit für alle Eventualitäten gerüstet zu sein, flexibel bleiben zu können. Er überlässt viel dem Zufall, dadurch ist er schwer einzuschätzen.«

»Was ist mit Ivie?« Ivie hatte sich nie von Fredi manipulieren lassen.

Rosa überlegte. »Ivie konnte ihn von Anfang an nicht ausstehen, das hat ihn schwer gewurmt. Da dreht ihm diese vierjährige Göre den Rücken zu und sagt, du bist nicht mein Vater. Egal, wie er es versuchte, sie fiel nicht auf ihn rein.« Rosa machte eine Pause. »Im Gegensatz zu mir.«

»Ja, ja.« Jetzt bloß nicht die große Lebensbeichte der Rosemarie D..

»Er hat Ivie für das Schillerfiasko verantwortlich gemacht.«

»Wieso Fiasko? Dabei ist er gut weggekommen!« Mina erinnerte sich an ihr geplündertes Sparkonto und das Skateboard, das sie nie bekommen hatte. Wer weiß, welchen Karriereweg sie sonst eingeschlagen hätte.

»Das war ein einziges Chaos! Für ihn eine Katastrophe. Erinnerst du dich nicht mehr? Sein Ruf war danach ruiniert. Zumindest in Bergstedt, aber so was spricht sich rum. Die Zeitungsaffäre war das Thema des Sommers. Na, und als Riemann dann noch ein Hamburger Schulungsunternehmen anheuerte und später mich, da war es ganz aus.« Rosa gähnte. »Daran musst du dich erinnern.«

Es war Zeit für dynamisches Dösen bei Dämmerung.

EXPERTINNEN UNTER SICH

Nach ihrer rauschenden Wunschpunschnacht, gefolgt von einem Tag im Büro und einer Schicht im Faro war jeder Rettungswille bei Mina abgestorben und nicht einmal das Blinken ihres Anrufbeantworters mit der Aussicht auf Ivies Reaktion konnte sie aus ihrem Tran reißen; das tat erst die Nachricht.

»Minalein«, sagte Ivies Stimme auf dem AB. Minalein, siehe da. Nichts mehr von wegen Jasmin! Mina kuschelte das Telefon an sich. Minalein. »Minalein. Deine Geschichte ist herrlich. Ruf mich an. Vielleicht können wir uns am Wochenende treffen. Ich könnte nach Hamburg kommen.«

Juhu. Am nächsten Morgen ging Minas erster Griff zum Telefon. »Guten Morgen, Ivie. Tut mir Leid, dass ich mich gestern nicht mehr gemeldet habe, aber ich bin spät aus dem Faro gekommen.« Und sie hatte herrlich geschlafen mit Ivies Worten, das hatte sie einfach nur genießen wollen. Ohne Komplikationen, die in einem Gespräch wahrscheinlich wieder auftauchen würden.

»Oh! Mina!«, kreischte Ivie. »Hallo. Ich lese deine Geschichte gerade noch einmal. Die ist herrlich. Wenn es nur so wäre. Danke, dass du mich dabei so gut wegkommen lässt. Das hab ich nicht verdient.«

Darauf ging Mina nicht ein.

»Na, und was ist mit Jasper?« Das Lob ging glatt an Mina runter.

»Wie aus dem Leben gegriffen. Gestochen scharf. Gratulation.«

Mina hopste auf nackten Füßen über die Wohnzimmerdielen. Lalalalala. »Findest du echt?«

»Ja, ich bin schwer beeindruckt. Der Einzige, der ein bisschen kurz kommt, ist Halmsum. Das hat er nicht verdient.« Ivies Stimme steckte voller Bedauern.

»Du hast Recht. Das gefällt mir auch nicht. Aber er ist nun mal nicht so ein faszinierender Charakter wie beispielsweise dein schillerndes Selbst.«

Ivie strahlte durch das Telefon. »Mina, ich bin gerührt. Dabei war ich so fies zu dir.«

»Schon gut.« Mina ließ ihren Arm in generöser Geste über die Wohnzimmermöbel ziehen.

»Was du mir alles zutraust.« Ivie klang überrascht.

Mina sprang von der Kommode. »Aber Ivie, bei so was bist du doch in deinem Element. Der Mittelpunkt des Geschehens ist dein natürliches Habitat.«

Ihre Schwester knurrte: »Lange her. Die Zeiten sind vorbei. Am liebsten würde ich mich zum Eremiten umschulen lassen. Wird das gefördert?«

Mina nutzte ihre Matratze als Trampolin: »Red keinen Quatsch. Du darfst dich nur nicht von Fredi einwickeln lassen. Hörst du? Das tust du auch nicht, Ivie. Oder? Rosa glaubt auch nicht an seine plötzliche Wandlung zum letzten Samariter.«

Hoffentlich schnappte Ivie nicht gleich wieder ein.

Die lachte: »Ich bin doch nicht komplett degeneriert. Sei ohne Sorge. Halmsum will mich scheitern sehen. Weiter nichts. Ohne große weitere Pläne. Nichts Persönliches.« Der Überschwang war aus Ivies Stimme verschwunden. Sie klang wieder, wie sie am vergangenen Sonntag ausgesehen hatte. War es erst eine Woche her?

Ivie sprach weiter: »Nimm du es auch nicht persönlich, Mina.«

»Was denn?«

»Er will uns gegeneinander aufbringen.«

Ivie räusperte sich.

»Ein bisschen ist ihm das auch gelungen. Entschuldige. Ich weiß selbst nicht, wie ich darauf reinfallen konnte.«

Es war wie damals: Die Pause, die Ivie machte, sagte mehr als ihre Worte.

»Er ist immer darauf rumgeritten, dass du dich bei pebb reingedrängelt hast.«

»Höre ich da immer noch einen kleinen nagenden Zweifel heraus?«

»Nein. Nur manchmal verstehe ich das immer noch nicht.«

»Können wir uns treffen? Hast du Zeit?« Die Frage hatte Ivie Mina noch nie gestellt.

»Schon, bloß glaube ich nicht, dass es eine gute Idee ist, wenn du herkommst.« Mina steckte sich eine Zigarette an.

»Ach so. Nee, muss auch nicht sein. Ich dachte nur –.« Ivie brach ab.

»Ja, war auch mal deine Heimat, und ich kann verstehen, wenn du zwei Fliegen mit einer Klappe schlagen willst, aber dazu ist ein Wochenende zu kurz. Finde ich.«

Mina wollte nicht gleich wieder mit der Zickerei anfangen, aber war es zu viel verlangt, dass sie ihre Schwester ein paar Stunden am Stück für sich haben wollte?

»Vielleicht klappt es ein andermal.«

»Sei nicht gleich beleidigt. Ich habe keine Lust, dich zwischendurch mal eben durch die Wohnung flattern zu sehen, und wenn ich Glück hab, noch zehn ungestörte Minuten am Bahnhof. Da finde ich einen anderen Treffpunkt einfach besser. Tut mir Leid. Auch wenn ich mich damit als Klammerklette geoutet hab.«

Die gute Stimmung war futsch. So einfach vertrug man sich nicht wieder.

Ivies Grinsen überbrückte die Kilometer. Sie war wieder obenauf. Mina war ganz die Alte geblieben. »Mini, heißt das, du willst mich sehen?«

Blöde Frage. Als ob Ivie das nicht wüsste. »Ja, ja. Es ist wie immer, ich will dich wieder ganz für mich. Jedenfalls dieses Wochenende.«

Ivie war geschmeichelt: »Fischgesicht! Wenn ich komme, will ich außer dir keine Menschenseele sehen. Kannst du das Faro nicht absagen?«

»Wenn es dir nichts ausmacht, dass Nükhet mir den Kopf abreißt.« Wenn es Ivie nichts ausmachte, würde es ihr auch nichts ausmachen. Mina vermied beschwingt, auf die Rillen zwischen den Dielenbrettern zu treten. Was brauchte sie einen Kopf? »Ich bin da nicht festgelegt. Unterm Arm getragen, hat er sicher auch seine Reize.«

»Dann kann ich also kommen? Was soll ich mitbringen? Mach mir ne lange Liste, ich weiß, dass bei dir nichts im Kühlschrank ist.«

Das wollte sie doch mal überprüfen. Hoho. Mina fand eine Flasche Ketchup, zwei Kochbücher, einen triefenden, braunen etwa handballgroßen Klumpen in Plastikfolie, ein paar Scheibletten, die Tube Zahncreme, die sie überall gesucht hatte, ein Glas Orangenmarmelade, und vier vollkommen intakte Joghurts. Wozu unterhielt sie so ein teures Elektrogerät?

Mina wirbelte durch die Wohnung, die Tage vergingen wie im Nu, staubsaugen, aufräumen, Wäsche waschen, wegschmeißen, lüften. Als sie sich an der Haustür gegenüberstanden, zögerten beide einen Moment. Eine Millisekunde. Dann ließ Ivie ihre Einkaufstüten fallen und sie umarmten sich. Dass eine Avocado dabei auf die Straße rollte und ihr Leben ließ, war bedauerlich. Besser sie als ich, dachte Mina.

Dann schnitten sie den übrigen Lebensmitteln den Fluchtweg ab.

Ivie blickte nostalgisch um sich: »Dieser Grauton. Wie konnte ich den vergessen.« Ob es an der altgewohnten Umgebung lag oder ob Ivie in der Zeit seit ihrem letzten Treffen eiserne Disziplin hatte walten lassen; sie sah aus wie früher. Von aufgedunsen keine Spur und auch die kurzen braunen Haare hatten wieder ihr dynamisch-unabhängiges Flair.

Ohne die Tüten abzusetzen, streifte Ivie durch die Wohnung. »Du hast ja gar nichts verändert.«

»Nö. Kannst sofort wieder einziehen. Brauchst nur deine Sachen einräumen.«

Ivie starrte nachdenklich durch Mina durch. »Hm.«

»Warum eigentlich nicht? Du bist doch ortsungebunden. Schriftstellern kann man von überall.«

Ivie quiekte gequält: »Überall und nirgends.« Sie schob ihre Einkäufe wahllos in den Kühlschrank. Sekt, Zigaretten, Gin, irgendwas Grünes im Topf, Aufbackbrötchen, Nudeln, Weintrauben, Käse, Schokolade. Mina saß auf dem Tisch und guckte zu. Bis alles verstaut war, Ivie die Tür schloss und sich auf den Kühlschrank setzte. Sie knüllte die Einkaufstüten zusammen und klopfte ihren Körper ab. »Wo sind die Zigaretten? Ich weiß genau, dass ich Zigaretten gekauft habe. Die müssen im Auto liegen.« Sie stand auf und guckte sich wieder suchend um. »Hast du gesehen, wo ich meine Autoschlüssel hingelegt hab?«

Sobald Ivies Buch – ihre einmalige Superchance – zur Sprache kam, wurde Ivie hibbelig. Verschüttete Sekt, ließ Kippen fallen und bekam keinen koordinierten Satz zustande. Mina war bestimmt kein misstrauischer Charakter, aber ihre Hypothese stand bald fest: »Das Buch ist dein Problem. Nicht ich oder Fredi.«

Mina setzte sich neben Ivie an den Küchentisch. Als sei das für sie ein ganz normaler Sitzplatz. Ivie wunderte sich kurz, ob ihre Schwester im Büro auf oder an ihrem Schreibtisch saß, dann guckte sie lieber wieder, was die Kleine machte. Geschäftsmäßig, den Stuhl ordentlich rangerückt, Füße nebeneinander auf dem Boden, saß Mina. Von irgendwoher hatte sie einen Block organisiert, der vor ihr lag. Samt Kugelschreiber und einem Buch.

»Was wird das?«

»Meine neue Rolle: Expertin in beratender Gesprächsführung.«

Ivie rückte mit ihrem Stuhl ein Stück zur Seite.

»Los, nun hab dich nicht so. Setz dich hin und mach mit. Ist zu deinem Besten!«

Mina zog den Stuhl ihrer Schwester wieder heran. Das hatte Ivie von ihrer Ehrlichkeit. Sie hatte einen Abriss ihrer jüngsten Erfahrungen geliefert: Euphorie nach dem Buchauftrag, herrliche Reisen durch die pebb-Welt, das leere Papier, die wohlmeinenden Nachfragen der Kolleginnen. Ivie vermied Treffen, damit niemand mehr fragen konnte, wann gibt es denn endlich was zu lesen? Das fragte sie sich schließlich auch. Die Zeit verrann. Die Kolleginnen wurden misstrauisch, begannen an ihren Fähigkeiten zu zweifeln. Warum hatte sie sich darauf eingelassen? Schuster bleib bei deinen Leisten, hieß es so schön. Treffend. Hatte sie es nicht gut gehabt in der Standortberatung? Mina hörte zu. Nahm alles gelassen auf, als gäbe es keinen Grund zur Verzweiflung. Als sei soweit alles ganz normal.

Dann drückte sie die Zigarette aus.

»Warte noch mal kurz.« Ivie sprintete in den Flur. Als sie langsam zurückkam, schleifte sie ihre Umhängetasche hinter sich her. Darin kramte sie geschlagene zehn Minuten und zog letztlich einen Papierstapel hervor, der ihr keine Nanosekunde verborgen geblieben sein konnte. Irgendwas stimmte mit dem Stapel nicht. Das war offensichtlich an der Art, wie Ivie ihn gegen ihre Brust drückte.

»Ist es das?«

Ivie nickte. Sie legte die Blätter auf den Tisch, als handle es sich um zerbrechliche Ware. »Es ist eine Katastrophe. Du musst mir versprechen, dass du mich hinterher noch magst.«

Ivie hielt Mina das Glas entgegen.

»Brüderschaft.« Sagte sie.

»Jetzt übertreib mal nicht.« Sagte Mina. Sie begann zu lesen. Sie wusste nicht, womit sie es zu tun hatte.

Noch nicht.

J. Halmsum und I. Deisler

H: »Deine Sorge ist, dass du nicht in der Lage bist, das Buch über pebb zu schreiben. Richtig?«

D: »Ja.«

H: »Du hast aber schon einiges geschafft.«

D: »Hm.«

H: »Bloß«, Mina nickte zum Stapel, »du musst das Ganze überarbeiten. Das ist normal.« Nach einer kurzen Pause: »Von einigen Teilen musst du dich bestimmt trennen.« Nach einer weiteren Pause: »Das meiste ist nicht zu gebrauchen.«

D: »Ist furchtbar. Hab ich doch gewusst. Ich kann nichts. Ich bin eine Versagerin.«

H: »Schon gut. Du bist eine Vollniete. Willst du den Krempel so abgeben? Dann wissen es alle.«

D: »Ich kann es nicht besser. Meinst du, ich habe mir keine Mühe gegeben?«

H: »Hat keinen Sinn, bockig zu werden.«

D: »Bin ich nicht.«

H: »Kann ich alles lesen?«

D: »Meinetwegen.«

H: »Wahrscheinlich stecken eine Menge guter Ideen drin, und mit einer ordentlichen Überarbeitung wird es schon.«

D: »Glaub ich nicht.«

H: (lachend) »Hab ich auch nicht ernst gemeint.«

D: (empört) »Du musst auch nicht –.« (langsam grinsend) »Blöde Kuh.«

H: »Genau. Also, von Anfang an: Warum wolltest du ein Buch über pebb schreiben?«

H: »Ivie?«

H: »Ivie! Starr mich nicht leer an. Also, warum?«

D: »Ich dachte, pebb wäre was Besonderes.«

H: »Was ist das Besondere?«

D: »Ha. Ha. Ha! Wenn ich das wüsste, säße ich längst bei Frau Heidenreich auf dem Sofa.«

H: »Oh.«

D: »Ja. Oh!«

H: »Überleg mal. Irgendwas fällt dir doch ein?«

D: »Wenn du wüsstest, wie viele Listen ‚Besonderheiten bei pebb' ich habe.«

H: »Was steht da drauf?«

D: »Das hat keinen Sinn, Mina. Nützt alles nichts. Letztes Jahr auf Teneriffa meinte Frau Köllmann, die Besitzerin der Finca, auf der wir waren, es sei bemerkenswert, dass das System pebb nicht von den Mitarbeitern ausgenutzt werde. Da haben alle gesagt: Wie denn? Dann schneidet man sich doch ins eigene Fleisch. Wir arbeiten und wir kassieren. Simpel.«

H: »Voll simpel. Logisch.«

D: »Der Gedanke hat mir keine Ruhe gelassen, bis ich merkte, wo der Hase im Pfeffer liegt.«

H: »Nämlich?«

D: »Natürlich kann man das System ausnutzen. Mittlerweile, denn nach zehn Jahren hat pebb sich einen Ruf aufgebaut und kann davon zehren. Es gibt keine Kontrolle über Arbeitsweise oder Arbeitsleistung der Einzelnen, weil der Grundtenor stimmt: Wir ziehen alle an einem Strang und wollen das Beste für pebb, weil das Beste für pebb auch das Beste für uns ist! Das ist alte Gemeinschaftstradition.«

H: »Kenn ich: Einer für alle!«

D: »Das funktioniert, solange alle über sich selbst hinausblicken. Wenn ich nur mich und ‚meinen Job' sehe, mich darüber hinaus aber nicht mit pebb verbunden fühle, wird es kritisch. Dann ist mir wichtig, es hier und jetzt angenehm zu haben, die Freiheiten auszukosten, die mir gewährt werden.

Sowenig Arbeit wie nötig und soviel Verdienst wie möglich. Nach mir die Sintflut. Wenn keine neuen Aufträge kommen, weil ich nur das Notwendigste mache, fällt irgendwann mein Arbeitsplatz weg. Vielleicht komme ich irgendwo anders unter; ich gehöre doch zu pebb. Sollen die mal zusehen. Wenn nicht, fange ich woanders an. Ist mir egal. Weil pebb für mich ein x-beliebiger Arbeitgeber ist.«

H: »Ja?«

D: »Das bedroht das System. So funktioniert pebb nicht. Obwohl viel dafür getan wird, die Neuen aufzunehmen, einzuarbeiten, zu integrieren, klappt es nicht. Oder nicht richtig. Nicht immer.«

H: »Vielleicht, weil pebb etwas bietet, was nur bestimmte Menschen wollen. Arbeit plus.«

D: »Ich habe Angst, ich verstehe was nicht. In meinen Augen ist das ein super Angebot, dass niemand ausschlagen kann. Aber es scheint nicht so anzukommen.«

H: »Es macht eben Arbeit.«

D: »Arbeit, die über die Arbeit hinausgeht.«

H: »Engagement.«

D: »Richtig.«

H: »In einer Zeit, in der Ehen oder Lebensgemeinschaften scheitern, die immerhin nur das Engagement zweier Menschen brauchen, wie soll da die Bindung von hundert Menschen an einen Arbeitsplatz funktionieren?«

D: »Das müsste ich herausfinden. Das wäre was.«

H: »Dann man ran.«

D: »Vielleicht liegt es an Georg, aber das halte ich für zu kurz gegriffen. Damit würde ich das Ganze auf eine Person reduzieren.«

H: »Das wird sich zeigen, wenn Georg im nächsten Jahr die Geschäftsführung niederlegt. Das wäre doch was für dein

Buch! Was passiert mit pebb ohne Georg? Überhaupt ...«, Mina fiel aus der Rolle, »finde ich die Entwicklung mörderspannend. Das zeigt die Beweglichkeit und Wandlungsbereitschaft des Unternehmens: nicht halten um jeden Preis. Faszinierend, dann wäre ich gern dabei.«

D: »Darauf kann ich nicht warten.«

H: »Schon klar, aber was glaubst du?«

D: »Erst dachte ich, die lockeren Regeln machen pebb zu etwas Besonderem, bis ich feststellte, dass das strukturelle Rahmenwerk mit flachen Hierarchien, Eigenverantwortung und wirtschaftlicher Unabhängigkeit einzelner Profit Centers in jedem besseren Unternehmensratgeber empfohlen wird. Ein theoretisches Buch wollte ich aber sowieso nicht schreiben. Ach, ich kann gar nichts.«

H: »Das ist das Problem.«

Ivie riss ihren Stapel an sich.

H: »Es geht nicht darum, ob du nichts oder alles kannst. Du musst das Buch nicht schreiben. Aber du willst es.«

D: »Was meinst du, wie oft ich mir das schon gesagt habe? Ich bin doch nicht blöd!«

H: »Aha.«

D: »Aber ich weiß auch nicht mehr, ob ich das noch will. Ein Buch schreiben. Warum auch? Da hat keiner was von. Bei mehr als sechzigtausend Neuerscheinungen pro Jahr allein in Deutschland wartet niemand auf ein Buch von Ivie Deisler.«

H: »Ich dachte, in erster Linie geht es um pebb und erst in zweiter Linie um schriftstellerische Meriten.«

D: »Schon. Aber ich werde pebb nicht gerecht.«

H: »Immer der Reihe nach. Was ist dir an pebb zuerst aufgefallen? Was wolltest du schreiben?«

D: »Ich hatte keine konkreten Vorstellungen.«

H: »Irgendwas wirst du gehabt haben.«
D: »Die Stimmung unter den Kollegen und Kolleginnen. Bei pebb sind alle gut. Niemand ist fies oder versucht, die anderen auszutricksen. Alle werden akzeptiert wie sie sind. Das klingt bescheuert. Ich finde keine Worte. Ich finde keine Bilder. Egal, wo ich anfange, ich bleibe an Kleinigkeiten hängen. Was bedeutet es schon, dass es keine Kleiderordnung oder Werbevorlagen gibt?«
H: »Ja, was bedeutet das? Das sagt was aus. Das sagt aus, dass seitens der Unternehmensleitung das Vertrauen herrscht, die Mitarbeiter und Mitarbeiterinnen werden schon das Richtige tun. Selbst die passende Entscheidung treffen. Vielleicht ist es die Sammlung vermeintlicher Kleinigkeiten, die zusammen genommen die Größe, Bedeutung oder Besonderheit von pebb ausmacht. Vielleicht musst du die Kleinteile wie ein Kaleidoskop zusammenschütteln. Damit sich ein Bild ergibt.«
D: »Ich kann es nicht. Verstehst du? Ich kann es nicht. Es kommt ein bedeutungsloser Brei heraus. Das sind alles persönliche Entscheidungen. Das sind besondere Typen.«
H: »Ist pebb eine Ansammlung von besonderen Menschen? Was wäre gegen die Aussage einzuwenden?«
D: »Damit wäre pebb ein Sonderfall, abhängig von bestimmten Menschen. Ich glaube, dass die meisten Menschen so arbeiten möchten.«
H: »Okay. Du verspürst missionarischen Eifer: Das ist toll, das sollen alle haben? Oder zumindest sollte es allen zugänglich sein?«
D: »Klingt doof, was? Und überall, sogar innerhalb von pebb, bin ich mit meiner Begeisterung auf Misstrauen gestoßen. Genau wie bei dir.«
H: »Müssen es alle toll finden?«

D: »Was soll das? Wir haben viele Möglichkeiten bei pebb. Im Grunde können wir alles machen. Finde mal einen Arbeitgeber, bei dem das so ist.«

H: »Für dich ist das gut. Für andere ist es vielleicht anders. Du hast eine tolle Chance gekriegt. Das passiert nicht allen. Nicht mal bei pebb.«

D: »Wollen nicht alle das Gleiche.«

H: »Genau. Wollen nicht alle auf diese Art arbeiten. Es hat auch Nachteile: Jede und jeder muss sich für die gleichen Dinge anstrengen, weil es keine klaren Regelungen gibt. Wenn beispielsweise festgelegt wäre, wie Werbematerialien auszusehen haben, könnten neue Projekte problemloser auf den Weg gebracht werden. Außerdem würde pebb sich einheitlicher nach außen präsentieren.«

D: »Das verstehe ich. Wenn festgelegt ist, dass alle Werbematerialien auf Hochglanzpapier, in Vierfarbendruck mit unserem Logo und inhaltlich von einer Werbeagentur konzipiert das Haus verlassen, würde das den Prozess erleichtern. Gleichzeitig sind die Kollegen und Kolleginnen eingeengt. Wenn ein Team andere Pläne hat, z.B. weil eine von ihnen Graphikerin ist oder sie nicht so viel Geld in die Werbung stecken wollen, ginge das nicht. Schließlich ist das auch eine Kostenfrage. Und eine Prioritätenfrage.«

H: »Genau, meine Liebe. Eine Prioritätenfrage. Entweder es ist festgelegt oder es ist zusätzliche Arbeit. Beides hat zwei Seiten. Die Festlegung erleichtert einige Dinge, vereinfacht. Andererseits nimmt sie Spielraum. Dir sagt die freiheitliche Komponente zu. Andere hätten es gern einfacher, dann müssen sie die Entscheidung nicht treffen.

D: »Vielleicht hält uns das auf dem Boden? Wenn jedes Projekt die gleichen Dinge durchackern muss, dauert es länger, als wenn man auf Bestehendes zurückgreifen könnte.«

H: »Vielleicht, vielleicht. Damit nimmst du an, dass der Prozess immer der gleiche ist. Das stimmt nicht. Es ist ein – wie graduell auch immer – unterschiedliches Produkt, die potentiellen Abnehmer und Abnehmerinnen und die beteiligten pebb-Mitarbeiterinnen und Mitarbeiter sind andere. Unter diesen neuen Umständen ist ein anderer Zugang vielleicht besser, als der, der einem anderen Projekt viel Erfolg gebracht hat. So bietet diese Freiheit die Möglichkeit, jeden neuen Fall als solchen zu betrachten.«

D: »Du machst mich verrückt. Findest du das jetzt gut oder nicht? Eben hast du gesagt, es wäre einfacher, wenn man auf Bestehendes zurückgreifen kann. Und jetzt findest du, jede soll machen, wie sie will. Oder jeder.«

H: »Ich sage nur, wie man es betrachten kann. Natürlich kann man auch bei pebb auf Bestehendes zurückgreifen. Es steht jedem offen, sich an Teams zu wenden, die den Prozess durchlaufen haben, zu gucken, wie die das gemacht haben. Das ist schwer, wenn man neu ist. Wenn man länger dabei ist, weiß man wenigstens, wer was macht und schon mal gemacht hat.«

D: »Es hat zwei Seiten. Das ist klar, trotzdem kann ich mich damit nicht anfreunden. Es hat mehr gute Aspekte. Wenigstens kann man aus seinen eigenen Fehlern lernen und muss nicht denken, hätte ich doch gekonnt, wie ich wollte, dann wäre alles besser geworden.«

H: »Ja. Andererseits ist jedes Team dadurch gezwungen, sich mit allen möglichen Fragen auseinander zu setzen, die sie von anderen Fragen, die sie für wichtiger halten, abhalten.«

D: »Stimmt gar nicht, sie können es auch abgeben. Über interne Verrechnung oder nach außen. Das ist doch das Gute. Alle Möglichkeiten stehen offen.«

H: (aufseufzend) »Verstehst du denn nicht? Das Team muss sich für einen Weg entscheiden. Ent-schei-den. Sie tragen die Verantwortung. Für alles und jeden Scheiß tragen sie die Verantwortung. Das ist hundeanstrengend. Manchmal ist es schön, wenn irgendwas so und so gemacht wird. Punkt. Weil das schon immer so war, weil das am besten ist oder warum auch immer. Das ist herrlich. Wenn es nicht klappt, bin ich nicht Schuld. Du müsstest ein Lied davon singen können.«

D: »Was meinst du?«

H: (lachend) »Guck dich an. Sitzt inmitten deiner hochgelobten Entscheidungsfreiheit wie eine fette Spinne – entschuldige, das meine ich nicht persönlich – und wartest, was dir ins Netz geht. Was kommt? Nichts. Du kannst dich nicht rühren, weil du alles machen könntest. Du bist für alles verantwortlich. Das kann auch lähmen. Zusätzlich mangelt es aus deiner Sicht an einem Konsens, ob pebb das geheiligte Land und die Erlösung aller Arbeitssklaven ist. Du tust mir Leid.«

Wenn Mina bei diesen Worten nicht so komplett unprofessionell gelacht hätte, hätte Ivie ihr das geglaubt.

D: »Was soll ich machen? Zugeben, dass ich das System nicht verstehe?

H: »Wenn du das für eine gelungene Strategie hältst.«

D: »Du scheinst plötzlich alles genau zu durchschauen.«

H: »Ich stecke nicht in deinem Schlamassel.«

D: »Mina. Das verstehe ich nicht. Wieso ist es ein Schlamassel? Ich kann machen, was ich will. Ich kann mich verwirklichen. Ich ...« Ivies Gesicht verzog sich. »Ich lebe meinen Traum und nichts ist, wie ich es mir vorgestellt habe. Es ist furchtbar, schrecklich, und ich bin fett und dumm. Ich habe keine Selbstdisziplin. Ich kann mit der Freiheit nicht umgehen. Ich gehöre in eine Behörde. Oder in das Klischee einer Behörde. Wahrscheinlich ist eine reale Behörde für mich schon eine Überforderung, weil es dort Gleitzeit gibt.«

War dies die Stunde der Wahrheit? Sah die Wahrheit so armselig aus? Ohne einen Hauch von Drama? Wurm bleibt Wurm. Warum drehte ihr nicht jemand seinen Absatz in den Rücken und erlöste sie? »Das kommt dabei raus, wenn man der Menschheit was anpreisen will, womit man selbst nicht zurechtkommt. Was ich in der Theorie bewundere, kann ich nicht umsetzen. Zu selbstständigem Arbeiten gehört mehr als guter Wille und Ausdauer im Sitzen.«

H: »Genau. Und du kannst mehr!«

D: »Vielleicht kann ich belanglose Berichte schreiben, kurze, gekünstelt witzige Notizen. Aber für ein umfassendes Projekt langt es nicht.«

H: »Das wäre auch ein Ergebnis deiner Arbeit. Das ist es doch, was dir an pebb gefällt, dass den Mitarbeiterinnen und Mitarbeitern Möglichkeiten eröffnet werden, sich auszuprobieren und Fehler zu machen. Aus den eigenen Fehlern zu lernen. Hier hast du die absolut einmalige Chance auf dem Gebiet. Das wird bestimmt einer der teureren Fehler, den pebb eine Mitarbeiterin hat machen lassen. Was hast du nicht alles dabei gelernt!« Mina sah so begeistert aus, dass Ivie ihr am liebsten eine gescheuert hätte.

D: »Dass ich eine Versagerin bin! Danke. Danke, pebb. Das hätte ich sonst vielleicht nie herausgefunden. Ach, was wäre mein Leben ärmer ohne diese Erfahrung.«

H: »Soweit ist es noch nicht. Aber wenn sich herausstellen sollte, dass das selbstständige Schriftstellerinnenleben nichts für dich ist, ist das vielleicht keine glückliche, aber eine wichtige Erkenntnis. Stell dir vor, du hättest dein ganzes Leben lang diesem Traum nachgegangen und immer gedacht: Das ist es, was ich will. Warum klappt das nicht? Ich bin eine

Versagerin, sonst hätte ich meinen Traum verwirklicht.«

D: »Ich will nicht die ewige Unke sein, aber mich deucht, die Resultate beider Wege sind sich ähnlich und in beiden spielt eine gewisse Versagerin die Hauptrolle.«

H: »Das mag sich so anhören. Tatsächlich ist es ganz anders. Wenn du feststellst, dass die Schreiberei nichts für dich ist, kannst du was anderes ausprobieren. Die Erfahrung hast du hinter dir und weißt nun besser, wie die Umstände sein müssen, unter denen du gut und gern arbeitest. Das ist was ganz anderes, als einer Illusion nachzuhängen. Oder?«

D: »Weiß nicht. Sag du es mir.«

Ivie hatte keine Lust mehr. Mina mochte Recht haben, soviel sie wollte. Aber vielleicht hatte ihr Gefasel ja auch zwei Seiten. Eine gute und eine schlechte. Und Ivie konnte sich nicht helfen, irgendwie bekam sie die ganze Zeit über die schlechte ab. War das gerecht?

H: »Ivie, ich bin stolz auf dich.«

D: »Und jetzt? – Und wieso stolz?«

H: »Wer tanzt schon gern mit einem Fuß über dem Abgrund? Du hast dich sicher genug gefühlt, dieses Risiko einzugehen. Du hast dich an ein Projekt getraut, an dem dein Herz hing. An was ganz Neues. Und du tanzt dich da durch, muss ja nicht immer Quick Step sein. Klar, kannst du aufgeben. Oder scheitern. Aber, wie heißt es so schön: Wir bereuen nicht die Fehler, die wir machten, sondern die Chancen, die wir ausließen. Sieh es positiv: Du hast dich was getraut.«

Eine etwas unausgegorene Philosophie, aber rührend. Ivie stellte sich dem Leben. Hatte ihrem Schicksal ein Angebot gemacht. Sie, Ivie Deisler, war auf Abenteuer aus! Für einen Augenblick schien nicht einmal das Scheitern schrecklich. Das änderte sich schlagartig mit Minas nächsten Worten.

H: »Und jetzt? Wie machst du weiter? Machst du weiter?«

D: »Wenn ich das wüsste. Meine Zeit ist bald um.«
H: »Du könntest sagen, du hast noch nichts.«
D: »Bist du bescheuert? Nach anderthalb Jahren? Habe ich **noch** nichts? Du hast sie wohl nicht mehr alle.«
H: »Ich wollte es nur erwähnen«
D: »Gut. Das war Plan A. Wie sieht Plan B aus?«
H: »Rückführung.«
Na also! Es wurde wieder. Sie bewegten sich in Richtung Normalität; Mina war die leicht Angeschuggte und Ivie die Vernünftige.
H: »Rückführung ist vielleicht das falsche Wort.« Wahrscheinlich war es der falsche Plan. »Rückbesinnung ist treffender. Du musst dich darauf besinnen, warum du das Buch schreiben wolltest. Das ist, was zählt. Du schreibst. Dein Name steht später drauf. Hinterher kann jeder Martin, Max, Volker und Daniel und jede Christiane, Anke, Bianca oder Kornelia sagen, nee, so ist pebb nicht. Und sie werden Recht haben. Aber mehr kannst du nicht tun. Du kannst nur dein pebb zu fassen kriegen. Was pebb für alle anderen oder, schlimmer noch, für jede einzelne, bedeutet, wirst du nie erfahren. Du machst ein Angebot. Mit der Kritik wirst du dich auseinander setzen müssen.« Ivie wurde mulmig. Ihre Meinung zu pebb änderte sich täglich. »Du hast den Auftrag bekommen. Du sollst oder darfst pebb darstellen. Lange Zeit dachtest du, alle anderen sähen pebb genauso wie du. Plötzlich war deine Meinung nicht DIE Meinung über pebb. Du fingst an, Beweise zu sammeln. Korrigiere mich bitte, wenn ich mich irre. Das ist lediglich Theorie.« Offenbar hatte Mina all die Jahre fürs Studium doch nicht verplempert. »Du hast die Kolleginnen und Kollegen befragt und damit war alles aus. Plötzlich gab es Milliarden Facetten, einige fanden dies gut, aber jenes nicht und so weiter. Nirgends Konsens. Den

solltest du herstellen! Du?! Die nicht einmal einen Streit zwischen zwei Kindergartenkindern klären könnte, wenn das eine heulend am Boden liegt und das andere triumphierend zwei Lollis schwenkt. Wem sollst du Recht geben? Bist du Gott? Eben nicht. Deshalb geht das nicht und deshalb kannst du das Buch nicht schreiben. Basta.« Mina lehnte sich mit zufriedenem Gesicht zurück. Ivies Untergang war beschlossene Sache. »Darüber hinaus soll das Buch Leserinnen und Leser, die pebb nicht kennen, einen wahrheitsgetreuen Einblick vermitteln. Denen sollst du pebb erklären. Offenbaren, sozusagen. Die Welt in deiner Hand.«

Ivie erblasste angesichts dieser Katastrophe. Da wunderte sie sich, dass sie Lähmungserscheinungen hatte und nichts zu Papier brachte?

H: »Ich weiß ja nicht, ob das stimmt. Du kannst mich jederzeit stoppen.« Das war absurd. Diese Frau war nicht zu stoppen. Konnte es sein, dass sie Recht hatte? Ivies kleine kellnernde Schwester.

Zum ersten Mal seit langem bewegte sich was. In Ivies Kopf. Vielleicht war nicht alles verloren.

»Es ist nur verloren, was du verloren gibst.« Mina kritzelte auf ihrem Block herum.

»Was würdest du schreiben?«

»Ich?« Mina machte große Augen und ließ den Stift fallen.

»Ja, du.«

Mina nahm den Stift wieder auf und malte über das Geschriebene. »Für mich wär das nichts.«

Jetzt saß Ivie aufrecht. »Wieso nicht?«

»Mir fehlt der missionarische Eifer. Meinetwegen können andere denken, was sie wollen. Je unterschiedlicher, desto besser. Das finde ich spannend. Was ich selber denke, interessiert mich nicht und ich habe auch keinen Elan, mich darüber zu verbreiten. Ich könnte nie Lehrerin werden. Oder irgendwas verkaufen.«

Ivie spielte mit der Zigarettenschachtel. »Das ist vielleicht auch der falsche Ansatz. Wenn ich an die Diskussionen mit dir oder mit Jasper denke! Wie ich versucht habe, euch pebb zu erklären.«

Mina rollte mit den Augen.

»Genau«, stimmte Ivie zu. »Erreicht habe ich nichts. Außer das Gegenteil von dem, was ich wollte. Ihr wart total genervt und wolltet mit pebb nichts zu tun haben. Habt es sogar für eine Sekte gehalten, was sicher an meiner hysterischen Überzeugungsarbeit lag.«

Ivie zeigte auf die Uhr und stand auf: »Ich glaube, wir müssen los. Die Pflicht ruft.« Ihr Handy klingelte. Offenbar was Wichtiges, jedenfalls signalisierte sie Mina schon mal vorzugehen. »Ich treff dich dann nachher im Faro.«

Ivie is Back

Als sie durch die Tür trat, gingen die Scheinwerfer an. Sie stand im Rampenlicht und zog alle Blicke auf sich.

»Wie macht sie das?«, staunte Nükhet fast sprachlos.

Nükhet, die selbst alles konnte und wusste, wie man Mittelpunkte um sich herum zentrierte. Mina lachte nur. So war Ivie. Sie kam spät, wie immer, so in Eile, dass sie die Aufmerksamkeit kaum registrierte, die sie auf sich zog. Ivies Blicke suchten Mina und ihr Lächeln war glorios. Wenn Ivie nicht ihre Schwester wäre, würde Mina weiche Knie kriegen. Kein Wunder, dass Sermet Ivie an der Tür empfing und zu einem freien Tisch geleitete, als sei sie die Königin von Saba. Er stand protektiv neben ihrem Stuhl und riss kurz den linken Arm hoch.

Nükhet und Mina sahen sich an.

Nükhet steckte sich einen Finger in den Mund und simulierte einen Übelkeitsanfall. Sie kannten das. Dieses Gebaren, das sich Sermet normalerweise für akute Krisensituationen aufsparte. Wenn alles schnell und perfekt funktionieren musste, um einen Eklat zu vermeiden. Dann wurde er hektisch-herrisch und dann hatten sie nichts dagegen. Jetzt wollte er sich aufspielen. Damit hatte er keine Chance. Nükhet ließ alles stehen und liegen und flitzte los.

Sermet schob sie zur Seite wie ein schmutziges Glas. »Ivie, du Göttliche!«, rief sie. Sie nahm Ivies Gesicht in ihre Hände und küsste sie links und rechts und wieder links. Dann drückte sie sie fest an ihr großes Herz.

Die beiden strahlten um die Wette und Sermet lächelte stolz auf sie herab. Sein Gast! Seine Bedienung! Ihm war warm ums Herz und er sah sich beseligt um: So war das hier. Im Faro. Göttliche Gäste und komplementäre Kleinode von

Kellnerinnen. Für jeden etwas und er der Marketender zwischen den Reihen. Mina genoss das Schauspiel. Die übrigen Gäste auch. Die Atmosphäre hatte mit einem Male einen Hauch von Oscar-Nacht.

Lange hielt es Ivie nicht an ihrem Tisch. Sie kam mit Glas und Zigarette an die Bar – Lauren Bacall – und wartete auf Bogie.

»Er kommt gleich«, sagte sie. Mina nickte nur. Und: »Genieß deinen letzten Abend.« Sprach die Bacall.

Mysteriös, doch Mina genoss. Sie holte und brachte, servierte und kassierte, als gäbe es nichts Erfüllenderes in ihrem Leben. Nükhet saß neben Ivie und Sermet kredenzte ihnen Cocktailkreationen.

Man unterhielt sich prächtig. Als die letzten Gäste gingen, sah Ivie auf ihre Uhr. Runzelte die Stirn. Sofort sprang Sermet hinter dem Tresen in Position, welchen Wunsch der Göttlichen hatte er unerfüllt gelassen? Ivie sah zur Tür. Sie wollte doch nicht gehen? Natürlich nicht, nur ... Ivie fixierte einen Punkt hinter der Bar und begann die Finger ihrer linken Hand nacheinander mit dem rechten Zeigefinger abzuwandern. Das kleine Einmaleins?

»Zählst du Kalorien?«, fragte Nükhet. Sie hatte davon gehört, doch sie hatte es nicht nötig. Und keine Ahnung, dass man dabei mit dem kleinen Einmaleins nicht weit kam. Oder mit den Fingern einer Hand.

Mina kam mit dem letzten Tablett des Abends reingesegelt. »Lass stehen«, sagte Sermet. Es fiel ihr fast aus der Hand. »Das machen Ludwig und ich morgen. Was willst du trinken?«

Ivie war dazu übergegangen, mit den Fingerspitzen auf ihrer Zigarettenschachtel zu trommeln.

»Was ist los? Bist du müde?«

Mina stellte sich neben Ivie und kostete den perfekten Gimlet, zu dem Ivie Sermet den Abend über dirigiert hatte. Ivie sah überhaupt nicht müde aus.

»Quatsch. Ich warte.«

Ihr Blick ging schon wieder zur Tür. Sie hatte also noch eine Verabredung. Minas Schultern sackten ab. Von wegen: Wenn ich nach Hamburg komme, will ich nur dich sehen. Dabei hatte Ivie sich bereits den halben Abend anderweitig vergnügt, war erst um zweiundzwanzig Uhr von ihrem Olymp heruntergekommen. Nun brannten ihr schon wieder die Nägel. Pech für Mina, dass sie jetzt erst Feierabend hatte.

»Mit wem triffst du dich?«

Ivie hauchte ihr einen Kuss auf die Wange. »Wirst du schon sehen.«

Sie fing an zu lachen.

»Mach nicht so ein Gesicht. Und setz dich endlich hin. Ich werd ganz nervös.«

Sermet lehnte sich von der anderen Seite der Bar zwischen sie. »Was macht dein Buch, Ivie? Nükhet hat erzählt, dass du Schriftstellerin bist.« Ivie nickte nichts sagend.

»Danach kannst du ein Buch über das Faro schreiben«, Nükhet hatte sich eine Portion Eis aus der Küche geholt. »Dann kriegen wir lauter berühmte Gäste.« Sie stieß Mina mit dem Ellenbogen an. »Wäre doch super, oder?«

Ivie guckte auf die Uhr, dann räusperte sie sich. »Mina würde da nichts von haben.«

»Wieso? Wenn dieser Chillah Ball hierher käme, fände sie das bestimmt gut.« Nükhet kicherte und Mina bereute, ihr den Zeitungsausschnitt samt Auszug aus ihrer Lebensgeschichte präsentiert zu haben. Ivie blieb cool: »Das mag alles sein. Aber Mina wird dann nicht mehr im Faro arbeiten.«

Ein Glas ging zu Boden, Nükhets Löffel klirrte, danach

herrschte Totenstille. Sogar die Musik hatte gestoppt.

»Was redest du für'n –.« Mina kam nicht weiter. Nükhet hatte ihren Arm gepackt und sah sie eindringlich an. »Sag. Dass. Das. Nicht. Wahr. Ist.«

Sermet war zu Boden gegangen. Ivie warf einen besorgten Blick hinter den Tresen, da kam er mit der Rakiflasche wieder zum Vorschein. Er stellte fünf Gläser auf den Tresen. »Ludwig!«, brüllte er Richtung Küche. Das ging alle an. Wortlos schenkte er ein und drückte jeder ein Glas in die Hand. »Ich wusste, dass du nicht mehr lange bei uns bleiben würdest«, sagte Sermet mit dem zweiten Raki in der Hand. »Seit du bei pebb angefangen hast, war mir das klar.«

»Aber ich habe bei pebb gekündigt«, beteuerte Mina. »Ich habe keine Ahnung, wovon Ivie redet.« Das machte Ivie nichts aus. »Ich habe mit Georg gesprochen«, sagte sie. »Ist alles in Ordnung. Auch wenn er zuerst ein bisschen überrascht war. Er hat schnell zu seiner alten Form zurückgefunden und gesagt: Das müsst ihr ja wissen.«

»Gefreut hat er sich offenbar nicht«, konstatierte Nükhet mit einem schnellen Seitenblick auf Mina.

»Das wäre auch ein bisschen viel verlangt. Es kam immerhin sehr plötzlich.« Ivie grinste. »Morgen sieht das bestimmt anders aus. Vor allem wird er das morgen ganz anders sehen.« Einige andere auch. Mina begann eine kleine Melodie zu pfeifen. Ivie hatte in der kurzen Zeit ganz schön was weggekippt.

»Ich war kurz im Büro – im Aktionsbüro – und habe mich mit Susanne und Jan getroffen. Die sind auch einverstanden.« Ivie küsste ihre Schwester wieder. »Hast du keinen Champagner?«, fragte Ivie Sermet fast vorwurfsvoll. Als gäbe es jeden Grund zu Feiern. Susanne und Jan hatten es sich in den vergangenen Tagen also noch nicht anders überlegt und würden sie wieder einstellen. Hallelujah. Ivie brauchte nicht zu tun, als sei das ihr Verdienst. Minas drei Auslandsmonate hatten schließlich noch nicht einmal begonnen.

»Ich gehe nach Australien«, platzte es aus Mina heraus. Niemand reagierte. Sie stampfte mit dem Fuß: »Oder wenigstens zu Mama!« Einen Moment starrten die anderen sie nur an. Dann brach Gelächter aus. Mina sah ihr Gesicht im Spiegel über der Bar: Diesen Ausdruck kannte sie von Fotos aus ihrer Kindheit.

»Das ist egal«, nickte Ivie. »Australien ist natürlich zu weit weg. Damit musst du warten.« Was bildete sie sich ein?

»Das entscheide ich immer noch selbst!«, zischte Mina.

Ludwig nahm sein Glas: »Ich geh dann mal wieder«, und zog ab, in Richtung Küche.

Hinter ihnen ging die Tür auf.

»Jasper!« Sagte Mina.

»Endlich!« Sagte Ivie.

»Wow«, hauchte Nükhet.

Sermet schüttelte den Kopf. Nahm die Flasche und folgte Ludwig.

»Was für eine Fahrt«, sagte Jasper.

Nükhet hing an seinen Lippen.

»Hat ganz schön lange gedauert«, monierte Ivie. »Du fährst doch sonst auch wie ein angestochener Eber.« Nükhet warf ihr einen vorwurfsvollen Blick zu und erntete ein dankbares Lächeln von Jasper. So hatte er sich seinen großen Auftritt nicht vorgestellt. Schließlich hatte er Himmel und Hölle in Bewegung gesetzt und weder Kosten noch Mühen noch Anrufe bei Georg van Krüchten gescheut. Um sich nach fünf Stunden auf der Autobahn abkanzeln zu lassen?

»Ich brauch erst mal ein Bier«, sagte er.

»Kommt sofort«, sagte Nükhet. Mina rollte die Augen. »Willst du was essen? Ludwig macht dir bestimmt gern was.« Er wollte und Nükhet tänzelte zur Küche wie ein Zirkuspony. Wie wollte sie überleben, wenn das Faro wirklich zu einem Prominentenlokal wurde?

Das brachte Mina zurück zu den wichtigen Fragen. »Wieso höre ich im Faro auf und bleibe bei pebb?« Ivie überlegte nicht lange: »Beides wird zu viel. Du musst dich ganz schön ranhalten.« Sie guckte betreten in ihr Glas. »Tut mir echt Leid. Ich habe ziemlich viel Zeit verplempert, aber vielleicht können wir bei Georg eine Verlängerung rausschlagen.« Die Frau sprach in Rätseln. Jahs-pah störte das nicht, der ließ sich von Nükhet und einem dampfenden Teller an Tisch eins locken.

»Notfalls kann ich hier für dich einspringen. Solange bis Sermet einen Ersatz gefunden hat.«

Mina hielt sich an ihrem Glas fest. »Warum nicht«, sagte sie.

Ivie hielt Mina ihr Glas hin: »Machst du mir noch einen? Es muss jetzt alles sehr schnell gehen. Ich kann doch wieder bei dir einziehen?«

»Warum nicht«, sagte Mina.

»Dann wäre das geklärt«, sagte Ivie und stand auf. Sie schwenkte ihr leeres Glas noch einmal zur Erinnerung, stellte es auf den Tresen und ging zu Jasper und Nükhet an den Tisch.

»Warum nicht«, murmelte Mina.

»Belinda ist eine frühere Studienkollegin von mir und Heiner. Heiner Meissner, dem Gründer von HerrMann, einer Männerselbsthilfegruppe, in der ich ihn gerade vertrete«, erläuterte Jasper, nachdem er sich von Nükhet einen doppelten Espresso hatte bringen lassen. »Belinda arbeitet eng mit den Rotherbaumer Kliniken zusammen, die sowohl stationäre als auch ambulante psychologische Betreuung bieten.« Viele der ambulanten Fälle kamen direkt aus dem Strafvollzug und regelmäßiges Erscheinen war eine ihrer Bewährungsauflagen. Wenn alles gut lief, wurden sie nach und nach ins Leben entlassen und als erste Station auf diesem Weg an Dr. Belinda Jankowitz überwiesen. Wegen einem dieser Fälle hatte sie sich an Jasper gewandt. Einem gewissen Fredi Halmsum. den sie zu seiner bzw. Heiners Männerselbsthilfegruppe geschickt hatte. Mina stand Nükhet in nichts mehr nach. Sie lag halb auf dem Tisch, um keins von Jaspers Worten zu verpassen.

Entpuppte sich der Kerl als Antwort auf alle Fragen? Wenn er mit diesem Teil fertig war, konnte er eine Kurzanalyse von Ivies Zustand beisteuern. Die hatte sich mit vor der Brust gekreuzten Armen im Stuhl zurückgelehnt, als habe sie das Ganze inszeniert.

»Er ist aber nur einmal zur Männergruppe erschienen, an meinem ersten Tag. Ich habe mich im Anschluss mit ihm unterhalten und ich muss sagen, er machte einen ganz verständigen Eindruck.«

Jaspers Blick wanderte zwischen Mina und Ivie hin und her. Ivie reagierte nicht; sie konnte ihm wohl kaum einen Vorwurf machen. Aus ihrem Glashaus. Mina dagegen erlaubte sich ein Schnauben: »Verständig. Pah!« Nükhet rutschte ein beschützendes Stück dichter an Jasper heran.

»Belinda hat mir erzählt, dass Fredi Halmsum sich bei euch gemeldet hat ...«

»Bei ihr«, unterbrach Mina ihn. »Bei mir nicht. Er wusste, dass er keine Chance hat.« Sie nahm eine Zigarette aus Ivies Schachtel. Die schob sofort das Feuerzeug hinterher.

»Ja, Mina«, nahm Jasper den Faden wieder auf. Leicht ungehalten ob der nebensächlichen Unterbrechung seines fesselnden Redeflusses. »Zuerst hatte Belinda keinen Verdacht. Dass Halmsum ausgeprägt misogyne Tendenzen hat, wusste sie, daher wunderte sie seine Halsstarrigkeit in der Zusammenarbeit nicht. Dann wurde sein Verhalten auffälliger. Nachdem er Kontakt zu Ivie aufgenommen hatte, sprach er kaum von etwas anderem. Belinda begann sich Sorgen zu machen. Halmsum schien sich in einen regelrechten Verfolgungswahn hineinzusteigern und machte seine Frau und Töchter, aber hauptsächlich dich, Ivie, für sein Scheitern verantwortlich.« Jasper wollte Ivie trösten, doch die blieb unangefochten.

»Lange Rede: Belinda hat Halmsum zurück in die Rotherbaumer Klinik überwiesen, immerhin hat er eine ziemliche Karriere, was auffälliges Verhalten betrifft, hinter sich. Aber ich hatte keine Ruhe mehr. Ich musste sofort wissen, ob mit Ivie alles in Ordnung ist. Besonders nach unserem Treffen am Mainzer Bahnhof.« Er blies vielsagend die Backen auf.

Was war er für ein Segen für Witwen und Waisen. Er schluckte seinen Espresso, Nükhet himmelte ihn an. »Wow«, sagte sie. Sie war kaum wiederzuerkennen.

»Ja«, sagte nun die Göttin. »Was ist mit dem Champagner?« Mina sah Nükhet an, die reagierte nicht. »Frag doch Sermet.« Auch das focht die Göttin nicht an. Sie schritt zur Küche.

So musste sich ein Maulwurf fühlen, der unter einen Spaten geraten war. Dass Halmsum gefährlich war, hatte Mina gewusst, aber dass er dafür regelrecht bekannt war! Ob Rosa das ahnte? Jasper zufolge hatte Fredi seine Jobs stets verloren, weil er Kolleginnen und Vorgesetzten gegenüber aggressiv wurde. Wenn ihm was nicht passte. Sachbeschädigung. Körperverletzung. Ein Fall für die Behörden.

»Wow«, sagte Nükhets debiler Schatten.

Und »Wow« dachte Mina. Hatte sie ihr Leben kürzlich noch für ereignislos und schal gehalten?

Die Göttin erschien mit Sermet und einer schweren grünen Flasche im Schlepptau.

»Worauf trinken wir?«, fragte Sermet. Klar, dass er das wissen wollte. War ja sein teueres Zeug, das durch die Kehlen rinnen sollte.

»Auf Mina«, sagte Ivie und erhob ihr Glas.

»Auf Miina?«, das wollte Nükhet nicht in den Sinn. War Jasper nicht der Held des Tages? Auch Sermet schüttelte den Kopf. »Nee.« Sagte er. »Nicht wenn sie kündigt.«

»Tu ich doch gar nicht.« Das war gut, das konnten sie auch gleich klären.

»Puh«, seufzte die Göttin und sah auf das perlende Getränk in ihrer Hand. Sie musste rasch handeln. »Auf das Faro!«, sagte sie.

»Auf pebb!«, schlurte Mina mehr, als sie es sagte. Das war Stunden später. Nachdem sie mehrfach auf Mina getrunken hatten. Auf Ivie. Sogar auf Jasper.

»Genau«, pflichtete die Göttin bei, die selbst mit geröteten Augen und ungelenken Bewegungen nichts von ihrer Unangreifbarkeit verlor. »Du machst das schon«, sagte sie zum wiederholten Mal und mittlerweile glaubte Mina selbst daran. Dass sie das Buch über pebb schreiben könnte.

»Du kannst nicht aufgeben«, hatte Jasper geschrien. »Ivie, überleg dir das gut. So eine Chance!« Dabei hatte er Mina aus zusammengekniffenen Augen gemustert, als habe sie eine hilflose Rentnerin um ihren letzten Spargroschen gebracht.

»Seit wann denkst du, dass ich das Zeug zur Schriftstellerin habe, Jasper?«, hatte Ivie nachgehakt. Das dachte er nicht. Aber Mina!?

»Die kann das!«

Ivie hatte Georg bereits in Kenntnis gesetzt und sich grünes Licht geben lassen. Und wenn der erst Minas Wunschpunsch gelesen hatte, war sowieso nicht mehr daran zu denken, dass Ivie den Auftrag zurückbekäme.

»Aber was machst du denn jetzt?« Mina verstand die Welt nicht mehr.

Ivie vereinnahmte mit einer Armbewegung das gesamte Faro: »Ich fange im Afa in Hamburg an und abends kellnere ich hier.«

Minas Kinnlade schmerzte noch – dann hatte Ivie ihren langen Arm generös auf die Schulter ihrer kleinen Schwester sinken lassen: »Dann bin ich du und du kannst ich sein. Oder was du willst!«

Außerdem würde Ivie Betriebswirtschaft studieren. Sie wollte endlich herausfinden, was sie an pebb so faszinierte.

Und wie sie es dem Rest der Menschheit nahe bringen konnte.

NACHWORT

pebb gibt es wirklich. Schon seit 11 Jahren.
Ihren Roman *Sektenverdacht oder die verschwundene Schwester* hat Martina Krohn aus Anlass des 10-jährige Bestehens der Unternehmensgruppe pebb geschrieben. In seiner Entstehungsgeschichte ist er genau genommen ein konkretes Spiegelbild dessen, was pebb will. pebb ist ein Kürzel, und steht für „persönliche Entwicklung – berufliche Bildung"; diese Dinge hängen immer zusammen.

So war es Martina Krohn als unserer Mitarbeiterin auch möglich, die eigene gefühlte Stärke des Schreiben-Könnens auszuprobieren, es einfach zu tun. Dabei zu lernen, dass rosarote Ideale am Alltag scheitern können, die eigenen Fähigkeiten zu hinterfragen oder zu erleben, wie sich Wunsch und Wirklichkeit immer wieder auseinanderbewegen. Aber sie hat es geschafft, sie hat die Dinge zusammenbekommen, sie hat eine unvergessliche Erfahrung gemacht und ein Produkt geschaffen, von dem viele träumen – ein Buch.
Und sie hat als Mitarbeiterin ihren Auftrag blendend erfüllt, nämlich ein witziges Buch mit Tiefgang zu schreiben, das daneben noch voller sprachlicher Pralinés steckt, wobei sie die Bühne pebb bis in den letzten Winkel ausgeleuchtet hat. Und damit ist der wirtschaftliche Zweck des Buches, nämlich allen pebb-Verbundenen und allen pebb-InteressentInnen einen Zugang zu dieser Bühne zu verschaffen, gelungen.

pebb ist erfolgreich, wenn man Erfolg für ein Wirtschaftsunternehmen an den Faktoren Wachstum, Ertrag, Produkt- und Kundendiversifikation misst.
Als Dienstleistungsgruppe mit den Schwerpunkten der Un-

ternehmensberatung, der strukturierten Arbeitsmarktpolitik und der Rehabilitation sind wir auf weit über hundert MitarbeiterInnen gewachsen. Dass wir immer noch wachsen, hängt auch mit unserer Firmenphilosophie zusammen: Wir wollen für unsere MitarbeiterInnen die Erwerbsarbeit aus dem Schatten des bedingungslosen Funktionierens und der Abhängigkeit von anderen herauszuführen und sie zu dem zu machen, was sie auch sein kann – ein Entwicklungsfeld für die eigenen Stärken, ein Sozialverbund zur Verortung seiner selbst, ein Erfolgserlebnis.

Um dem Werteverlust, wie wir alle ihn täglich erleben, etwas entgegenzustellen, wollen wir den einzelnen MitarbeiterInnen wieder Bedeutung geben. Wir verzichten auf große Organisationseinheiten und bilden dagegen kleine und selbstständige Teamstrukturen, bei uns Kompetenzzentren genannt. Wir bieten jeder Mitarbeiterin, jedem Mitarbeiter an, auf unterschiedlichen Ebenen als Mensch und Mehrwertschöpfer in Erscheinung zu treten. „Synergiereisen" – einmal im Jahr fahren wir alle zusammen zum Beispiel für eine Woche nach Spanien – bieten den Einzelnen Rahmenbedingungen, um sich mit ihren Kompetenzen, Stärken und Schwächen darzustellen und zu vernetzen. Wir wollen aus Fehlern lernen und Erfolge feiern, und dazu bedarf es sanktionsfreier Räume. Weiterhin verzichten wir auf die meisten Hierarchieebenen; Verwaltung und Geschäftsführung sind interne Dienstleister.
Wir regeln nur das, wofür es einen zwingenden Regelungsbedarf gibt. Und auch erst dann, wenn das Problem auftritt. Wir kennen keine Arbeitszeiterfassung; der Aufwand des Einzelnen wird von seiner Kondition, dem Kunden- und dem Auftragsbedarf und der Situation vor Ort geregelt.

Wir erlauben uns eine Produktethik und wir dürfen auch Nein sagen. Wir setzen auf die Selbstständigkeit und die Eigenverantwortlichkeit. Und: Wir begrenzen das unternehmerische Gewinnstreben der Eigentümer und teilen die wirtschaftliche Motivation und Verantwortung. So obliegt es den MitarbeiterInnen zu entscheiden, mit welchem Aufwand sie antreten, wie ihr Gehalt aussieht, wie sie sich einrichten und wie sie ihr regionales oder qualitatives Wachstum steuern. Ihr eigenes Auftreten beim Kunden entscheidet über ihren Erfolg.

Aber das brauche ich Ihnen ja eigentlich gar nicht mehr zu erzählen – Sie haben ja gerade gelesen, wie es bei uns zugeht!

Georg van Krüchten, im Buch Schorsch, der Dicke, Don Giorgo oder der Große Humbug genannt und im Leben Geschäftsführer der pebb GmbH.

Ober-Hilbersheim, Mai 2006